Schadenfeuer

Dieser Roman basiert auf tatsächlichen Ereignissen. Die Figur der Paula und ihre Geschichte sind in weiten Teilen authentisch. Paulas Familie und einige Schauplätze sind ebenfalls teilweise authentisch, wenn auch weitgehend verändert. Alle anderen Personen und diverse Nebenschauplätze sind frei erfunden; sollten sich hier Ähnlichkeiten mit wirklichen Menschen oder wirklichen Geschehnissen ergeben haben, wären diese zufällig und keinesfalls beabsichtigt.

Jutta Mehler

Schadenfeuer

Roman

emons:

Umschlaggestaltung: Ulrike Strunden
Druck und Bindung: CPI – Clausen & Bosse, Leck
Printed in Germany 2008
ISBN 978-3-89705-580-3
Originalausgabe

Für Paula

Teil I

1.

»13. Mai 1963, 16.00 Uhr. Großeinsatz der FFW. Brand bei Schredereder, Hofstelle.«

So lapidar wird die Chronik der Freiwilligen Feuerwehr Klausenstetten die Ereignisse dieses Nachmittags einschließlich ihrer Konsequenzen wiedergeben.

PAULA HAT SICH IM GEÄST des ausladenden Ahornbaumes verknotet.

»Sau-ei – Ach – Roh-ei – Adel!« Die Kommandos des Löschmeisters sind nur noch Fetzen, als sie bei Paulas Ohren ankommen. »Wasser-arsch!«

Wie eine Weberspinne ihr Gespinst an Stängeln und Ästchen verknüpft, genau so hat sich Paula ins Astwerk des alten Ahorns gehakt. Paulas Finger krallen sich in rissige Rinde, Paulas Zehen biegen sich um Zweige. Sie hockt im Verborgenen und starrt in die rauchige Helle hinter den gezackten Blättern.

Ein neuer Schwall zerfledderter Kommandos erreicht den Ahornbaum. Auf dem Weg durch Paulas Hirnwindungen finden die Fragmente zu ihrem wahren Wortlaut zurück. Sie beladen sich mit Bildern und Szenen, stöbern kürzlich Erlauschtes und längst Erfahrenes auf.

Zwanzig Minuten, rechnet sich Paula vor, vom ersten Sirenenheuler bis zum »Wasser marsch«. Das hams noch bei keiner Übung hingekriegt. Aber den hams halt auch direkt vor der Haustür, den Brand beim Schredereder.

Keine fünfzig Schritte vom Feuerwehrhaus entfernt, direkt neben dem Schlossbach, lodern die Flammen aus dem spitzwinkligen Hausgiebel vom Schredereder-Hof. Kein Wunder, dass der Löschmeister schon »Saugleitung zum Bach!« und »Rohr eins auf Heustadel!« kommandieren konnte, als sich Paula im alten Ahorn noch gar nicht richtig verhakt hatte.

So weit kann ich die Augäpfel überhaupt nicht rausbatzen, dass ich in die Senken reinsehn tät, wo der Hof brennt, dämmert es Paula nach minutenlangem Glotzen.

Sie gibt es auf, das Stieren, weil ohnehin die Augen schon brennen, und klettert im Baum eine Etage tiefer, dorthin, wo die Äste so dick sind wie prall gefüllte Feuerwehrschläuche. Paula kringelt sich in eine Gabelung, schließt die Augen, horcht auf das Knistern und Knirschen und stellt sich das Debakel bildlich vor, weil ihr die Realität verwehrt bleibt.

Die Kommandos vom Löschmeister sind jetzt in einem allgemeinen Tumult untergegangen, was heißt, dass schon das halbe Dorf um den Brand wuselt. »Alle müssen zu Hilf kommen«, so hat es Paulas Großvater – seit gut fünfundzwanzig Jahren Kommandant der freiwilligen Feuerwehr von Klausenstetten – von Anfang an reglementiert. »Das Vieh muss eingfangen werden und weggetrieben vom Feuer und vom Rauch. Jeder muss ein paar Stückl einstellen in seinen Stall. Ein paar Frauen müssen sich um die Kinder kümmern, um die Kinder von den Unglücklichen, die es troffen hat, das Schadenfeuer.«

Die Dorfkinder dagegen, die gern zum Gaffen kommen möchten, die verscheucht der Kommandant gnadenlos. »Auf einen ganzen Kilometer im Umkreis geht mir keiner herdanen, der wo nix Taugliches ausrichten kann auf einer Brandstell.«

Zu den solchermaßen Verbannten gehört auch Paula, obwohl sie in diesem Frühjahr '63 schon zehn Jahre alt geworden ist und obwohl Großvater Simmet in seiner ganzen Sippe noch nie einen verständigeren, interessierteren und scharfsinnigeren Zuhörer hatte als die steckenhaxige Enkelin Paula.

Diese Enkelin ist soeben vom Ahorn heruntergekraxelt und drischt nun mit ihren Steckenhaxen auf den Rainfarn ein, empört und erbost, weil ihr das Horchen und Spekulieren keine Antwort drauf gibt, ob vor ein paar Augenblicken der Firstbalken brennend heruntergekracht ist oder ob die Klausenstettener da unten bloß irgendwelche Holztrümmer vom Brandherd wegschaffen und auf einen Haufen zusammenwerfen oder wie sonst dieses laute Knarzen und Krachen und Splittern zu erklären ist.

Da bin ich dann auf einmal wieder das lästige Kind, das aus dem Weg muss, wurmt es Paula, aber wenns ums Steinerausklauben geht ausm Acker und ums Rübenhacken, ums Krauteintreten und ums Eichelnsammeln für die Sau, ums Erdäpfelabwurzeln und ums Runkelnabkrauten, in Paulas Gemüt schwappt es bedenklich, als die tägliche Plackerei so geballt über sie hereinbricht, da bin ich dann schon recht, da kann ich mich hinbuckeln.

In diesen Momenten des Grolls auf den Kommandantengroßvater gönnt ihm Paula das hässliche Loch, das ihm die Großmutter mit dem Bügeleisen in die Paradeuniform gebrannt hat. Absichtlich hat sie es hineingebrannt. Sie war nämlich fuchsteufelswild, die Simmet Amalie.

»Das hats gewiss nicht braucht, dass der Max, Feuerwehrkommandant hin oder her, beim Gründungsfest vergangenen Sonntag bloß Augen ghabt hat für die aufgmascherlte Schredereder Lene, die hochnoble Fahnenmutter, die gschaftelhuberische!«, hatte Amalie gefaucht und das Bügeleisen auf der Herdplatte heiß und heißer werden lassen, bis es rot glühte.

Wo immer er beim Gründungsfest auch seine Augen hatte, der Kommandant der FFW Klausenstetten, dort, wo sie nach Amalies Ansicht hingehörten, waren sie nicht. Pfui, Max Simmet, Amalie hat sich doch extra ein Kleid schneidern lassen für das Fest! Siebzig Jahre Feuerwehr Klausenstetten, das war der Amalie eine Bahn von der dunkelgrünen Duchesse aus dem neuen Angebot der Schneiderin wert und zwei Meter von den beigen Biesen.

Seit Paulas Taufe hatte sich Amalie kein teures Stöffchen mehr geleistet, aber diesmal sparte sie nicht. Jede Klausenstettenerin war ihr neidig um das Gewand, jeder Klausenstettener warf ihr einen staunenden Blick zu, nur der Max, der Holzkopf, der schaute seine Amal überhaupt nicht an.

»In einem rupfenen Erdäpfelsack wenn ich daherkommen wär«, maulte Amalie, gleich nachdem das Gründungsfestbier ausgetrunken war, »dann hätt er das auch nicht gspannt.«

In ihrer Wut stellte die Amal tags darauf das rot glühende Bügeleisen auf den rechten Ärmel von Maxens Paradeuniform – absichtlich. Sie ließ es da stehen – ebenfalls absichtlich – und ging hinaus, um die Hühner von der Gred zu scheuchen. Als sie zurückkam, schwebte ein dunkles Wölkchen über dem Bügeleisen. Damit verrauchte ihre Wut. Amalie wurde angst und bang.

»Die schöne Uniform«, flüsterte sie erschrocken, »ruiniert, verschandelt, verhunzt.« Sie wollte das Brandloch wieder weghaben, aber von selbst würde es wohl nicht verschwinden.

Was, wenn ich, überlegte Amalie, das Jackett heimlich dem Schneider bring, der könnte doch einen Flicken einsetzen, mit ganz kleinen Stichen, so klein, dass sie kein Mensch sehen kann.

Könnte er, Amalie, nur nicht heimlich. Selbst wenn er wollte. Denn in Klausenstetten und seinen Nachbargemeinden haben die Dachziegel Augen, und jeder Fenstersturz hat Ohren.

Amalie seufzte. So hart es war, sie musste zu dem Brandloch stehen. Doch nie und nimmer konnte sie zugeben, dass alles Absicht gewesen war, pure Rache und Revanche. Es blieb ihr nichts anderes übrig, als ihrem Ehemann scheinheilig und tränenreich von Unglück und Missgeschick zu berichten, den Rücken krumm zu machen und sich dreimal an den hängenden Busen zu klopfen. »So ein Malheur! Mea culpa, mea maxima culpa!«

Max verzieh ihr zähneknirschend und brachte die Uniform selbst zum Schneider zur Reparatur. Amalie atmete auf: »Deo Gratias.«

Oh ja, das Messlatein, das kann sie, die Amalie, von klein auf kann sie das.

Weder Großvater Max noch Paulas Mutter Erna kamen auf den Gedanken, Amalie der Arglist zu verdächtigen. Paula schon, Paula wusste, wie das Brandloch zustande gekommen war. Sie hatte das Bügeleisen auf dem Herd glühen sehen und das schlechte Gewissen in Amalies Augen. Und wenn sie Amalies Missetat nicht selbst beobachtet hätte, dann wäre nächstens in Paulas Träumen davon die Rede gewesen, oder ihre Gedanken hätten ungefragt darüber geflüstert.

Das passiert Paula häufig. In ihrem Kopf spielen sich Episoden ab. Manchmal geht es dabei um Ereignisse, die in der Vergangenheit geschehen sind, manchmal um Begebenheiten, die sich im Geheimen zutragen. Die Krux bei der Sache ist, dass Paula nicht recht weiß, ob ihre Gedanken die Wahrheit sprechen oder einfach nur Possen treiben.

Natürlich hat Paula nie jemandem von diesen Halluzinationen erzählt. Ihren Schulkameraden nicht, die sich schlappgelacht hätten, und ihren Verwandten schon gar nicht, denn Paula kann sich die Reaktion jedes Einzelnen gut vorstellen.

»Dicite in lumine«, würde Amalie sagen, »die Finsternis ist des Teufels.«

Amalie zitiert gern aus dem Schott und überlässt es ihrem Gegenüber, aus solchen Sprüchen schlau zu werden. Gottes Wort erspart ihr die Mühe, selbst zu denken.

»Hirngespinsten nachhängen und sich vor der Arbeit drücken«, würde Paulas Mutter blaffen, »mach, dass du weiterkommst. Das Regnen fängts an, und die Wäsch hängt noch draußen.«

Der Großvater würde bedächtig den Kopf wiegen und schmunzelnd antworten: »Man möchts nicht glauben, was in einem Mädl-Hirn so vorgeht.«

Hin und wieder argwöhnt Paula, dass sich vielleicht ein Geisterwesen in ihre Gedanken schleicht, um ihr all diese Geschichten zu erzählen. Einen Augenblick lang hatte sie auch überlegt, ob es die Muttergottes sein könnte. Das war, als Amalie von einem Hausierer heilsames Lourdes-Wasser kaufte.

Die Muttergottes hat mit den Kindern in Fatima geredet und in Lourdes mit dem Mädchen Bernadette. Vielleicht spricht sie jetzt zu mir?, dachte Paula damals.

Aber sie verwarf den Gedanken schnell wieder. Die heilige Maria kam nicht in Frage. Denn falls es wirklich eine Geisterscheinung wäre, die Paula sporadisch aufsucht, dann bestimmt keine heilige. Und seltsamerweise weiß dieses Wesen ausgerechnet in Klausenstetten und Umgebung verdammt gut Bescheid.

Paula wünscht sich erbittert, Amalie hätte dem Großvater je ein Loch in beide Ärmel und beide Hosenbeine gebrannt. Aber selbst das wäre nicht Strafe genug für die abgrundtiefe Gemeinheit, sie von der Brandstätte zu verbannen.

Die Schredereder-Kinder, Jele und Ede, kommen Paula in den Sinn, die wohl gerade dabei zusehen, wie das Dach, unter dem sie zeitlebens wohnten, brennend einstürzt.

Zugegeben, gesteht sich Paula ein, der Ede wird momentan begeistert sein, weil es so lustig brennt auf dem Hof. Aber spätestens dann, sagt sie sich, wenn der Brand gelöscht ist und die verkohlten Trümmer herumliegen, wird ihm aufgehen, dass sein Elternhaus weg ist, sein Bett, sein Fußball und vermutlich auch sein Fahrrad. Seinen Schulbüchern wird er kaum nachtrauern, der Ede.

Paula entfährt ein Seufzer, als sie an Jele denkt. Jele, die Zartbesaitete, die schon zittert, wenn eine Gewitterwolke über dem Schlossberg steht, die vor Schreck blass wird, wenn der Wind das Scheunentor zuschlägt, die eigentlich überhaupt keinen Grund braucht, um Angst zu haben. Wer kümmert sich um Jele, während der Hof brennt?

Bitte nicht der Schullehrer Selch, hofft Paula, vor dem und seinem Tatzensteckerl hat die Jele ja noch mehr Schiss als vor dem Feuer.

Gereizt klettert Paula erneut in die oberste Astgabel hinauf. Nach etlichen fruchtlosen Versuchen, etwas von der Brandkatastrophe zu erspähen, rutscht sie jedoch enttäuscht wieder einen guten Meter nach unten und streckt sich auf einem der dicken Äste aus. Sie schaut verdrießlich in den rauchverschmierten Himmel, und dabei kommt ihr wieder Großmutter Amalie mit ihrem Latein in den Sinn. Amalie, die dem Pfarrer während der Messe keine einzige Antwort schuldig bleibt. Amalie, wie sie im Kirchengestühl kniet, Mitte links, Platz zwei. Das ist Amalies angestammter Platz, deutlich gekennzeichnet durch ein weißes Emailschild mit dem schwarzem Aufdruck »Simmet«.

In den Sechzigern wird beim Hochamt in der Dorfkirche noch in lateinischer Sprache gefragt und geantwortet. Und die Simmet Amal, die tönt es sattelfest heraus, das »Et cum spiritu tuo« und das »Qui tollis peccata mundi: miserere nobis«. Ohne einen Hauch von Unsicherheit artikuliert Amalie die lateinischen Worte. Unterdessen sitzt sie auf einer Wolke der Überheblichkeit, denn sie kennt (kein Klausenstettener und schon gar nicht die Schredereder Lene kann ihr hier das Wasser reichen) sogar die deutsche Übersetzung von dem, was sie psalmodiert.

Paula, die wenig redet, dafür aber viel hinhört, gesteht ihrer Großmutter, Amalie Simmet, gern zu, dass sie zehnmal klüger und gebildeter ist als ihre Nachbarin, die Lene Schredereder. Der ungesunde Punkt daran, findet Paula, ist nur, dass es keine besondere Kunst darstellt, klüger zu sein als die Schrederederin. Und deshalb stört es Paula, wenn Amalie die Lene bei jeder Gelegenheit bloßstellt. Und das tut sie. Paula bekommt es mit, wenn sie Abend für Abend hinter ihren Schulbüchern verschanzt am Küchentisch klemmt.

Lenes jüngsten Schnitzer hat Amalie so oft durchgekaut, dass sich die Mäuse auf dem Heuboden aus lauter Überdruss schon die Ohren zuhalten, wenn sie wieder davon anfängt. Die

Sache hatte sich just an jenem Sonntag zugetragen, an dem Lene als Fahnenmutter für das siebzigjährige Gründungsfest der FFW Klausenstetten ausersehen wurde. Es war der Sonntag Quinquagesima, so was weiß die Amal, ohne nachdenken zu müssen. An diesem Tag gab Lene vor dem ganzen Gemeinderat, dem Pfarrer, den Aktiven der Feuerwehr und allen anderen, die gerade so dabeistanden, zu, dass sie ihr Leben lang bis auf den heutigen Tag dachte, »Dominus vobiscum«, hieße übersetzt »Herr, wo bist du«. Die Klausenstettener lachten bloß gutmütig: »Mei, die Lene!« Aber die Amal biss sich daran fest: »Da siehst es wieder, wie dumm die Lene is, brunzdumm wie ein Kinigelhas.«

Paula fragte sich, was Amalie als die größere Dummheit ansah, den Übersetzungsfehler oder das Eingeständnis. Wie auch immer, eines war offensichtlich: An Quinquagesima wurmte es die Amal kräftig, weil ihr eigener Mann der Schredereder Lene unerschütterlich die Stange hielt. Nach dem gutmütigen Auflachen setzte nämlich ein Frotzeln und Spötteln ein, und Amal hätte sich gerne ein bisschen in Lenes Blamage gesonnt. Aber was tat Max, der Schuft? Er begann mit einer seiner Kriegslegenden, und bevor es sich Amalie versah, hörten ihm schon alle zu. Lenes ondulierter Hohlkopf war vergessen.

Paula kennt alle Geschichten, die der Großvater zu bieten hat, denn er erzählt und erzählt in seiner Schusterwerkstatt, beim Spannen und Weiten, beim Nähen und Zuschneiden. Und Paula spitzt die Ohren, wenn sie steckenhaxig, pickelnasig und strähnenhaarig in der Ecke hockt, halb versteckt hinter der Stanzmaschine. Strichlippig und schiefzahnig, wäre noch aufzuzählen der Vollständigkeit halber, aber das sind sie alle, die Kinder der Spanagl Erna, geborene Simmet. Die anderen drei, Paulas Schwester und die beiden Brüder, sind außerdem noch großmäulig und faulpelzig, und zuhören wollen sie keinem.

Paula kann sich recht gut vorstellen, wie die Stimme des Großvaters am Sonntag Quinquagesima in das Grölen und

Johlen schnitt: »Herr, wo bist du? Das haben wir uns im Krieg wieder und wieder gefragt. Herr, wo bist du? Und bis heut weiß keiner, wo er war, '42, wie sie gefallen sind nacheinander, der Vater von unserm jungen Kreisbrandrat, bald drauf dein einziger Bruder, Amal, und später noch deine zwei Brüder, Lene. Wo wird er denn gwesen sein, der Herrgott, wie sie den Blumental auf Dachau ham mitsamt seine Kleinen und seiner Frau, die wo noch nicht mal aus dem Wochenbett heraußen war. Und dann, kaum eine Woch später, hams dann den Molcek abgeholt, bloß weil der gsagt hat, jeder Krieg ist ein Unrecht, und wer einen anschafft, das ist ein Unmensch! Wie sie den Molcek wegham, da ham wir gwusst, dass es brenzlig wird für deine Mutter, Lene.«

Mit ihrer Meinung über Adolf Hitler hatte die Schredereder Else, Lenes Mutter, schon Anfang November 1923 in Klausenstetten lauthals die Runde gemacht, damals, als gerade der Putsch in München fehlgeschlagen war und Hitler Fersengeld gegeben hatte. '23 konnte sie es wagen, weil Hitler in Uffing erwischt und in der Festung Landsberg am Lech eingelocht wurde.

In jener Zeit schien es noch nicht riskant, den späteren Reichsführer als Schicklgruber-Bankert zu betiteln und über seine Herkunft zu lästern. Aber Else Schredereder (von ihr musste Lene das Spatzenhirn haben) war dämlich genug, auch '33 das Maul nicht zu halten (das *war* dämlich, oder war es etwa mutig?).

'39 hatte sie immer noch nicht gerafft, dass sie sich um Kopf und Kragen redete. Sie wurde auch '42 nicht still und behauptete dummdreist und starrsinnig, von ihrer Mutter-gottselig her bis aufs i-Tüpferl genau über Hitlers Abstammung Bescheid zu wissen: »Und was eine Wahrheit is, bleibt eine Wahrheit, und eine Wahrheit kann man nicht abstechen und nicht vergasen.«

2.

ELSES MUTTER-GOTTSELIG GING 1884 – neunzehn Jahre war sie da alt – nach Niederösterreich in Stellung. Der Ort hieß Zwettl und war öde. Die Herrschaft benahm sich hochnäsig, und Elses Mutter-gottselig hatte Heimweh nach Klausenstetten. Sie hatte Heimweh bis zu dem Tag, an dem der Kesselflicker an die Hintertür klopfte. »Der Rastelbinder is kommen«, rief eine der Küchenmägde und führte einen feschen Kerl in die Küche. Noch am selben Abend fing Elses Mutter-gottselig ein Techtelmechtel mit ihm an, und das Heimweh verflog.

Der Kesselflicker war ein Hansdampf in allen Gassen. Er kam im Waldviertel gründlicher herum als der Gänsegeier und konnte Elses Mutter-gottselig stundenlang mit witzigen, spannenden und gruseligen Geschichten unterhalten. Der Rastelbinder kannte die einfältigen Waldviertler von außen und von innen, er kannte sie sozusagen durch und durch. Sogar die Kopf- und Filzläuse, die Flöhe und die Bettwanzen, die den Zwettler Zisterziensermönchen und ihren dörflichen Brüdern und Schwestern im Herrn am nächsten standen, weil sie ein Leben lang in deren löchrigen Gewändern hausten und gewissenhaft jeden Quadratzentimeter schmieriger Haut observierten, bestaunten die Beschlagenheit des Kesselflickers. Dieser Rastelbinder, geschäftig und umtriebig, zog nun Elses Mutter-gottselig zum Nabel jeder Geselligkeit, von der er Wind bekam.

Es war auf einem Maitanz in Döllersheim, als Elses Mutter-gottselig einen Herrn namens Alois Schicklgruber kennenlernte. Sie ließ sich weder jetzt noch später herbei, ihn näher zu charakterisieren, nannte ihn aber zeitlebens nur den »Saubärn«.

»Und der Saubär«, pflegte ihre Tochter, Else, von November '23 bis November '42 hinauszuposaunen, »der Saubär, das ist der Vater vom Adolf. Dem Schicklgruber-die-Seine hats der Mutter-gottselig doch selber erzählt, dass er ihr ein Kind gmacht hat, der Saubär. 1888 is das gwesen, und '89 im April is er dann auf die Welt kommen, der Schicklgruber-Bankert.«

Was Elses Mutter-gottselig nie jemandem – und ihrer Tochter schon gar nicht – erzählte, war, wie sie Anfang '89 ziemlich überstürzt nach Klausenstetten zurückkehren musste. Sie hätte ihr kleines Geheimnis allerdings ebenso gut vom Schlossberg herunterrufen können, denn ganz Klausenstetten und halb Hohenstetten wusste sowieso Bescheid.

Zum Jahreswechsel in Zwettl hatte sich Elses Mutter-gottselig endgültig damit abfinden müssen, dass sie schwanger war. Der Kesselflicker reagierte flink. Er roch den Braten und machte sich schnellstens aus dem Staub. In Klagenfurt-St. Veit fand er ein neues Wirkungsfeld.

Elses Mutter-gottselig fahndete nicht nach ihm. Sie trauerte ihm nicht einmal hinterher, weil der Rastelbinder viel zu leichtlebig war, um einen Vater abzugeben – sogar einen schlechten: Er war ein Dulliäh von hinten bis vorne. Der Kesselflicker würde niemals ein ordentliches Hauswesen gründen wollen.

Auf ein solches samt bürgerlicher Ehrhaftigkeit war Elses Mutter-gottselig aber aus, und deshalb schwenkte sie in Richtung Heimat, bevor sich das Bäuchlein runden konnte. Sie hatte da schon was im Auge: Ihre Option hieß Anton Vierlbeck.

Der Vierlbeck Anton hatte vor mehr als einem Jahr seine Frau an die Schwindsucht verloren, und seine drei Buben verlotterten seither gröblich in der verwanzten Stube. Viel hatte Vierlbeck einer Frau nicht zu bieten, aber Elses Mutter-gottselig hatte ohnehin nur einen einzigen Wunsch: Legitimation.

Kaum in Klausenstetten, warf sie sich dem Vierlbeck an den Hosenschlitz, aber selbst diese eilige Maßnahme konnte nicht verhindern, dass sie ein Fünfmonatskind zur Welt brachte. Das fiel jedoch nicht besonders auf, denn es gab eine ganze Menge Fünfmonatskinder in Klausenstetten. Ausschlaggebend war, dass Elses Mutter-gottselig »Frau Vierlbeck« hieß, bevor sie die ersten Kindsbewegungen spürte.

Das Sacherl vom Vierlbeck warf kaum mehr ab als eine Handvoll Erdäpfel und ein paar Roggenkörner fürs täglich Brot. Elses Mutter-gottselig, die zweite Vierlbeckin, sah bald mit Schrecken, wie die Schwindsucht auch in ihre Kammer schlich, und entdeckte kein Schlupfloch, um ihr zu entkommen. Und es half ihr überhaupt nichts, dass sie von den recht betuchten Schredereders abstammte. Ihr Bruder, Herbert, hatte den väterlichen Hof ganz allein geerbt und frühzeitig kundgetan, dass er der Vierlbeck-Brut nicht einmal einen gottverdammten Frühapfel in den Rachen schmeißen würde und sonst erst recht nichts.

In ihrer Not fiel Elses Mutter-gottselig nichts Besseres ein, als zu beten (der Pfarrer hatte ihr das bereits bei der Hochzeit angeraten). Sie versuchte es bei Mutter Anna, beim heiligen Jakob und bei allen Seraphim. Als 1906 der Typhus Herbert Schredereder mitsamt Frau und Kindern hinwegraffte, glaubte Elses Mutter-gottselig fest daran, einer der Angerufenen hätte sie erhört und Bruder gegen Schwester, Typhus gegen Schwindsucht eingetauscht.

Sie dankte allen Heiligen und trat ihr Erbe an, denn nach allgemeinem Recht und Gesetz bekam die zweite Vierlbeckin nach dem Tod der ihr vorrangigen Erbberechtigen nun den Schredereder-Hof. Allerdings verlangte das Sippenrecht, dass der, dem der Hof zufiel, auch den zugehörigen Namen annehmen musste. Die Vierlbeckin hängte kurz entschlossen das doppelt ererbte Schredereder an ihren Heiratsnamen. Mit der Zeit ließ sie Letzteren dann wieder weg und beschränkte sich ganz simpel auf Schredereder.

Else und ihr ein Jahr älterer Bruder (weitere Kinder von Elses Muttergottselig waren frühzeitig verstorben) wurden damit ebenfalls zu echten Schredereders, Vierlbeck hin und Kesselflicker her. Else und Ede wuchsen in dem Anwesen auf, das sich ihr Großvater, ihr Urgroßvater und wer weiß wie viele erarbeitet hatten. Else lernte Kühe melken und Reisig bündeln, und sie hörte sich die Geschichten an, die ihre Mutter aus Zwettl erzählte.

Eine davon wärmte Else 1923 wieder auf. Leider hatte der Zahn der Zeit in den ohnehin schon komplizierten Hergang der von Elses Mutter-gottselig überlieferten Hitler-Genealogie ein paar Löcher genagt, die Else allerdings schlankweg ignorierte.

Was normalerweise keine Rolle gespielt hätte, war im Fall Reichsführer in spe imstande, eine braune Schlinge zu knüpfen, die sich zügig um Elses Hals wand. Dabei war '23 noch gar nicht abzusehen, dass sich die Schlinge einmal kritisch zuziehen könnte.

Else Schredereder fuhr halsstarrig und unverblümt damit fort, Adolf Hitler den Schicklgruber-Bankert zu nennen, als dieser schon Reichskanzler war und Gebieter über Sturm-Abteilung, Schutz-Staffel und Stahlhelm. Elses Mann, Siegfried Ellerschwang, der Else samt dem Schredereder-Hof 1912 geheiratet hatte und der sich seit 1927, als ihm und seiner Frau der Hof offiziell übergeben wurde, der Einfachheit halber Eller Schredereder nannte, versuchte in den folgenden Jahren, und ganz besonders ab '33, immer wieder, Else zur Vernunft zu bringen: »Sag das nimmer. Sag nimmer Schicklgruber-Bankert zum Reichskanzler, du bringst uns alle ins Unglück damit.«

»Könnt er nicht mal selber abstreiten, der Adolf«, antwortete Else jedes Mal bockig, »weil, was is, das is.«

»Es ist eben grad nicht«, antwortete dann ihr Mann zum hundertsten Mal und käute wieder, was er sich extra die Mühe gemacht hatte zu recherchieren: »Was man ihm auch alles nachsagen kann, dem großgoscherten Reichsführer – einen ganzen Haufen kann man ihm sogar nachsagen mit Fug und Recht –, aber das, was du daherbringst, grad das ist nicht wahr. Pass auf«, zerpflückte Eller Schredereder wieder und wieder akribisch Hitlers Herkunft, »der Alois, der Vater vom Führer – der Saubär, wie ihn deine Mutter geheißen hat –, *das* war der Schicklgruber-Bankert, *den* hat die Anna Schicklgruber ledig gehabt, wer dem sein Vater war, das weiß keiner. Aber *er*, der Alois Schicklgruber, der Saubär, *der* war mit der Seinigen verheiratet, genauso wie du und ich. Und deswegen ist der Hitler legitim geboren, genauso wie du und ich, hast mich!«

Vielleicht hörte ihm Else nie richtig zu, vielleicht meinte sie auch, dass es egal sei, ob der Vater ein Bankert war oder der Sohn. Sie gab jedenfalls weiterhin ihre eigene Ansicht zum Besten.

»Else, alle miteinander bringst uns noch ins KZ, wennst den Mund nicht hältst«, flehte ihr Mann.

Sie hielt ihn nicht, die Else, den Mund, keine Minute lang, und als '40 ihr erster Sohn fiel, erst recht nicht mehr. Die Klausenstettener murrten. Eller wusste nicht ein noch aus. Eines Abends besprach er sich lange mit dem Simmet Max. Danach war beiden klar, dass man die Schredereder Else zum Schweigen bringen musste. Sie war nicht nur für sich selbst und ihre Sippe eine Gefahr, sondern für alle Klausenstettener. Vorwiegend für den Max, denn Else nahm auch in seiner Schusterwerkstatt kein Blatt vor den Mund, egal ob der Gauleiter gerade seine Stiefel vom Besohlen abholte oder sonst einer mit dem Parteiabzeichen am Revers die Türklinke in der Hand hielt.

Else war eine Gefahr für das ganze Dorf, weil die Braunen nicht viel Federlesens machen würden, wenn sie darangingen, die Blasphemie ein für alle Mal auszurotten, durch die Else Schredereder den glorreichen Reichsführer schmähte.

Anfang '42 stürzte sich Max in weitschweifende Überlegungen zum Fall Else Schredereder. Es war inzwischen bekannt, dass der Gauleiter beschlossen hatte, Else Schredereder den Mund auf eine Weise zu stopfen, die ihre Kinder zu Waisen machen würde.

Der Gauleiter hätte gar keine andere Wahl, erklärte Amalie ihrem Mann. Die Hitleranhänger hier in Klausenstetten (es waren nicht viele, aber sie hatten das Sagen) würden den Amtsträger um seinen Posten und wer weiß um was sonst noch bringen, würde er Elses Verunglimpfung des Führers noch länger hinnehmen.

Max musste eine Lösung finden, unbedingt. Als Erstes dachte Max daran, Else Schredereder für verrückt erklären zu lassen, denn dieser Schachzug hätte ihr grenzenlose Redefreiheit verschafft. Aber dadurch würde das kompromittierende Unwort erst recht die Runde machen, es würde vor die Instanzen kommen und in Berichten auftauchen. Und dann?, dachte Max, dann käme Klausenstetten an den Pranger. Es gäbe Verhandlungen und Untersuchungen und Befragungen. Mit welchen Ergebnissen? Nicht auszudenken, was die Braunen alles zutage fördern könnten.

Schon in diesem Stadium seines Gedankenexperiments sah Max eine Menge guter Gründe, den Plan »Freibrief für Else« wieder fallen zu lassen. Aber er zwang sich, einen Schritt weiterzugehen.

Angenommen, sinnierte er, Klausenstetten würde all die hochnotpeinlichen Verhöre durchstehen. Angenommen, man könnte die Braunen austricksen und der Else den Paragraphen verschaffen. Dann könnte sie plappern, was sie wollte, der Einundfünfziger würde sie schützen. Aber wäre Else dann sicher, wäre sie außer Gefahr?

Bei dieser Frage fiel Max siedend heiß Martin Ellerschwang ein, Elses Schwager. Martin litt von Geburt an unter einem Übel, das die Klausenstettener »hinfallende Krankheit« nannten. Immer wenn Martin zuckend zu Boden sackte – und das kam nicht selten vor –, stand ihm der Schaum vor dem Mund, seine Augen verdrehten sich, bis nur noch das Weiße zu sehen war. Er schlug um sich, biss und kratzte und hatte keine Ahnung von dem, was er da tat. Zugegeben, es war gespenstisch. Deshalb reagierte seine Familie schier hoffnungsvoll, als sich Anfang '40 die Behörden für Martin interessierten. Ein Anschreiben, das den Ellerschwangs zuging, kündigte an, dass Martin zur Untersuchung und Einvernahme in eine Heil- und Pflege-Anstalt gebracht werden würde.

Ohne Untersuchung keine Behandlung, ohne Behandlung keine Heilung, sagten sich Martins betagte Eltern und packten den Koffer für ihren Sohn. Den Brief legten sie bei, als Beweis für Martins Anspruch als Patient. Dieser Brief sah nämlich so respekteinflößend aus. Er trug einen mit einem Hakenkreuz dekorierten Faksimile-Stempel neben der Unterschrift und kam vom Reichsbehinderten-Erfassungsamt.

In Klausenstetten hörte man nie wieder etwas von Martin Ellerschwang. Aber man hörte eine Menge Gerüchte, die sich um ein einziges Wort rankten: »Euthanasie«.

Konnte der Freibrief Else Schredereders Todesurteil bedingen?

Max Simmet wälzte das ganze Dilemma wochenlang über seinen Schusterleisten. Er verschnitt zwei schöne Flicken teures italienisches Leder zu unbrauchbaren Trapezen, nagelte drei Absätze verkehrt herum auf spröde Schuhsohlen, die die Nägel nur ungern wieder hergaben, und hörte Else in seinen Alpträumen »Schicklgruber-Bankert« grölen. Eines Morgens, als er mit drei gezielten Hieben eine schief gelatschte Profilsohle von einem Lederstiefel schlug, streifte ihn der wahnwitzige Gedanke, dass der Schusterhammer genau das Werkzeug war, das Else Schredereder vor dem KZ retten konnte.

Der Hammer muss mit der platten Seite kraftvoll auf Elses Hinterkopf geschwungen werden, dorthin, wo diejenigen Nerven sitzen, die Else das Sprechen ermöglichen, irrlichterte es in Max' Hirn.

Er schwitzte zwei komplette Nächte durch und phantasierte sich dabei zurecht, man könne ganz exakt mit einem forschen Schlag Elses Sprachzentrum treffen, ohne weiteren Schaden anzurichten als den, dass die auf solche Art geheilte Else bis zum hoffentlich baldigen Untergang des ungesunden braunen Regimes kein einziges Wort mehr herausbrächte.

Nach der dritten Nacht hatte sich Max weit genug in seinen Wahnvorstellungen verfangen, dass er frühmorgens (es war der Martinitag) den Schusterhammer zurechtlegte, seine Hand dem Herrn empfahl und untätig auf die Else wartete, die ihre weißen Stöckelschuhe abholen sollte.

Der Herrgott hatte aber allen Grund, Max' Hand gründlich zu misstrauen, vor allem deshalb, weil er im Zuge der Evolution das Sprachzentrum in Elses Hirnwindungen links eingebaut hatte, eine gute Handbreit von der Stelle entfernt, die sich Max im Geiste markiert hatte. Max seinerseits ignorierte alle göttlichen Impulse, die ihn sanft zum Umdenken drängten, und versteifte sich auf ein Plätzchen an Elses Hinterkopf, wo der Schlag im wahrsten Sinn des Wortes ins Auge gehen würde. Im vorliegenden Fall sogar in beide.

Da musste Gott hurtig handeln: Als Else an diesem Morgen beim Frühstück herzhaft in ihr Ramabrot biss, zeigte der Herrgott Elses Mann eine Stelle an ihrem Schädel, die – brachial lädiert – temporäres Verstummen ohne weiteren Schaden versprach. Himmlischer Eingebung folgend holte Eller aus und zertrümmerte Elses Unterkiefer linksseitig. Niemand argwöhnte Willkür, weil Feld und Stall sowieso ständig Unglücksfälle gebaren wie lauwarme Tümpel Moskitos.

Von nun an sog Else die eingeweichten Ramabrote durch einen Strohhalm in ihren Schlund. Zwölf Monate lang sprach sie kein Wort, weil sie den Unterkiefer nicht bewegen konnte. Am Neujahrstag '43 sagte sie zu ihrem Mann »Sauhammel«, und dann schwieg sie weiter, weil sie nachtragend war. Zum Frühjahr '45 hin taute Else Schredereder allmählich wieder auf. Der Schicklgruber-Bankert spielte zu dieser Zeit keine Rolle mehr, er war auf dem absteigenden Ast.

Paula – sie hockt noch immer in dem Ahornbaum und blinzelt in den Rauch – kommt die Beerdigung der Schredereder Else in den Sinn.

Voriges Jahr, so um die Frühjahrszeit, muss sie gestorben sein, überlegt Paula und sieht Großmutter Amalie schwarz gekleidet im Kirchengestühl knien. Bei Trauerfeiern trägt Amalie ihr schwarzes Kostüm. Bevor sie es anzieht, nimmt sie die Mottenkugeln aus den Jackentaschen.

Paula sieht den Großvater mit einem schwarzen Band am Revers seiner Uniform hinter dem Sarg hergehen, und sie sieht ihre Mutter – Paula schreckt auf.

Die Sonne verschwindet soeben hinter dem Schlossberg, zieht ein paar Rauchschwaden vom Firmament mit hinunter und lässt nur Schatten zurück; sonderbar, dieses Dämmerlicht. Und noch etwas ist sonderbar. Paula horcht und lauscht, sie späht in die Runde, und da fällt es ihr auf: Es ist so verblüffend still ringsum. Überstürzt rutscht Paula an dem rauen Stamm des Ahorns hinunter. »Da wirds mich jetz gleich wieder anzischeln, die Mutter«, murmelt sie leise vor sich hin. »Dass ich die Rinde von dem Brot nicht wert bin, wo ich ess, werd ich zu hören kriegen, und dass ich mich vor der Arbeit drück wie der Pfarrer und der Doktor vor den armen Leuten, die wo ihnen nix einbringen.«

Paula fegt über die Wiese, sprintet am Gemüsegarten vorbei und stoppt abrupt beim Wassergrand neben der Haustür. Über das Plätschern hinweg hört sie die Lene Schredereder ganz elendig greinen: »Jedes Jahr hab ich ihm einen Zehner zum Opfer bracht. Immer an seim Namenstag hab ich das Opfergeld für den heiligen Florian in den Klingelbeutel eingworfen, ich schwörs euch. Und was tut er dafür, der Schutzpatron gegen Feuer und Rauch? Er lasst uns im Stich! Grad wo wir ihn so notwendig brauchen, lasst er uns im Stich. Er hätt doch aufpassen können, dass es keine Funken raushaut aus die elektrischen Kabeln, Feuerfunken, die wo dann ins spreutrockene Balkenholz und ins dürre Stroh springen.«

Lene setzt zu einem lauten Schniefen und Schluchzen an, das sich zermürbend mit dem Wassergrandgurgeln mischt. Und Paula hält es für angeraten, hier draußen zu warten, bis sich Lene beruhigt hat.

Wär der Mutter gwiss nicht recht, wenn ich jetz reinplatzen tät, denkt sie und hockt sich auf den umgedrehten Zuber neben dem Grand.

Im Minutentakt unterbricht die Stimme von Paulas Mutter, Erna Spanagl, Lenes Klagen: »Furchtbar is des, Lene, mei, furchtbar.«

Paula wäscht sich die Hände, schöpft Wasser, trinkt und wartet. Nach einiger Zeit flaut Lenes Weinen zu einem leisen Seufzen ab.

Paula hat den linken Fuß schon in der Flez, da bricht die Schredereder Lene wieder aus wie ein Island-Geysir: »Seit Generationen, zurück und zurück bis auf den Kurfürst Max, immer haben wir aufpasst, dass wir kein andern Selbstlaut in unsern Namen haben als wie ein E. *›Solang kein U, kein I, kein A das Gleichmaß in dem Namen stört, is das Unglück ausgesperrt‹*, so is es den Schredereder prophezeit.«

Lene lacht bitter auf: »Gar nix hats uns gholfen, dass wir immer nur Vornamen mit E ausgsucht haben, heut nicht und früher auch nicht. Und interessieren täts mich echt, wer so einen Schmarrn aufbracht hat. Am End der Mühlhiasl, der bucklige Hurenbock, der vermaledeite.«

»Lene, bist nicht gleich still!«, fährt ihr Erna Spanagl in die Rede. »Hast nicht eh schon genug Unheil am Hals? Der Mühlhiasl, der is zum Fürchten, der lauscht noch aus seim Grab raus. Auch hundert Jahr nach seim Tod kann dir der noch ein Übel anwünschen, wennst ihn ergrimmst.« Schrecken zittert in Ernas sonst so resoluter Stimme, und Paula läuft die Gänsehaut auf, draußen in der Flez.

Die düstere Unterrichtsstunde im Fach Heimatkunde wird Paula nicht so schnell vergessen, diese Stunde, in der Lehrer Selch mit gekrümmt erhobenem Zeigefinger nachgesprochen hat, wie der Mühlhiasl das große Abräumen weissagte: »Die Zeit wird kommen, wo die Welt abgeräumt wird, das wird sein: Wenn sich die Bauersleut gewanden wie die Städtischen und die Städtischen wie die Narren; wenn die Bauersleut Hennen und Gänse selber fressen; wenn die Leut in der Luft fliegen können und der eiserne Hund die Donau heraufbellt, dann ist nicht mehr weit hin.«

Lehrer Selch stellte während dieser Schulstunde keinen Augenblick infrage, dass der Mühlhiasl vor etwa zweihundert Jahren wirklich existierte und gab eine ganze Menge beängstigender Mühlhiasl-Zitate zum Besten. Am Ende der Stunde sagte Selch, der Mühlhiasl sei das niederbayerische Pendant zu Nostradamus, allerdings sei der bayerische Seher zweihundertfünfzig Jahre später geboren als der französische Arzt und Visionär. Niemand in der Klasse verstand diesen Satz, auch Paula nicht, aber die ging in der Pause in die Schulbücherei, nahm ein Lexikon und sah unter »Nostradamus« nach.

Im Klausenstetten des 20. Jahrhunderts ist der Mühlhiasl noch immer präsent. Er ist geachtet und gefürchtet, und er wird beharrlich zitiert. Denn der Mühlhiasl ist ein Hiesiger, ein Einheimischer. Er ist sogar ein ganz besonderer Einheimischer, einer, der in die Zukunft sehen konnte.

Nur eine halbe Wegstunde von Klausenstetten entfernt, in der Pfarrei Hunderdorf, ist der Mühlhiasl zur Welt gekommen. Am 16. September 1753 wurde er unter dem Namen Matthäus Lang ins Geburtenregister eingetragen.

Der erwachsene Mühlhiasl hinterließ seine Gene im Zellplasma von acht legitimen Kindern. Eine angemessene Zahl zu seiner Zeit. Den Gerüchten nach war jedoch der Mühlhiasl weit produktiver, als die Behörden ahnten. Er soll halbe Schulklassen mit seinem Y-Chromosom ausgestattet haben. Das konnte zwar nie bewiesen werden, ließ aber in der ganzen Gegend eine gewisse Unsicherheit hinsichtlich der paternalen Abstammung aufkommen.

Ob der Mühlhiasl nun hundert, fünfzig oder bloß zehn Nachkommen hatte, es darf angenommen werden, dass seine Gene weit gestreut und keinesfalls ausgestorben sind. Damit wäre er unsterblich – biologisch gesehen.

Das, so scheint es, reichte dem Mühlhiasl nicht. Falls er nicht nur im Erbgut der Klausenstettener und ihrer Nachbarn erhalten bleiben wollte, sondern auch in ihren Köpfen, ihren Gemütern und ihren Seelen, dann kann er einen vollen Erfolg verbuchen. Seine zahllosen belegten und behaupteten Prophezeiungen lassen sich bis heute nicht ausrotten. So sehr auch Bischof und Pfarrer gegen jeglichen Aberglauben wettern, die Weissagungen des Mühlhiasl halten stand.

Lene Schredereder denkt überhaupt nicht dran, zu einem Ende ihrer Tirade zu kommen. Sie beißt sich an den Schredereder'schen Glücks-E fest, die ganz offensichtlich irgendwann zu Unglücks-E mutierten. Und Lene weiß auch, wann das war, und sie will es der Spanagl Erna – die das genauso gut weiß – vorbeten, jetzt. Und dazu muss die Lene ein wenig ausholen:

»Einen Haufen Grundstücker hams den Schredereder zamgrafft, die E, zwei Granitbrüch und etliche Tagwerk Waldung. Ja, ganz früher, da hats gwirkt, das E, stark hats gwirkt. Ganz früher, da warn die Bälger immer allesamt kräftig und pumperlgesund. Drum ham sich die Altvorderen gschworn, dass sie ihre Kinder nicht anders als Herbert und Eckbert, Helene und Else taufen wolln und – falls ihnen die richtigen Namen zu wenig werden – dann halt Bene und Rese und Mele, ganz egal, Hauptsach bloß E und sonst nix.«

Lene flennt eine Weile leise vor sich hin, bevor sie den Zeitpunkt nennt, an dem das Verhängnis seinen Anfang nahm: »1906, da is angangen! Da hat der Typhus den Herbert, den Bruder von der Großmutter-gottselig, weggeräumt; den Herbert und all die Seinigen, alle, wie sie da warn auf dem Schredereder-Hof. Von der ganzen Schredereder-Sippe is bloß die Großmutter-gottselig übrig blieben. Meine Großmutter, die wo wegen ihrer Heirat eine Vierlbeckin war, die is dann auf den Hof kommen, mit ihre lebendige zwei Kinder, dem Ede und meiner Mutter, der Else; mitsamt der angeheirateten Vierlbeck-Bagage und mit dem alten Vierlbeck, ihrem Mann.«

Lene tut einen tiefen Seufzer. »Von da an, Spanaglin, is dahingangen und dahin. Der Großmutter-gottselig sind alle Kinder, die sie noch kriegt hat, weggstorben. Nur die zwei, wo schon da waren, meine Mutter, die Else, und mein Onkel, der Ede, sind am Leben blieben. Der Brut vom Vierlbeck seiner Ersten hat natürlich nix ankönnen, die hat sich gehalten und hat sich breitgmacht auf dem Hof, bis der Onkel Ede das Gfras zehn Jahr später davongscheucht hat. Aber er is halt auch nicht alt worden, der Ede. Noch keine vierzig war der, wie ihn der Tod derwischt hat, ihn, seine Frau und seine Kinder. Wo sie dann alle tot warn, da is von den Schredereder bloß noch meine Mutter übrig gwesen, die Else Schredereder. Und in der nächsten Generation wars nicht anders. Ich bin als Einzige noch da, meine Brüder hat der Krieg gfressen.«

Paula hört einen Doppelseufzer (Lene und Erna simultan) und dann wieder Lenes Stimme: »Schad-E sind draus worden aus unseren Glücks-E. Ich glaub, der Vierlbeck hats verwunschen, dem Saukopf trau ich alles zu.«

Hat Erna Spanagl an dieser Stelle beipflichtend gemurmelt? Paula ist sich nicht sicher. Lene redet bereits weiter: »Trotz die ganzen Heimsuchungen hat sich nie einer getraut, sich gegen das E zur Wehr zu setzen. Ich schon gar nicht. Grad gscheit bin ich mir vorkommen, wie ich meinen Ältesten René taufen hab lassen. Dabei hat das gar kein Mensch richtig aussprechen können; so französisch, wie es sich gehört, vorn mit Ö und einem ganz langen E hinten raus. Wie ›Irene‹ hat sich der Name immer anghört bei den Dorfleuten, ohne das I vorn, weißt.«

Paula schüttelt den Kopf, wie könnte ihre Mutter das nicht wissen. Erna Spanagl hatte ja selbst immer »Rene« gesagt.

»Und was ham dem René die E einbracht?«, fragt Lene in diesem Moment. »Die Kinderlähmung, Erna, die Kinderlähmung!« Sie schreit das Wort so laut heraus, dass Paula verschreckt aus der Flez hinauswetzt, über die Gred jagt und sich hinter die Hollerstaude duckt.

An René kann sich Paula noch gut erinnern. Denn obwohl er fünf Jahre älter war als sie – drei Jahre älter als Paulas Bruder, Franz, und sieben Jahre älter als Paulas Schwester, Ella –, hat er jeden Frühsommer etliche Wettkämpfe im Kirschkern-Weitspucken mit den Spanagl-Kindern ausgetragen. Darüber hinaus gab sich René nur selten mit anderen Kindern ab. Er musste schon als kleiner Junge auf dem Hof mithelfen, musste, so gut es ging, den Vater ersetzen, den, als René acht war, eine Fichte bei der Holzarbeit erschlagen hatte.

Paula fällt wieder ein, dass sie im Weitspucken gegen René nie die mindeste Chance hatte, sosehr sie sich auch ins Zeug legte. Und das ärgert sie immer noch ein bisschen. Dabei hat sie enorme Vorteile aus dieser Übung gewonnen: Sommer für Sommer nahm ihr Lungenvolumen um gut einen halben Liter zu, was ihr bei anderen Gelegenheiten sehr zustattenkam.

René starb, als Paula den ersten Schultag der zweiten Klasse absaß.

Er hatte sich am letzten Ferienwochenende mit Grippe hingelegt. Weil er nach drei Tagen immer noch nicht aufstehen wollte, ordnete Dr. Hartmann, kein Freund von lästigen Hausbesuchen, Zäpfchen gegen das Fieber und Tierkohle gegen den Durchfall an. René schluckte die Kohle und führte das Zäpfchen ein, und am nächsten Morgen konnte er seine Beine nicht mehr bewegen. Dr. Hartmann musste sich auf den Schrededer-Hof bemühen.

Als der Doktor das Entsetzen einigermaßen abgeschüttelt hatte, das ihn befiel, als sich das Wesen von Renés Krankheit vor seinen Augen enthüllte, hatte das Poliomyelitis-Virus René bereits erwürgt.

Dr. Hartmann füllte sofort die vorgeschriebene Meldung für das Gesundheitsamt aus und dann den Totenschein. Nach diesen administrativen Verpflichtungen hatte er sich wieder weit genug in der Hand, um Lene Schredereder auf seine Weise zu trösten: »Sie sollten dankbar sein, dass es so schnell gegangen ist, und froh, dass Sie nicht für den Rest Ihres Lebens mit einem Kind im Rollstuhl belastet sind.«

Unter den zischelnden Blättern der Hollerstaude denkt Paula daran, wie am Tag von Renés Beerdigung ihre ganze Klasse rötlichen Saft zu schlucken bekam.

3.

LENE SCHREDEREDERS WEINEN weht nur noch gedämpft aus dem Küchenfenster, sodass sich Paula unter der Holunderstaude hervorwagt.

Ob einer im Leben Glück hat oder Pech, geht es Paula durch den Kopf, während sie leise zur Haustür schleicht, das hängt eher nicht von einem E, I oder U im Namen ab.

»Das Schicksal kann keiner austricksen«, sagt Großvater Max oft. Und Paula glaubt, dass er damit richtigliegt.

Trotzdem, meint der Großvater, sollen die Schredereder sicherheitshalber bei den E bleiben, weil das seit Langem so Tradition ist bei ihnen.

»Was verstehn wir schon von den Zusammenhängen und Verknüpfungen zwischen Diesseits und Jenseits«, sagt der Großvater, »und schaden tut ein E ganz gewiss keinem.«

Da hat er wohl auch recht.

»Das E ist den Schredereder dienlich.« Diesen Satz hörte Paula einmal in ihrem Kopf, und er blieb dort hängen. Paulas Gedanken flüsterten darüber hinaus noch dies und das von Buchstaben und Zahlen und der Magie, die ihnen innewohnt. Aber die ganze Sache schien Paula sehr kompliziert, und zügig verdunstete die Botschaft.

Paula durchquert die Flez und legt die Hand auf die Klinke der Stubentür. Sie hört Lene leise schluchzen und beschließt, lieber doch noch ein bisschen zu warten. Hineingehen oder draußen bleiben, beides könnte gleich falsch sein. Das hängt ganz von Erna Spanagls Laune ab. Das Beste ist, abzuwarten, bis sie »Paula« ruft, und dann wieselflink aufzukreuzen.

Müde setzt sich Paula auf die hölzerne Truhe, in der Erna Spanagl Kernseifenstücke, Bürsten und Putztücher aufbewahrt, und malt unsichtbare E auf die Zierleiste am Deckel.

Jahraus, jahrein haben sich die Schredereders an ihre E geklammert wie die Gotländer an ihre Runen. Lieber ließen sie eine »Emele« ins Geburtenregister eintragen oder einen »Henz«, als dem I oder sonst einem Vokal eine Chance zu geben. Aus dem gleichen Grund blühen auch bei Schredereders ausschließlich Verbenen in den Balkonkästen und im Vorgarten.

Das Unglück aber traf sie mit der gleichen statistischen Wahrscheinlichkeit wie die Simmets, die Ellerschwangs und die Semaus vom Schloss. Diese Behauptung lässt sich stichhaltig beweisen, und zwar anhand des Sterberegisters. Darin ist eindeutig belegt, dass das Kindbettfieber, das zwischen 1920 und '23 in Klausenstetten jede dritte Wöchnerin hinwegraffte, weder Bette Schredereder noch ihre Schwester Gele verschonte. »Zweifellos«, hatte Dr. Hartmann ausgerufen, als Lene die Sache einmal zur Sprache brachte, »all die Frauen sind ja nicht wegen einem E gestorben, sondern wegen den dreckigen Händen der Hebamme. Ignaz Semmelweiß, der die Kontaktinfektion als Ursache des Kindbettfiebers erkannt hatte und vehement für Hygiene beim Kampf gegen die Mikroben eintrat, ist verlacht und verspottet gut fünfzig Jahre zuvor in einem Wiener Irrenhaus gestorben. Wie hätte da ausgerechnet die Vierlbeck-Hebamme wissen sollen, dass sie eigenhändig den Tod von Haus zu Haus trug?«

Natürlich hatte sie keine Ahnung davon, die Vierlbeck-Hebamme, und die Klausenstettener erst recht nicht. Sie vertrauten ihr lange Zeit. Zu Recht, denn sie war eine gute Hebamme, kannte sich mit Heilkräutern besser aus als sonst jemand im ganzen Landstrich. Die Vierlbeck-Hebamme hatte so manchen Blutstrom gestillt, bevor er das Leben aus einer Wöchnerin herausschwemmen konnte.

Aber als das Kindbettfieber eine Klausenstettenerin nach der anderen um die Ecke brachte, brauchte man einen Sündenbock. Buchstaben, aus welchem Teil des Alphabets auch immer, konnten nicht bestraft werden, blieb also nur die Hebamme. Die Klausenstettener taten sich in diesem speziellen Fall mit den Hohenstettenern zusammen, beratschlagten ausgiebig, kamen einvernehmlich zu dem Ergebnis, dass durch Hexenwerk und Teufelskunst der weisen Frau alle Weisheit abhandengekommen war, und jagten sie aus ihrem Bezirk. »Man muss sie«, lautete das Edikt, »nachhaltig daran hindern, eine unserer Pfarreien um die andere auszurotten.«

Einem, der durchblickt und begreift, könnte das Sterberegister von Klausenstetten eine ganze Menge erzählen. Es würde ihm zum Beispiel von E-beschirmten Schredereders berichten, die genauso wie ihre E-losen Artgenossen an der Syphilis eingingen.

Der Teufel weiß, bei welcher Hure sich Ede Schredereder, Elses Bruder – er war damals knapp dreinunddreißig Jahre alt –, im Sommer 1922 die Spirochäten eingefangen hat. Fünf Jahre später jedenfalls starb er als paralytisches Wrack, nicht ohne vorher seine komplette Familie und ein Dutzend junger Mädchen aus dem Umkreis infiziert zu haben.

Kein noch so gut meinendes E konnte die Schredereder-Töchter vor der inzestuösen Geilheit ihres Schanker-verseuchten Vaters retten. Oder fühlten sich die E einfach nicht zuständig für den Ede und die Seinen, weil der Ede ein Bankert war, dem Vierlbeck im Jahre 1889 von Elses Mutter-gottselig untergeschoben? Ede war der Sohn des Kesselflickers. Ede brachte in den Zwanzigern die Syphilis nach Klausenstetten, und es gab kein Mittel dagegen.

Im Amerika rückte man zu dieser Zeit der Mikrobe, die unter dem Mikroskop aussieht wie ein Korkenzieher, mit Fiebermaschinen zu Leibe. Das war sehr gewitzt, denn Spirochaeta verträgt Hitze nicht so gut. Kislig und Simpson befieberten also ihre Syphilitiker so lange mithilfe von Strom aus der Steckdose, bis die Mikrobe einging; zwei, drei Brandwunden war ihnen das allemal wert.

Leider waren Fiebermaschinen teuer. Da entdeckte Paul O'Leary eine viel preisgünstigere Methode, den Spirochäten Feuer unter dem Hintern zu machen. Er impfte seine Syphilispatienten mit dem Malariaerreger, der die Kranken ohne Weiteres zum Fiebern brachte und die Spirochäten in ihren Körpern verglühen ließ. Diejenigen Patienten, die widerstandsfähig genug waren, überlebten die Syphilis und die Malaria.

In Klausenstetten hatten es die Spirochäten vergleichsweise gemütlich, kein Fieber, kein Arsen und kein Wismut verdarb ihnen die Tatkraft, sie massakrierten mit Ede eine ganze Generation weiblicher Schredereder-Nachkommen.

Paula malt mit dem Finger ein weiteres E, denkt an René und reflektiert über Krankheit und Tod und über die Macht des Schicksals. Dabei kommt ihr ein Geflüster aus der Schusterwerkstatt in den Sinn, das sich – während Paula darauf lauschte – zu einer ganz alten Geschichte verdichtete. Einer Geschichte über das Sterben im Schredereder-Haus zu Zeiten von Herbert, dem Bruder von Lenes Großmutter-gottselig, die mit dem Vierlbeck verheiratet war.

Max und Amalie, Erna Spanagl und Lene Schredereders betagter Onkel Otto Ellerschwang tuschelten hin und her. Keiner von ihnen merkte, dass Paula mit aufgestellten Löffeln hinter der Stanzmaschine hockte und sich kein Wörtchen entgehen ließ. »Ein E war gwiss nicht schuld an dem Typhus, der wo den Schredereder-Hof 1906 heimgsucht hat«, mauschelte es zwischen Leisten und Ahlen. »Der Vierlbeck is der Verderber gwesen! Der war neidig auf den Herbert, weil der den Hof ghabt hat, und er, der Vierlbeck, hat nix ghabt als wie einen Haufen Wanzen, obwohl seine Frau eine Schredereder war.«

Das Getuschel ging fast eine Stunde, und Paula filterte nach langem Hinspekulieren eine Anklage gegen den Vierlbeck heraus, die sie schockierte.

Was an diesem Tag in der Schusterwerkstatt beredet wurde, traf ziemlich genau den wahren Sachverhalt. In Klausenstetten bleibt nichts verborgen, und obendrein ist das Gedächtnis der Klausenstettener zäher als das Leder, das Max Simmet verwendet, um die Schuhsohlen zu doppeln.

Es stimmt also, dem Vierlbeck stank es nach seiner Heirat mit Elses Mutter-gottselig bis über die filzigen Bartstoppeln hinaus, dass sein Schwager Herbert mit einem nagelneuen Fuhrwerk protzen konnte, während die Vierlbecks welke Runkelrübenschnitze kauten, die Herbert nicht einmal an seine Pferde verfüttern wollte.

Es war an einem Abend im Frühjahr 1906, als Vierlbecks zweite Frau, Elses Mutter-gottselig, wieder einmal ein Kind in die Welt setzte, das ebenso wenig benötigt wurde, wie es willkommen war, und das auch nicht lange bleiben würde. An diesem Abend hatten sich ein paar Klausenstettener gefunden, die dem Vierlbeck im Dorfwirtshaus Schnaps und etliche Halbe Bier spendierten. Nachdem er die letzte Halbe ausgetrunken hatte (Sperrstunde war längst vorüber), machte sich der Vierlbeck notgedrungen auf den Heimweg. Das Bier saugte ihm dermaßen das Wasser aus dem Körper, dass er am Schulhauseck ausgiebig gegen einen Torpfosten pinkeln musste. Als er fertig war, knöpfte er vor sich hinbrummelnd den Hosenlatz wieder zu und schlurfte weiter. Da kam es ihn beim Schredereder-Brunnen schon wieder an.

Dort, am Schredereder-Brunnen, wollte die Harnflut überhaupt nicht enden. Während der Vierlbeck pinkelte und pinkelte, hüpften ihm seine branntweinkonfusen Gedanken voraus in sein baufälliges Häusl, und angesichts des neuen Essers, der dem Vierlbeck zu Hause entgegengreinen würde, stieg ihm der Ingrimm vehement auf. »Reinbrunzen müsst man ihm in sein Scheißbrunnen, dem Zammraff, dem Mistkerl, dem gstinkerten«, lallte er und fand noch eine ganze Menge anderer Bezeichnungen für Herbert Schredereder, von denen die meisten etwas mit menschlichen Ausscheidungen zu tun hatten. Die verbale Fäkalschlacht gipfelte mitten in Vierlbecks trunkenem Hirn in einer imponierenden Erleuchtung: »Nix, bloß reinbrunzt, reingschissen gehört ihm in sein Brunnen! Dann kann er die Scheiße saufen, die wo er zuvor raufpumpt mit seiner neumodischen Pumpen.«

Vierlbeck giftete sich schon seit geraumer Zeit darüber, dass die Schredereders auf ihrem Hof das Brunnenwasser seit Jahren schwungvoll und elegant direkt in die Küche pumpten, statt wie andere Leute klappernde Blecheimer vom Brunnen zum Haus zu schleppen.

Vierlbeck spielte mit dem Gedanken an Brunnenschändung. Ein brillanter Sabotageakt konnte auch starke Feinde zur Strecke bringen. Vierlbeck malte sich die Tat aus, und schon begann sein Darmtrakt zu rumoren.

Na also, Vierlbecks Bauch hatte die Entscheidung getroffen, was sollte sein Hirn da noch einwenden wollen. Kurzerhand stemmte der Vierlbeck den schweren Holzdeckel vom Brunnenschacht, hockte sich darüber und ließ zwei fette Batzen hineinfloppen.

Am Morgen darauf hatte er keinen Schimmer mehr von diesem illegalen Defäkieren – Amnesie. Aber die Mauerritzenpupillen hatten sein Tun belichtet und bewahrt.

Nie hätte sich der Vierlbeck träumen lassen, dass ein paar halbverdaute Rüben der gesamten Verwandtschaft binnen sechs Wochen den Garaus machen würden. Wie hätte er denn ahnen können, der Vierlbeck, dass er ein Dauerausscheider der Salmonella Typhi war, des Typhuserregers, gegen den bisher niemand ein Kraut kannte?

Paula hatte von klein auf immer große Stücke auf ihren Großvater, Max Simmet, den Feuerwehrkommandanten von Klausenstetten, gehalten. Aber an dem Tag, als sie hinter der Stanzmaschine diesem Gespräch über potenziell mörderische Kothaufen zuhörte, vermutete sie ihn auf dem Holzweg.

Wie könnte, fragte sich Paula, ein halbes Dutzend Menschen an einem Klümpchen Kacke sterben, wo doch jeder auf Schritt und Tritt in Scheißhaufen steigt, hier in Klausenstetten? Kuhfladen pflastern die Wiesen, Pferdeäpfel kugeln auf der Hauptstraße; vom Schlosshof bis zum Kirchplatz sind Hundehäufchen verstreut wie faule Birnen im Herbst, und menschliche Hinterlassenschaften stinken im Gestrüpp am Wegrand.

Dabei hatte Paula noch nicht einmal die Hühnerkleckse und die Schafbällchen auf Wegschotter und Hofpflaster mitgezählt.

4.

»PAUUU-LA!« Die Spanagl Erna hat das »la« noch in der Kehle, als Paula – seit Sonnenuntergang in Alarmbereitschaft – auch schon in die Küche stürmt. Aus dem Laufstall neben dem Ofen brüllt, was Erna Spanagl bewog, ihre älteste Tochter so eindringlich herbeizurufen.

Paula hebt ihren jüngsten Bruder Sigi hoch. Er ist eineinhalb Jahre alt, kugelrund, pausbäckig, und er schielt ein bisschen. Sie hält ihn im Arm, während sie ein Schüsselchen mit Reisbrei aus dem großen Topf am Herd füllt. Sigi sieht ihr ein paar Augenblicke lang interessiert zu und holt dann Luft, um den Brei lautstark einzufordern. Bevor er dazu kommt, hat er schon einen Löffel voll davon im Mund. Sigi schluckt, reißt das Mäulchen auf, schluckt wieder, und zwei Minuten später muss Paula das Schüsselchen neu füllen.

Kein Wunder, denkt sie und muss lächeln, dass den hungert, den Sigi. Es is schon gut zwei Stunden über die Essenszeit. Hat er eh lang ausghalten, der kleine Wuzel.

Während Paula Brei schaufelt, patschende Händchen festhält und Herausquellendes in Sigis Mäulchen zurückstopft, ist es still geworden in der Küche. Erna Spanagl und Lene Schredereder hocken stumm am Tisch. Jede brütet in ein anderes Eck hinein.

Das Schweigen ist so dicht, dass Paula es fühlen kann; so komprimiert, dass der Löffel, den Paulas Hand zu Sigis Mund führen will, einen Moment lang darin stecken bleibt. Paula seufzt leise, die Arme werden ihr schwer.

Wenig später kratzt sie den Breirest aus der Schüssel, aber Sigi verweigert den letzten Löffel voll. Er presst die kleine Faust auf sein Mäulchen. Sigi ist satt.

Als Paula das Geschirr ins Spülbecken stellt, modifiziert die Luft ihre Struktur. Mit diesem Phänomen ist Paula gut vertraut. Von klein auf hat ihr die Atmosphäre, die sie umgibt, jede Veränderung angezeigt.

Paula stellt sich den Äther wie einen gemusterten Stoff vor, der umso scheckiger wird, je mehr Betriebsamkeit herrscht. Im Moment fluktuiert Paulas Umfeld von uni zu gediegenen Streifen, die eindeutig Großvater Max ankündigen.

Max Simmet ist bereits auf dem Weg durch die Flez, und er bringt die Vernunft mit: »Da bist ja, Lene, deine Kinder fragen dir nach.«

Er tappt angeschlagen zum Ausguss, wie die Klausenstettener das Spülbecken in der Küche nennen, wölbt seine Hände zu einer Muschel, lässt sie voll Wasser laufen und badet sein Gesicht darin. Der Feuerwehrkommandant ist unten lehmig und oben rußig. Sein Hemd ist grau, seine Augen sind rot. Er wendet sich wieder an Lene: »Beim Ellerschwang Hans, der wo der Cousin is von dir, da könnts bleiben derweil, soll ich dir ausrichten. Die ham euch fix zwei Stüberl hergricht unterm Dach.«

Paula geht hinaus, um für den Großvater ein neues Stück Kernseife aus der Truhe in der Flez zu holen. Der Seifenrest, der auf dem Holzrost neben dem Ausguss lag, hat sich soeben durch die Abflussrinne davongemacht. Sie nickt vor sich hin. Eine Bleibe, eine warme Suppe, ein Bett, das hat die Familie Schredereder jetzt wohl nötiger als den Buchstaben E.

Lene schluchzt noch mal herzhaft auf, was bei Max sofort einen Schwall Zuneigung auslöst: »Tu nicht verzweifeln, Lene! Wenns dir auch hart ankommt, dass dein Hab und Gut bloß noch ein schwarzer Haufen is. Schau, aufbaun könnts ihr alles wieder, schöner und größer und moderner. Ihr seids gut versichert, Lene, und die Versicherung, die zahlt, das is gwiss. Wir können nämlich als bewiesen ansehen, dass die Brandursache ein Funkenflug war, ein nicht vorherzusehender Hergang, ein unseliger Zufall. Der Kreisbrandrat hats bestätigt, er is gleich rüberkommen von Hohenstetten.«

Nickend und schniefend lässt sich Lene, von Max fürsorglich gestützt, aus dem Haus führen, die Dorfstraße hinunter und auf das Ellerschwang-Anwesen zu.

Die Tür ist noch nicht ganz ins Schloss gefallen, da schrillt der Telefonapparat auf der Simmet-Spanagl-Anrichte: »Ja, Mamm, ja, die Schredereder sind abbrennt mit Butz und Stingel«, vermeldet die Erna Spanagl ihrer Mutter, und Paula kann fühlen, wie Amalies Enttäuschung über das versäumte Spektakel aus dem Hörer pulsiert.

Ausgerechnet heute ist die Simmet Amalie schon mit dem Frühbus zu ihrer Schwägerin nach Hohenstetten hinübergefahren, verfolgt von Max' augenfälligem Unwillen. Wie verdrießlich er auch dreinschauen mag, Amalies Mann, der Feuerwehrkommandant, sie nimmt sich alle paar Wochen die Freiheit heraus, bei ihrer Schwägerin im Wirtshaus mitzuhelfen, weil es da ein ganzes Stück fideler hergeht als daheim im kotigen Stall und in der staubigen Schusterwerkstatt. Hinter der Schenke im Hohenstettener Dorfwirtshaus blüht die Amal derartig auf, dass sie sich oft tagelang nicht dazu überwinden kann, wieder nach Hause zu fahren. Sie steigt meist erst dann in den Bus, der sie zurück nach Klausenstetten bringt, wenn der Max persönlich in den Telefonhörer raunzt: »Höchste Zeit wirds, dass es dich heimtreibt. Die Erna und ich, wir wissen schon nimmer, wo zuerst hinlangen vor lauter Arbeit.«

»Ich glaub schon, dass es heißen wird, sie hätten warm abgebrochen, die Schredereder«, schnappt Paula auf, während sie Großvaters Rußschlieren aus dem Ausguss tilgt.

Amalie ist wohl ähnlicher Meinung, weil Erna Spanagl einen Augenblick später meint: »Es könnt leicht so sein. Die Schredereder, die warn immer schon eine ausgekochte Sippschaft. Denk dran, wie die Lene den Doktor Hartmann, der wo vierzig Jahr lang unser Doktor gwesen is, rausgekelt hat aus der Gemeinde. Bloß weil er ihrem René nicht helfen hat können. Dabei hat sich die Lene das ganz allein selber zum Zuschreiben, dass der Bub tot is. Hätts ihn impfen lassen, an dem Tag, wo es angsagt war für seinen Jahrgang. Aber genau an dem Tag warn die hochgestochenen Schredereder ja in Straubing auf der Landmaschinenausstellung. Und danach warns aufm Gäubodenfest. Da warn die! Da hams Hendl gfressen und Zuckerwatt gschleckt, und eine Schluckimpfung war denen wurscht.«

Das zieht sich hin, schätzt Paula, bis alles haarklein durchgekaut ist. Sie wickelt dem Sigi eine frische Windel um den prallen Popo und lässt ihn in das einteilige Frotteeanzügchen schlüpfen, das die Mutter für ihn genäht hat.

»Bringt mir jetz nicht bald einer ein Bier?«, trifft in diesem Augenblick eine kratzige Männerstimme an Paulas Ohren. »Gehn tuns alle wie die Marder, hin und her und rauf und runter. Habts ihr Ameisen im Arsch? Macht jetz bald einer und langt mir eine Halbe rein?«

Paula rennt zur Speisekammer, greift mit der Linken in den Bierträger, weil auf dem rechten Arm der Sigi sitzt, angelt eine Flasche heraus und wendet sich dem winzigen Kämmerchen zu, das die Simmets und die Spanagls »Wohnzimmer« nennen. Sie öffnet die Tür nur einen winzigen Spalt, so schmal, dass sie die Bierflasche gerade durchschieben kann, und sofort drückt sie die Tür wieder zu, damit nicht mehr als ein spüllappengroßer Fetzen HB-Qualm herauswabert.

Paula kann sich nicht entsinnen, jemals ein persönliches Wort mit ihrem Vater gesprochen zu haben, so von Tochter zu Vater oder von Kind zu Erzeuger oder wenigstens von Mensch zu Mensch.

»Windhund«, hat Max Simmet seinen Schwiegersohn neulich genannt, was Paula natürlich sofort mitbekam.

»Einen Windhund hast uns herbracht aufs Haus«, sagte er zu Erna Spanagl. »Keinen einzigen Tag hat es ein Gut getan mit dem.«

Paulas Vorstellung von einem Windhund deckt sich musterhaft mit dem Bild des Vaters: schlank und wendig, hellblond mit einer kecken Haartolle in der Stirn und schwer zu erhaschen.

Jawohl, fesch ist er, der Spanagl! Das Weibervolk von Klausenstetten und Umgebung war grün vor Neid, als ihn die Erna Simmet heiratete, diesen gut gewachsenen Münchner Stenz. Aber nach einiger Zeit verwandelten sich die Eifersüchteleien der Klausenstettenerinnen in pure Schadenfreude.

Im ersten Jahr nach der Hochzeit machte Erna ihrem Mann schier jeden Sonntagabend kurz vor sechs eine Szene, weil sie nicht wollte, dass er immer wieder zurück nach München fuhr. Spanagl aber flitzte trotzdem pünktlich davon. Er arbeitete seit Jahren als Kraftfahrer in einer Münchner Spedition, und diese Stelle wollte er nicht aufgeben.

Im zweiten Jahr ging Erna auf, dass ihr der Spanagl in München viel weniger Mühe bereitete als auf dem Hof, wo er keinen Grashalm anrührte und erst recht keine Sense. Da dankte sie dem Herrn und der Spedition für die Arbeitsstelle, auch wenn vom Verdienst für Erna und die Kinder nichts hängen blieb. Der Spanagl füllte nämlich seine enormen Energiedefizite ausschließlich mit vergorenen Hopfendolden und fermentierten Tabakblättern, und er subventionierte mit seinem Arbeitslohn ein halbes Dutzend Giesinger Kneipen. Für den Simmet-Hof hatte er nichts übrig.

Deshalb blieb auch die Arbeitsteilung auf dem Hof so, wie sie vor Ernas Hochzeit war: Für alles Grobe musste Max herhalten. Lädiertes Schuhwerk der Klausenstettener hatte auf dem Ablagebrett in der Werkstatt auf Dauerregen, nasskalte Wintertage und dunkle Abendstunden zu warten.

Im dritten Jahr kam ans Licht, wie eifrig der Spanagl an dem gesellschaftlichen Ast sägte, auf dem seine Frau saß. Und von da an dauerte es nicht mehr lang, bis in Klausenstetten die Schadenfreude das Ausmaß von zwei Löschweiherfüllungen annahm. Man gönnte Erna Spanagl kein Quäntchen Erbarmen, Max schon, Amalie auch, aber nicht Erna. Die Klausenstettener wurmte es nämlich höllisch, dass die Simmet-Tochter jetzt immer noch so tat, als hätte sie mit dem Spanagl, diesem Biertippler, diesem Tagedieb, von dem noch ganz andere Sachen gemunkelt wurden, das große Los gezogen.

Sigi ist in seinem Gitterbettchen Daumen nuckelnd eingeschlafen. Paula steigt über die steile Holzstiege in die schmale Dachkammer hinauf, die sie mit ihrer Schwester teilt. Müde schubst sie mit dem linken Fuß eine speckige Strickweste und zwei ausgelatschte Sandalen zurück auf Ellas vier Quadratmeter Fußbodenanteil. Sie stakst über Ellas Schulranzen, Ellas Katechismus und Ellas Pausenbrotbeutel zu ihrer eigenen, peinlich sauber aufgeräumten Seite des Stübchens.

Zwei Kapitel möcht ich wenigstens noch lesen, denkt Paula und tritt ganz vorsichtig auf, damit die hölzernen Dielen nicht zu laut knarren. Sie nimmt das Heimatkundebuch aus der Kommode und schließt die maroden Kastentüren sehr behutsam, weil Ella zum Glück schon schläft, was willkommene Ruhe verschafft.

Der dreieinhalb Zentimeter große Lichtkreis von Paulas Taschenlampe schleicht stockend die Zeilen des Heimatkundebuches der dritten Klasse entlang. Vor wenigen Monaten ist es in Paulas erwartungsvolle Hände gelangt. Von allerlei Schülerhänden ist es verhunzt und verschmiert. Das lässt sich nicht ändern, Hauptsache, der Text ist noch leserlich.

Im Lichtkegel der Taschenlampe reiten momentan (auf Seite 98 des Druckwerks) die Ungarn durch Klausenstetten und säbeln nieder, was da kreucht und fleucht.

Die Aufzeichnung der heimatlichen Geschichte beginnt in Paulas Schulbuch mit der Erdurzeit, während deren sich eine feste Erdrinde bildete. Diese Periode dauerte gut vier Milliarden Jahre, erfuhr Paula, als sie auf Seite 1 zu lesen anfing. Paula hätte gern noch mehr darüber gewusst, aber mehr gab der

Text nicht her. Ähnlich dürftig ging es weiter. Da war halt nichts zu machen. Es bleibt Paula nichts anderes übrig, als sich mit hundertvierzig Seiten Geschichtsbruchstücken zu begnügen und damit zügig fortzuschreiten, Blatt um Blatt.

Es macht gar nichts, wenn Paula bis Allerheiligen schon beim Wirtschaftswunder Mitte des zwanzigsten Jahrhunderts angelangt ist, weil sich Bücher, duldsam ergeben, immer wieder von vorne lesen lassen. Und sie sind verlässlich.

Verlässlicher als Lehrer Selch, das weiß Paula schon seit der zweiten Klasse. Vielleicht hat der junge Kreisbrandrat so was Ähnliches gemeint, dachte Paula neulich, wie er gesagt hat: »Unser Oberlehrer Selch ist dermaßen polyglott, dass er bei seiner Korrespondenz jeden Satz in einer anderen Sprache schreibt.«

Die Klausenstettener konnten mit dieser Bemerkung nichts anfangen. Aber Paula sah »polyglott« im Duden nach und fand es mit »mehrsprachig« übersetzt. Stimmt, dachte sie, wenn der Selch redet, kommt man sich vor wie beim Turmbau zu Babel.

Im Gegensatz zu Selchs befremdlicher Sprechweise findet Paula Großmutter Amalies Latein sehr beeindruckend: Deo gratias – Gott sei Dank, pax tecum – der Friede sei mit dir, und das Allerschönste: per omnia saecula saeculorum, amen – so soll es immer bleiben!

Paula setzt sich in ihrem Bett bequemer zurecht, stopft sich das Kissen in den Rücken und legt das Buch auf der Bettdecke ab. Glücklicherweise ist es seit Ende April bereits warm. Noch im März musste Paula in der Dachkammer unter dem Kegel des Taschenlampenlichts bei Minusgraden schmökern. Die Balken knarrten im Frost, am Fenster wuchsen Eisblumen. Paula packte jeden Abend zwei heiße Ziegel ins Bett, zog das Gänsefederplumeau ans Kinn und die Strickmütze über die Augenbrauen. Paulas Hände in den dicken Schafwollhandschuhen sahen aus wie Bernhardinerpfoten, und ebenso unbeholfen benahmen sie sich beim Umblättern.

Was Oberlehrer Selch im Unterricht vermittelt, hat bei Paula schon ab und zu für Irritationen gesorgt. Sie kam ihm auch schon hinter diesen und jenen Schnitzer, zum Beispiel bei der Geschichte mit dem Schulerloch.

In den ersten noch sonnig-warmen Septemberschulstunden in der dritten Klasse stimmte Selchs gravitätisch vorgetragene Version heimatlicher Geschichte historisch und geographisch durchaus noch mit der edierten überein:

Nach einer Ewigkeit Erdaltertum kam eine halbe Ewigkeit Erdmittelalter, und vor siebzig Millionen Jahren begann die Erdneuzeit, die der Menschheit das Revier absteckte.

»Das Revier absteckte«, sagte Selch wörtlich.

Die erkaltende Erdoberfläche atmete hektoliterweise Wasserdampf aus, der kondensierend Ozeane fabrizierte, während das hitzige Gebrodel im Erdinneren die dünne Rinde immer wieder sprengte, was zähflüssige Mineralien herausquellen ließ wie Zahnpasta aus der geplatzten Tube.

»Kondensierend Ozeane fabrizierte«, sagte Selch wörtlich.

Eine halbe Wegstunde östlich vom heutigen Klausenstetten strömte Kieselsäure aus einer schmalen, aber umso längeren Ritze, die sich vom Oberpfälzer Wald bis zum unteren Bayrischen schlängelte. Das verwässerte Siliziumdioxid kristallisierte an der Luft und erstarrte, erhalten blieb ein Quarzgerippe, weithin als Pfahl bekannt.

»Siliziumdioxid kristallisierte«, sagte Selch wortwörtlich.

Und eine halbe Wegstunde westlich vom heutigen Klausenstetten grub sich die Donau ihr Bett, nachdem sie Äonen wahllos auf den weichen Sedimenten der Molasse dahingetrieben war. Das verwaiste Molassebecken schenkte künftig siedelnden Hominiden elastischen Ton zum Ziegelbrennen und außerdem eine winzige, aber exquisite Zugabe, das Bentonit – geboren als

Sternschnuppenregen und wie Schrotkugeln im Schlamm stecken geblieben, das behauptete jedenfalls Lehrer Selch.

»Äonen«, sagte Selch und: »Das verwaiste Molassebecken schenkte künftig siedelnden Hominiden.«

Klausenstetten, ein schönes Stück nördlich des achtundvierzigsten Breitengrades genau in der Mitte zwischen Pfahl und Donau gelegen, sitzt auf den Granitblöcken, die schon im Erdaltertum aus dem brodelnden Magma herauskatapultiert wurden. »Aus dem Magma herauskatapultiert«, erklärte Selch im Unterricht und befand sich bis zu diesem Punkt in strikter Kongruenz zu »Heimatkunde, Jahrgangsstufe III«.

Zügig kam er nun auf die Eiszeit zu sprechen.

Vor der Eiszeit, meinte Selch, war das Terrain noch nicht ganz bezugsfertig für die Menschen. Es fehlte noch der fruchtbare Löß, der künftigen Siedlern nicht nur Logis, sondern auch gesunde Kost verhieß. Deshalb schmirgelten wuchtige Gletscher in den Alpen flugs Tonnen von Gestein ab, und der Wind zerstäubte das Pulver über der Donauebene.

Und auf einmal stand er da, der Homo erectus. Er peilte misstrauisch nach allen Seiten und wusste selbst nicht, woher er kam, denn es fehlte ihm ein Glied in seinem Stammbaum. Dahin ist es für alle Zeit, das Missing Link, das die Kette schließt, vom Affen zu ihm. Der Homo erectus sah seinem animalischen Verwandten zum Verwechseln ähnlich. Aber schon die ersten Aktivitäten im neuen Revier förderten die enorme Prävalenz eines Homo sapiens zutage: Er konfiszierte eine Kalksteinhöhle, schürte ein gemütliches Feuerchen, magazinierte seine Faustkeile und begann ein wenig zu malen, nur so, zur Erbauung.

Im Lehrbuch auf Seite 7 war abgebildet, was der Homo da gemalt hatte. Paula sah sich das Machwerk genau an und war ziemlich enttäuscht.

»Begnadet waren sie wohl nicht, die Altvorderen«, meinte Selch dazu.

Der Text zu dem Bild besagte, dass »diese Zeichnung eines Mammuts« in den Klausennischen von Essing an der Altmühl entdeckt worden war.

Das Gekritzel, fand Paula, war beim besten Willen nicht als Mammut zu identifizieren. Es glich – wenn überhaupt einem Tier – eher einem verknorzten Ziegenbock. Eine Schande, wenn man bedachte, dass die Altvorderen Mammuts tagein, tagaus vor ihren Augen hatten, genauso wie die Klausenstettener Kühe.

Die Altvorderen, künstlerisch begabt oder nicht, bewohnten also allerlei Höhlen die Donau auf und ab, und der Oberlehrer Selch siedelte im Eifer des Dozierens das große Schulerloch – ein Mehrfamilien-Objekt – fälschlich bei Passau an. Die Sesselfelsgrotte – eher ein Cottage – verschleppte er gar nach Künzing.

Lehrer Selchs Irrtümer fielen Paula sofort auf. Sie las wieder und wieder nach, aber das Lehrbuch blieb dabei: Das Schulerloch befindet sich bei Kehlheim, und die Sesselfelsgrotte liegt nicht weit von den Klausennischen entfernt am Ufer der Altmühl.

Von da an prüfte Paula jede Aussage Selchs akribisch nach, denn im Fall einer schriftlichen Arbeit musste das Lehrbuch als Beweis herhalten.

Schwarz auf weiß steht es da geschrieben, dachte Paula, da kann man nichts deuteln und nichts abstreiten. Wie sagt Großmutter Amal: »Worte aber sind Schall und Rauch!«

Stimmt, das sagt Amalie Simmet sehr oft, und sie muss es wissen, weil es ihr mit notorischem Leugnen durchweg gelingt, den Verdacht, dieses oder jenes üble Gerücht in die Welt gesetzt zu haben, von sich abzuwälzen.

5.

AM MORGEN NACH DEM BRAND drücken sich Ede Schredereder und seine Schwester Jele so scheu und betreten vor dem Schultor herum, als hätten sie mit dem Hof auch ihre Identität verloren. Von ihren Mitschülern bekommen sie allerdings kein Zipfelchen davon zurück, die strömen gleichmütig an ihnen vorbei und ergießen sich in die Flure. Es ist, als wären Ede und Jele am Vortag selbst in Rauch aufgegangen.

Paula spürt ein unharmonisch gemasertes Lüftchen um die beiden, sagt sich aufgeregt, dass ihnen einer die Stange halten muss, und weiß nicht, wie. Weil für langes Nachdenken keine Zeit bleibt, stellt sie sich kurz entschlossen neben Jele, schlenkert mit dem linken Steckenhaxen und kratzt an ihrem Nasenspitzenpickel herum. Zu sagen fällt ihr nichts ein.

Jele rührt sich nicht und schweigt zurück. Sie ist gut zwei Jahre älter als Paula, und schon von klein auf bringt sie die Zähne so schwer auseinander, als würden sie von Magneten zusammengehalten. Außerdem kommt es Paula immer so vor, als hätte Jele um ihre Körperhaut herum noch eine zweite Schicht, etwas wie Gelee oder Wackelpeter, das dämpft und dämmt und Konturen verschwimmen lässt.

Paulas Geste der Solidarität scheint durch die gallertige Masse zu dringen und irgendeinen Mechanismus auszulösen, denn Jele nickt ihr zu und macht sich auf den Weg zu ihrem Klassenzimmer. Ede steht noch da. Aber mit ihm ist es einfacher, er geht mit Paula in dieselbe Klasse, und deswegen kann sie ihn einfach fragen: »Hast die Rechenaufgab?«, was allerdings keiner Antwort bedarf. Er hat sie nicht, erstens wegen des gestrigen Desasters und zweitens, weil er sie nie hat.

Es ist bestimmt nicht leicht, Selchs lehrhaften Ergüssen hinterherzuhecheln, aber Ede denkt nicht im Traum daran, es auch nur zu versuchen. Was während des Unterrichts in Edes Kopf abläuft, lässt sich nur schwer erahnen. Um ihre Meinung dazu befragt, würde Paula auf wechselnde Bilder tippen: Ede beim Sportfest auf der Aschenbahn, Ede beim Sprung in die Sandgrube, Ede fast frei schwebend auf irgendwelchen Holmen und so fort.

Zugegeben, Ede läuft über hundert Meter sieben Zehntel schneller als Paula, und er gräbt erst einen halben Meter hinter Paula die Fersen in den Sand der Weitsprunggrube. Aber um einen Satz in der Schülerbibel zu lesen, braucht Ede zehnmal länger als alle anderen.

»Der Ede is ein Dünnbrettbohrer«, hatte Max Simmet bedauernd festgestellt, nachdem René unter der Erde war und Ede deshalb an seine Stelle als Erbe vom Schredereder-Hof rückte. »Der Ede wird nie nix Rechts zuweg bringen, schad um den schönen Hof.«

Paula hatte eine ganze Weile an das Wort »Dünnbrettbohrer« hinspekuliert. Nachzufragen traute sie sich nicht. Da wäre ja aufgefallen, dass sie zugehört hatte. Sie sinnierte also ausgiebig über die Bedeutung des Wortes, und dann dachte sie an Ede. Als sie ihn sich vor Augen führte, ging ihr schnell auf, was der Großvater meinte.

Klar, grinste Paula, beim Holzaufschichten trägt der Ede die kleinsten Scheiter; beim Kartoffelnstecken sucht er sich die kürzesten Furchen aus; und wenn er ein Brett durchbohren müsste, würde er eben das dünnste nehmen.

Aber der Ede, das wusste Paula genau, würde sich in das steilste Stück der selbst getretenen Skipiste hinterm Schredereder-Hof stürzen.

Paula gibt Ede die Rechenaufgabe zum Abschreiben und setzt sich in ihre Schulbank. Konrad, Lehrer Selchs Sohn, der den Platz direkt vor ihr hat, ist noch nicht da.

Seltsam, denkt Paula, er ist doch sonst immer der Erste in der Früh.

Im selben Augenblick hört sie einen merkwürdigen Singsang in ihrem Kopf:

»Der Konrad stinkt,
der Konrad versinkt.
Im Konrad brennt ein Schadenfeuer,
das kommt der Jele teuer!
Dem Konrad darfst du nicht trauen,
du musst ihm auf die Finger schauen.«

Würde Konrads Lebensweg anders verlaufen, wenn ihm Paula in diesem Moment auf die Finger sehen könnte? Wer weiß.

Nun, sie kann es nicht. Sie kauert in ihrer Schulbank und lauscht dem Gesang ihrer Gedanken. Konrad aber hat sich im Keller der Schule versteckt und traktiert eine Maus. Er hat ihr einen Käfig aus Haselnusszweigen gebastelt, zwanzig mal zwanzig Zentimeter im Quadrat, fünfzehn Zentimeter hoch, und er arbeitet seit einer Viertelstunde daran, die Maus in einen Igel zu verwandeln. In ihren Rücken sind bereits zwei Dutzend Stecknadeln gebohrt, mit grünen und roten Köpfen. Konrad platziert die letzte zwischen ihren Ohren. Seit einigen Minuten schreit die Maus nicht mehr. Sie hechelt, fiept, verdreht die Knopfaugen. Als der Gong ertönt, versteckt Konrad die Igelmaus samt Käfig unter einem umgestülpten Eimer und rennt die Treppe hinauf.

Der Gong hat Paula aufgeschreckt. Mit seinem Ton verhallt auch der Singsang. Was zurückbleibt, ist ein leiser Argwohn gegen Konrad, den sich Paula nicht erklären kann. Sie sieht Selchs Sohn misstrauisch an, als er mit roten Backen und glänzenden Augen ins Klassenzimmer eilt.

»Einen Geheimgang hams gfunden! Unterm abbrannten Stadel von die Schredereder hams einen Geheimgang gfunden!«, so weht es gegen Mittag ins Schulhaus hinein.

Gibts das?, fragt sich Paula aufgeregt. Ein Geheimgang!

Persönlich den Wahrheitsgehalt des Gerüchtes zu überprüfen ist ihr auf dem Heimweg einen Schlenker wert. Der trockene Reisbrei im Backrohr vom Spanagl-Herd lockt Paula ohnehin noch nicht in Ernas Küche. Und einen Rüffel, falls sie bei ihrem Herumstreunen erwischt werden würde, ein »Schau, dass du wegkommst von der Brandstatt, Saumadl« ist ihr die Suche nach einem Geheimgang auch wert.

Paula hat Glück. Hunger und Durst haben sämtliche Aufräumarbeiter und ihre Zuschauer gleichermaßen von der Brandstelle weg an den heimischen Mittagstisch getrieben. Sie muss nicht einmal lange suchen. Da, wo vorgestern noch der Stadel stand, erspäht Paula die schmale Wölbung eines Tunneleingangs. Sie schlüpft hinein, bevor der unter ihren Schuhen aufgewölkte Aschenstaub weiß, wohin er sich setzen soll. Aber bereits nach vier Schritten in dem engen Tunnel muss Paula abrupt stehen bleiben. Es ist nicht nur stockdunkel hier, es ist schwarz um Paula, kohlrabenschwarz. Die Schwärze treibt sie zurück und hinaus in die Sonne.

Mist, kickt Paula rußige Ziegelsteinbrocken von angekohlten Balken herunter, wos grad so schön geklappt hätt. Keiner hat mich gsehn. Jetz muss ich doch zuerst heimgehn und muss mir eine Kerze holen oder gscheiter noch – eine Taschenlampe.

Als Paula auf den Simmet-Hof zuhält, trifft sie am Marterl beim Feldwegkreuz auf ihre Mutter. Erna Spanagl steht mit geschultertem Rechen am Wegrand und schaut Paula grimmig entgegen: »Da möcht einer umeinandertrödeln, wo kein Grünfutter noch nicht gmacht is. Geh, tu dich um, Regenwetter is angsagt.«

Vertan, verloren und vergangen ist sie, die gute Gelegenheit, den Geheimgang zu erkunden. Anweisung um Anweisung prasselt Tag für Tag auf Paula nieder. »Geh, tu dich um«, heißt es nach jeder Order.

Sage und schreibe bis zum kommenden Sonntag, dem Namensfest des heiligen Cyprian, Märtyrer und Schutzpatron der Klausenstettener Burgschützen, muss Paula warten, bis sie Erna Spanagl endlich entschlüpfen kann. Traditionsgemäß feiert Klausenstetten den Cypriantag, und das treibt die Dörfler im Wirtshaus zusammen.

An St. Cyprian hockt das vereinte Dorf einschließlich des quiekenden Sigi Spanagls bereits am frühen Nachmittag in bunter Zwietracht in der Gaststätte drin. Die Sticheleien, nach der ersten Halben Bier noch moderat, werden mit jeder weiteren spitzer, bohren sich tiefer unter die Haut. Erfahrungsgemäß beginnen die Handgreiflichkeiten, bald nachdem der Wirt das zweite Fass angezapft hat.

Den ersten Rempler teilt heuer der letztjährige Schützenkönig aus, er trifft den Löschmeister der FFW Klausenstetten, und damit beginnt die Rangelei. Die ganze Sache ist nicht überzubewerten, es handelt sich bloß um die üblichen Animositäten.

Das Durcheinander ermöglicht es Paula, sich abzuseilen. Sie wetzt nach Hause, greift sich die Taschenlampe und steht schon fünf Minuten später im Tunnel. Gleich nach den vier Schritten, die Paula schon letzte Woche getan hat, verzweigt sich der Gang.

Im rechten Seitenarm fällt der Lichtkegel von Paulas Taschenlampe auf einen Schuttberg: Erde, Sand und Gesteinsbrocken vom Boden bis zur Decke. Der linke Tunnelarm lässt Paula ungehindert weiterkommen. Nach einiger Zeit knickt er scharf ab, als wäre er im Ellbogen angewinkelt. Dann fällt er steil abwärts.

Paula arbeitet sich zu einer ebenen Ausbuchtung vor, die wie eine Handfläche aus dem Unterarm herauswächst. Nicht fünf Finger, sondern nur drei zweigen ab. Es ist der Daumen, dem Paula folgen kann, die zwei anderen stoßen abrupt an Felsgestein.

Nach einigem Auf und Ab endet auch der Daumen an einem Steinblock. Das wars halt dann, denkt Paula, der Gang führt nirgendwo hin, jedenfalls heutzutage nicht mehr.

Mehr aus Langeweile als aus Neugier lässt Paula den Strahl der Taschenlampe kreisen. Über ihrem Kopf beleuchtet er eine massive Decke, die von einer Öffnung durchbrochen ist.

Das ist nicht der Schlussstein, der Felsen da vor mir, sieht Paula plötzlich klar, das ist der Aufstieg in den ersten Stock.

Mit der Taschenlampe zwischen den Zähnen packt Paula die Kletterei an. Sie arbeitet sich knappe zwei Meter schier senkrecht hinauf, dann greifen ihre Finger über die Kante. Sie fühlen festgebackenen Sand.

Paulas Zehen scharren an der Granitwand. Paula kratzt und krallt und strampelt und zieht sich zu guter Letzt in eine runde Aushöhlung hinein.

»Das Klausenstettener Schulerloch! Ätsch, Herr Oberlehrer«, keucht sie.

Seit Langem wurmt es Paula, dass laut Lehrer Selch die Steinzeitahnen in ganzen Horden donauauf- und -abwärts siedelten, dass sie sich in diesem Kaff Künzing geradezu zusammenrotteten, während sie Klausenstetten links liegen ließen.

Paulas persönliches Schulerloch formt so ungefähr eine Halbkugel, misst zweimal liegende Paula in der Diagonale und drei Viertel stehende Paula in der Höhe. Im hinteren Teil entdeckt Paula eine Mulde, in der es sich halb liegend sitzen lässt wie in einer Babybadewanne. Da drin macht es sich Paula bequem, knipst die Taschenlampe aus und schließt die Augen:

Orange, einfarbig orange! Still und frisch, erstaunlich frisch und prickelnd, ein wenig kühl.

Exakt hier haben sie gewohnt, die Steinzeit-Simmets, denkt Paula. In den vielen kleinen Nischen dort in der Wand haben sie die Steinklingen aufgehoben, die Nüsse und Beeren und die fetten Fleischstücke vom Mammut. Mit dem Mammutfell haben sie die Schlafgrube da ausgekleidet.

Paula liegt sehr gemütlich in der Mulde, in ihren Händen hält sie den Anfang des Geschichtsfadens, an den sich die Geschehnisse in und um Klausenstetten flechten lassen wie Gänseblümchen.

Und schon beginnen Paulas Gedanken zu tuscheln und zu raunen, zu flüstern und zu murmeln: »Simmetland, Heimstatt der Ahnen.«

»Wann war das noch«, fragt ein schüchternes Stimmchen in Paulas Kopf, »als Max-Simmet-Ahnherr in diese Höhle eingezogen ist? Im Jahr 30000 vor Christi Geburt? Oder war es früher? Jedenfalls war es lange nach der Erschaffung der Erde – manche sagen Urknall dazu.«

»Egal, wie man die Schöpfung nennt«, antworten andere Stimmen, »anfangs gab es diese Höhle nicht und auch keine Simmets und keine Vierlbecks. Im Archaikum war es glühend heiß auf dem Erdball. Erst im Eozoikum ist es ein wenig kühler geworden, da haben sich die Urtierchen angesiedelt, die Infusorien, Flagellaten, Amöben und wie sie alle hießen. Im Paläozoikum sind dann Gliedertiere gewachsen, zwei Meter lang, gepanzert wie Skorpione. Die Algen sind aus dem Meer gekrochen und haben sich in den Ebenen angesiedelt. Da hatten die Saurier eine Menge zu fressen – im Mesozoikum. Und ganz zum Schluss, im Känozoikum, entwickelten sich die Menschen.«

Schon in der Wiege hatte Paula von Amalie gehört, dass die ersten Menschen Adam und Eva genannt wurden und im Paradies leben durften.

Laut Lehrer Selch fiel das Paradies ins Tertiär, ein Zeitalter, das so um die sechzig Millionen Jahre vor diesem Cyprianstag begann.

Paula bewegt sich nicht in ihrer Mulde. Ihre Seele bittet die Stimmen, weiterzuerzählen, und sie tun Paula den Gefallen. »Die Menschen in dieser Gegend hier haben es nicht leicht gehabt«, berichtet ein ganzer Chor. »Kaum hatten sie ein wenig Fuß gefasst – sie jagten und sammelten aus der Fülle, die eine Zeit lang herrschte –, da erwischte sie die Eiszeit, die zwar für spätere Generationen den Löß brachte, vorerst aber Mann und Maus aus dem Paradies vertrieb.«

Nach einer kleinen Pause fährt eine einzelne Stimme fort: »Die Eiszeit war eine gute Lehrmeisterin. Not macht erfinderisch, hieß die Devise für die Cro-Magnon-Leute, die sich durch harte Jahre kämpfen mussten. Sie begannen zu planen, zu folgern, zu denken. Mit jedem eiszeitlichen Abenteuer reifte bei ihnen ein neues Stück Hirnmasse heran. Man nennt das Evolution. Die Cro-Magnon-Leute waren bald so gescheit, dass sie sich das Eigenschaftswort ›sapiens‹ leisten konnten. Max-Simmet-Ahnherr war ein sehr gewiefter Sapiens. Er bezog diese Höhle da, als die Vierlbecks und viele andere noch in feuchten Gräben schliefen. Kaum hatten alle begriffen, dass sich Höhlen ganz hervorragend als Wohnstätten eignen, wandte sich Max-Simmet-Ahnherr schon einem neuen Wohnbaukonzept zu. Von gesunden Bäumen schlug er starke Äste ab und verknüpfte diese zu Platten, drei mal zwei Meter groß. Die Platten verband er zu einem Viereck, verschmierte Hohlräume ordentlich mit Lehm und stellte das Karree auf die Lichtung zwischen Wald und Bach. Zum Schluss deckte er sein Häuschen mit trockenem Stroh ab. Amalie-Simmet-Ahnherrin legte flugs ein Gärtchen an. Sie wollte Linsen und Erbsen direkt vor der Haustür aussäen, weil sie schon längst genug davon hatte, für eine einzige Mahlzeit den ganzen Landstrich abgrasen zu müssen. Da ging sie doch lieber Bernsteinkügelchen suchen, die sie als geheimen Schatz in den Wandvertiefungen der inzwischen unbewohnten Höhle hortete und die ihr im Tausch eine Menge Nützliches für den neuen Hausstand eintrugen.

Gemeinsam pferchten Max und Amalie auf der Lichtung, die sie seit dem Bau des Hauses als die ihre betrachteten, einen Auerochsen samt Gespielin ein, und sie lernten einen Jungwolf als Wachposten an.

Bald krochen alle aus den Höhlen, steckten sich Baugründe ab und errichteten Hütten.«

Die Stimme schweigt. Paula wagt kaum zu atmen. Endlich spricht eine andere weiter: »Auf einmal ging es Schlag auf Schlag. Kaum hatten die Simmets vom ersten Wanderburschen, der des Weges kam, ein Ledersäckchen voller Weizenkörner eingehandelt, die sie nur in den Löß zu streuen brauchten, um im kommenden Jahr Millionen davon zu ernten, da zeigte ihnen bereits der nächste, wie sie aus dem allgegenwärtigen Lehm Schüsseln formen konnten und wie sie diese brennen mussten. Kaum ein Jahr nach der Hauseinweihung servierte Amalie-Simmet-Ahnherrin ihrem Mann bereits einen nahrhaften Körnerbrei in einer Keramikschüssel.

Das erste Kupferbeil war noch nicht einmal schartig, da brachte schon ein Wandersmann eines aus Eisen und erzählte nebenbei, dass es gar nicht mehr in Mode sei, die Toten hockend in der Erde zu verscharren. Die Simmets fragten interessiert nach, was denn stattdessen angesagt wäre, und der Wandersmann erklärte es ihnen gern. Zwei Wochen später verbrannten sie die soeben verstorbene Großtante, füllten die Asche in das feinste Tontöpfchen, das sie besaßen, und setzten es unter ein Graspolster, genau so, wie es ihnen der Wandervogel beschrieben hatte.«

Stille.

»Nun habe ich glatt vergessen, wo das Klausenstettener Urnenfeld liegt. Unter dem Schlosspark? Hinter dem Steinbruch? Wo hat bloß der Simmet seine Verwandten begraben?«, wispert es verwirrt hinter Paulas Stirn, und das bringt sie zum Kichern. Schnell schlägt sie sich die Hand auf den Mund. Kein Laut soll die Stimmen vertreiben.

»Bitte macht weiter!«, bettelt Paula. Und sie gehen darauf ein: »Als um Christi Geburt die Römer an der Donau heraufzogen und schier alle niedermachten, denen sie begegneten, verhielten sich die Simmet-Ahnen mucksmäuschenstill auf ihrer Lichtung hinter den Hügeln. Alle anderen versuchten es ihnen gleichzutun. Wenn sich einmal eine Kohorte zum Simmet-Hof verirrte, dann tischte Amalie-Simmet-Ahnherrin hurtig Rauschbeeren auf und dazu vergorenen Gerstensaft. Der gewünschte Erfolg stellte sich schnell ein: Die römischen Legionäre begannen zu wanken, der Zenturio lallte das Rückzugskommando, und das war's dann.

Eines Tages (viele Jahre waren inzwischen die Donau hinuntergeflossen) ertönte ein allgemeines Signal zum Abmarsch. Sämtliche Römer verzogen sich. Sie ließen allerdings dies und jenes zurück: einen Haufen illegitimer Kinder, etliche Bauwerke, ein paar betagte Pferde, Werkzeug und verbeulte Waffen – und den julianischen Kalender. Selbstverständlich lebten die Simmet-Ahnen bereits zu Höhlenzeiten nach einem vernünftigen Tag-und-Nacht-Rhythmus. Später gingen sie sogar daran, das Wiederkehren des vollen Mondes, die Äquinoktien und die Sonnenwenden zu kompakten Zeiträumen zusammenzubasteln. Jetzt bekamen sie das Handbuch dazu.

Die Simmet-Ahnen übten sich auch in der Kunst, Gottes persönliche Zeichensprache aus dem Sternenhimmel herauszulesen. Trotz laufender Fehlprognosen gelang es ihnen im Herbst des Jahres 166 nach Christus, ein sehr wichtiges Omen richtig zu deuten – eine Vierlbeck hatte dabei die Hand im Spiel.

Als die Markomannen am Horizont auftauchten und eine Feuerschneise zur Donau legten, waren die Simmets und ihre Gefährten längst in der paläolithischen Höhle verborgen, die sie immer noch als Proviantkeller nutzten. Draußen brannten die Markomannen alles nieder und wüteten dann donauabwärts. Sie blieben eine Zeit lang in Künzing hängen, das die Römer Quintanis genannt hatten, und vergaßen die Simmets, die schon dabei waren, die Asche ihres Häuschens wegzufegen und die Eckpunkte für ein doppelt so großes abzustecken.«

Von Großvater Max hatte Paula erfahren, dass sich bereits zu Zeiten der römischen Besatzung marodierende Germanenstämme ins Donautal hineinfochten und Quintanis heimsuchten. Sie verheerten es so regelmäßig wie Taifune den philippinischen Archipel. Je stärker die Römer Quintanis befestigten, je mehr Kohorten sie dort zusammenballten, desto mehr Germanen lockten sie damit an den blauen Fluss nördlich von Boiodurum. Flaute das Gezänk eine Zeit lang ab, dann konnte sich trotzdem niemand auf die faule Haut legen, weil nach jedem Dreitageregen die Donau mitsamt ihren Nebenflüssen über alle Ufer stieg und den Quintanern das Bettgestell unter dem Hintern wegspülte. Da waren die Simmet-Ahnen auf ihrem Hügel im Hinterland allemal besser dran.

»Ja, ja«, nuschelt es in Paulas Kopf versonnen. »Die Barbaren haben die Römer vertrieben.«

Es bleibt eine Weile still, dann spricht eine einzelne Stimme weiter: »Kurz nachdem die Römer besiegt waren, kamen Mönche ins Land und richteten die Barbaren nach ihren Vorstellungen ab. Bald muhten sogar die Kühe im Stall katholische Lehren. Die Barbaren nannten sich jetzt ›Bayern‹. Forsch schufen sie alle welschen Ortsnamen ab und benannten ihre jeweilige Heimstatt nach sich selbst. Sie hängten ein ›hof‹ an ihren Namen oder ein ›dorf‹ oder ›heim‹. Und wenn sie sich nicht einigen konnten, wem von den angestammten Männern der Vorrang gebührte, dann hieß das Nest eben Hofstetten oder Steinhausen. Hinter den Grenzhügeln des Molassebeckens wuchs Maxstetten. Quintanis nannte sich Künzing. Manche Leute bemühten sich um ein friedliches Nebeneinander, andere nicht. Nach einiger Zeit gerieten sich alle in die Haare. Vielleicht hätten sie eines Tages alles kurz und klein geschlagen, wären nicht plötzlich am östlichen Horizont die Ungarn aufgetaucht. Der Feind aus der Puszta einte die Bayern. Man schrieb das Jahr 907.«

Schluss, denkt Paula, Ende der Geschichte.

Sie beginnt sich zu regen, da kommt noch eine Zugabe: »Die Ungarn galoppierten von jetzt an jährlich die Donau herauf. Sie erschienen jeweils kurz nachdem das Schmelzwasser abgeflossen war. Max-Simmet-Ahnherr war drauf und dran, samt Sippschaft wieder in die steinzeitliche Höhle zu ziehen. Die Plagen, durch die Jahwe im alten Ägypten den widerspenstigen Pharao zum Umschwenken zwang, waren nämlich gar nichts im Vergleich zu den Ungarn. Was tat es schon, wenn sich Nilwasser blutrot färbte und fette Sumpffrösche in den Spülschüsseln hockten? Das war ein Witz, verglichen mit den heranbrandenden Pusztahengsten. Außerdem kamen die Ungarn nicht siebenmal, wie die biblischen Plagen, sondern fast siebzigmal.«

Paula bewegt vorsichtig das linke Bein, weil es sich schon ganz taub anfühlt.

Die Sache mit den Ungarn ging am Ende gut aus, das weiß sie von Amalie.

Ritter Klaus von Sand bewahrte die Simmet-Frauen davor, sich als Dirnen in den Karpaten wiederzufinden. Er kam aus dem deutschen Norden angereist, aus einem Land, wo feste Burgen zum Schutz und Trutz gegen Feinde aus dem Boden wuchsen. Klaus, ein Spross von Adel, war nach Nikolaus benannt, dem Bischof von Myra, Patron aller Schiffer und Händler.

Klaus schiffte donauabwärts, strandete bei den Hügeln um Maxstetten, erkannte, was hier nottat, und trug Max-Simmet-Ahnherrn einen Handel an. Ritter Klaus erbot sich, ein Bollwerk gegen die Ungarn zu errichten, aber natürlich nicht umsonst. Max-Simmet-Ahnherr und die armen Bauern um ihn herum waren Klaus dankbar für sein Anerbieten. Sie sagten ja und amen zu jeder Bedingung, die er stellte, denn sie wollten um jeden Preis überleben.

So kam es, dass die Maxstettener für Klaus eine Burg aus Granitquadern errichteten, mit Zinnen und Türmen, mit Burggraben und Zugbrücke, eine Burg, wie sie Klaus etliche Male passiert hatte auf seiner Reise hierher. Als sie damit fertig waren, legten die Maxstettener ihr Hab und Gut, Recht und Gesetz und auch den Namen ihres Ortes in Klausens schutzversprechende Hände.

Klaus von Sand kämpfte fortan tapfer gegen die Ungarn, wenn auch seine Mitstreiter aus dem Dorf von Jahr zu Jahr weniger wurden. Sie fielen seltener den Ungarn als Klausens Jähzorn zum Opfer. Jeden halbwegs standhaften Klausenstettener, der seine Töchter vor Klausens Lüsternheit bewahren wollte, ließ der allmächtige Burgherr vom Hauptturm hinunter auf einen Kreis senkrecht gestellter Lanzen stürzen.

Im Sommer 955 hatte Klaus nur noch so wenige Männer um sich, dass er die Ungarn kaum hätte daran hindern können, Burg Sand zu schleifen. Zum Glück machten die Ungarn in diesem Jahr einen Abstecher zum Lechfeld nahe Augsburg, wo Otto der Große mit einem schwer bewaffneten Heer schon auf sie wartete.

Paula streckt das rechte Bein, knickt und streckt es, bis es in der Wade zu kribbeln beginnt.

Schade, denkt sie, wirklich schade. Ich hätte gern gewusst, wie es den Klausenstettnern mit Klaus, ihrem Ritter, weiterhin erging.

Sie reibt sich mit den Fingerspitzen die Stirn, und schon beginnt es wieder zu summen dahinter.

»Bald nachdem die Ungarn geschlagen waren«, raunen Paulas Gedanken, »begann in Bayern eine neue Zeit. Sie war nicht besser als die alte, nur anders. Gebaut wurde jetzt mit Steinen – Kirchen, Klöster, Häuser, alles. In Klausenstetten hämmerten die Steinmetze so emsig wie einst ihre Kollegen am Nil zu Zeiten des Pyramidenbaus. Der Granitstaub legte sich allerdings wieder, als von den Ufern des Po die erste Ladung gebrannter Ziegel ins Donautal rollte. Von heute auf morgen waren Steinblöcke passé, denn die Ziegel erwiesen sich als handlicher. Zu dieser Zeit packte Max-Simmet-Ahnherr seinen Spreizkeil weg und wurde Schuhmacher. Er hielt es nicht für ratsam – so wie andere –, für den Lebensunterhalt einzig und allein auf die Früchte des Bodens zu vertrauen. Max wollte ein zweites Standbein. Nicht zuletzt deshalb, weil Burg Sand inzwischen von Ritter Klausens Abkömmlingen wimmelte, die von ihren Untergebenen weit mehr verlangten als den Zehnten.

Max war ein guter Schuhmacher. Bald ließ sich zwischen Künzing und Bogen jeder, der auf sich hielt, seine Ledergaloschen von ihm anmessen. Das machte manch einen zu Max' Schuldner und brachte Max in Gefahr. Als die Bürger und Hochwohlgeborenen der Stadt Deggendorf am Michaelstag 1337 alle eingemeindeten Juden erschlugen, was die Mordbuben von einer enormen Schuldenlast befreite, hätten etliche von ihnen den Max ganz gern als Juden hingestellt. Die Simmets zogen ihre Lehre daraus und schworen Genügsamkeit. Der Schwur hielt zwei, drei Generationen vor. Dann hatten sie und ihre Leidensgenossen genug.

Sie wollten nicht mehr mitansehen müssen, wie sich die Fürstenhäuser gegenseitig all das Gut und Geld zuschanzten, das doch, warum auch nicht, für alle da war. Sie wollten nicht mehr schlucken müssen, dass nur die Fürstenbamsen etwas galten. Sie wollten nicht mehr ertragen müssen, dass eine Frau wie die schöne Bernauerin in Straubing kurzerhand ertränkt werden durfte, bloß weil Herzog Ernst das so befahl. Sie wollten nicht mehr einsehen, dass man dagegen nichts machen konnte.

Nur ganz allmählich sickerte bis nach Klausenstetten durch, dass es rundherum im gekränkten Volk sowieso schon brodelte. Wenn in den Städten unten der Hunger umging, während oben auf dem Burgfels das Fett von Kapaunen über feiste Kinne rann, dann kam es schon mal zu mehr als zu grimmigen Blicken.

Und eines Tages beschlossen dann die Klausenstettener, aufzumucken. Max-Simmet-Ahnherr und Gefährten wollten denen von Sand einmal zeigen, dass auch sie wer waren, und griffen mit erhobenen Sensen an. Max wurde niedergemäht bei dem Gerangel, und der Wundbrand hätte höchstens eine Woche gebraucht, um ihm das Lebenslicht auszublasen. Fiebernd lag er auf dem Strohsack, und Amalie-Ahnherrin schickte nach dem Bader von Hohenstetten. Der sah sich die Verletzung an und machte sich auf die Suche nach einer Blindschleiche, die er, püriert und mit Katzenkot eingedickt, auf Max' Wunde spachteln wollte. Es wurde brenzlig für Max. Eingefleischte Katholiken würden sagen, es war ein Wunder, dass Paracelsus, der auf seiner Wanderschaft soeben Straubing passierte, an diesem Tag die Donau hinunterzog.

Theophrast von Hohenheim – so hieß Paracelsus in den Schriften – hatte den Pfuschern an der Universität Basel lauthals seine Meinung gegeigt, die sie partout nicht hören wollten. Ganz im Gegenteil, sie verspotteten den weisen Theophrast. ›Cacophrastus mit seiner neuen Medizin, gescheiter als unser großer Galenus will er sein‹, grölten sie und verjagten ihn. Aber es gab inzwischen eine ganze Menge Leute, die diese Quacksalber an den Rand des Grabes gebracht hatten, von dem Paracelsus einige wieder zurückriss. Vom Volk wurde er verehrt und von der Fachwelt verteufelt. Deshalb blieb Paracelsus nichts anderes übrig, als eine fahrende Praxis zu betreiben.

Niemand konnte sich so recht erklären, was Paracelsus vom Donauufer in die Hügel bei Klausenstetten verschlug. Jedenfalls kam er gerade zurecht, als sich aus dem Schoß der Gräfin Sophie von Sand und Bergen während der heiligen Eucharistiefeier in der Gnadenkapelle am Hohenberg ein dunkelroter Blutschwall auf das gleichermaßen blutrote Samtsitzkissen ergoss. Paracelsus, der geistlichen Labsal wegen ebenfalls anwesend, klaubte den Rest eines zu früh geborenen und sogleich verstorbenen Edlen von Sand und Bergen behutsam aus der Gräfin heraus, und die bestand darauf, ihn dafür auf Burg Sand zu bewirten. Weil schon immer viel mehr getratscht wurde als gearbeitet, kam Amalie-Simmet-Ahnfrau die Sache schnell zu Ohren. Stets für Neues und Besseres aufgeschlossen, witterte sie vertrauenswürdige Heilkunst bei einem Arzt, der ohne Aufhebens einen Blutsturz gestillt hatte.

Amalie-Ahnfrau hüllte sich kurz entschlossen in ihren selbst gewebten Umhang, huschte über die Hintertreppe ins Schloss hinein und setzte Himmel und Hölle in Bewegung, um an Paracelsus heranzukommen. Der Bader hatte die Blindschleiche noch nicht zerhackt, da verschorfte Max' Blessur schon unter einem sauberen Laken, das mit Kamillenblüten-Absud getränkt war. Max blieb erhalten und mit ihm seine unmündigen Kinder, die sang- und klanglos untergegangen wären, hätte ihnen Max' Aufmüpfigkeit den Vater geraubt.«

Paula hechelt erschreckt. Um ein Haar wären die Simmets vor knapp einem Jahrtausend ausgestorben. Kein Max, keine Erna Spanagl, keine Paula. Hätten dann die Vierlbecks das Erbe der Simmets angetreten? Wären sie Schuhmacher geworden, Feuerwehrkommandanten, Gemeinderäte? Wohl kaum, denn die Vierlbeck-Männer sind Taugenichtse, und die Vierlbeck-Frauen sind Hexen. Das jedenfalls behauptet Amalie. Wie sagte die Großmutter erst neulich zur Pfarrersköchin, als die ihre Pumps zum Besohlen brachte: »Wissen möcht ich schon, was sich die Vierlbeck für einen Fluch aufgladen haben. Sie sind ein Gfras und bleiben eins, keine Frag. Trotzdem, in jeder Generation kommt ihnen ein Mädel auf die Welt, eins, wo die Gab zum Helfen hat, laudate Dominum. Aber nicht einmal dieses begnadete Kind kommt dem Fluch aus. Es is als Hex verschrien, kaum dass es den ersten Kräutertee gebraut hat.« Die Pfarrersköchin hatte ernsthaft genickt und bedächtig erwidert: »Die heilige Inquisition hat die Vierlbeck-Frauen gebrandmarkt, das muss uns Grund genug sein, den Kräutlerinnen auf der anderen Schlossbachseite zu misstrauen.« Amalie hatte daraufhin tief geseufzt und bedrückt gemurmelt: »Im Mittelalter sollen oft Scheiterhaufen gebrannt haben in Klausenstetten, und auf jedem war eine Vierlbeckin drauf.« – »Kein Wunder, dass die Vierlbeck-Hexen seither umgehen«, flüsterte verschreckt die Pfarrersköchin und bekreuzigte sich.

Gut, dass sich Amalie damals nicht an eine Vierlbeckin wandte, als Max-Simmet-Ahnherr im Sterben lag, denkt Paula. Die hätte ihn mit Sicherheit um die Ecke gebracht.

Da ertönt in ihrem Kopf schrilles Lachen. Stimmen schreien durcheinander, sodass kein Wort zu unterscheiden ist. Endlich setzt sich eine einzelne Stimme durch, und Paula kann verstehen, was sie sagt.

»Niemand in Klausenstetten wusste – Max hätte es vielleicht geahnt, wenn er nicht im Fieberdelirium gelegen wäre –, dass Paracelsus hergekommen war, um bei der Kräuterfrau, Liesl Vierlbeck, vorzusprechen. Denn Kräuterfrauen wie die Vierlbeckin waren damals die Einzigen, die etwas vom Heilen verstanden. Aber die Furcht davor, im Schlepptau einer Hexe auf dem Scheiterhaufen zu brennen, trieb sämtliche Dorfbewohner den Scharlatanerien des Baders zu. Beim Abschied soll Paracelsus der Kräuterliesl für die Lehren, die sie ihm mitgab, auf Knien gedankt haben. Auf Knien! Nun, auf Knien vielleicht doch nicht.«

»Damals war die Furcht groß im Lande«, fährt eine andere Stimme fort. Aber die Zeichen standen auf Wandel, der zeigte sich von allen Seiten. Im Jahre 1540 postulierte Kopernikus das heliozentrische Weltbild, und Martin Luther predigte schon seit anno 1517, dass der Papst ganz und gar irdisch sei und sich irren könne wie jeder andere auch. Ständig wurden neue Theorien geboren, Ideologien und auch recht zweckmäßige Erfindungen. Weihnachten 1578 besaßen die Simmets bereits eine Gutenberg-Bibel, und zwei Jahre später lauschten sie dem melodiösen Stundenschlag ihres glänzenden Nürnberger Eies. Als jedoch Galilei schrieb, die Astrologie sei eine Trugwelt und die Tierkreiszeichen eine optische Täuschung, fruchtete das gar nichts. Mond und Sterne bestimmten das Schicksal der Simmets und ihrer Gefährten seit jeher, und lesen konnten sie sowieso nicht.

Inzwischen hatten die Fürsten den Religionskrieg angezettelt. Simmet und Gefährten befolgten brav den Grundsatz ›Cuius regio, eius religio‹, was in unserem Sprachgebrauch ›Wie der Herr, so das Gescherr‹ bedeutet. Der Herzog war katholisch, die Simmets demnach auch. Sie begannen auf ein Ende der Zwistigkeiten unter den Herrschern zu hoffen, als sich 1555 der Augsburger Religionsfriede anbahnte. Aber Herzog Wilhelm der Fromme konnte sich einfach nicht vertragen. Er eiferte und frömmelte und wiegelte auf. Seine Hetztiraden stachelten sogar fremdländische Herrscher dazu an, die Säbel zu wetzen.«

In Paulas Kopf hallt spöttisches Gelächter wider: »Wenn zwei sich streiten, freut sich der Dritte. Genauso war es«, beendet eine ernste Stimme das Hohnlachen. »Tilly und Wallenstein hießen die beiden Feldherrn, die an der Nord- und Ostsee mit ihren Armeen und Kriegsschiffen so lange herumfuhrwerkten, bis der Schwedenkönig Gustav Adolf auf den Plan trat. Er landete mit reichlich Mannen zügig an der pommerschen Küste und schlug die versammelte Liga bei Leipzig anno 1631. Es erwies sich als großer Fehler, vor Gustav Adolf zurückzuweichen. Denn er stieß immer weiter vor, ließ sich partout nicht mehr verscheuchen und rollte mit seinem Heer langsam, aber stetig auf Bayern zu. Die Schweden kamen 1632 nach Klausenstetten. Und die Schweden waren grob.«

Stille, Schweigen, Düsternis. Kühle kriecht in Paulas Knochen. Sie richtet sich auf und schlenkert zwei kältestarre Steckenhaxen aus der Mulde. Ein paar Augenblicke muss sie auf allen vieren verharren, bis sich die Wände um sie herum eingependelt haben und senkrecht stehen. Dann stemmt sie sich hoch. Vor ihren Augen tanzen Lichter, formen sich zu Kreisen, driften voneinander weg, kehren zurück, vereinigen sich zu Sternen.

Ein Hexentanz, denkt Paula. Und plötzlich kommen ihr die Vierlbeck-Hexen in den Sinn. Was, wenn sie es wären, die sich unter Paulas Schopf regelmäßig ein Stelldichein geben und von all den Dingen erzählen, von denen hier sonst keiner etwas weiß?

Paula klammert sich an einem Felsvorsprung fest und wartet, bis die flatternden Lichter verschwunden sind.

Sollen mir recht sein, die Vierlbeck-Hexen, denkt sie, während die letzten Funken verglimmen. Diese Hexen sind gute Lehrmeisterinnen. Sie unterrichten viel anschaulicher als Lehrer Selch, wissen hundertmal so viel wie der und drohen nicht mit einem Tatzenstock.

Lenden- und nackensteif scharrt Paula die senkrechte Felsplatte hinunter, trifft mit den Füßen auf ebenen Grund und scheuert an den schroffen Kanten des Tunnels entlang zum Ausgang. Benommen blinzelt sie in die untergehende Sonne.

Als die Simmets und Spanagls von der Cypriansfeier nach Hause kommen, liegt Paula bereits in ihrem Bett, was niemanden überrascht, denn es ist schon weit nach zehn Uhr. Natürlich sieht auch keiner nach Paula. Wozu denn das?

Paulas Stirn glüht, ihre Schläfe sticht, ihr Hals kratzt. Am nächsten Morgen hat sie hübsch Fieber.

Für Paula fällt vier Wochen lang der Unterricht aus. Erna Spanagl spuckt Gift und Galle: »Weil uns das noch gfehlt hat, dass du dir eine Gripp anzüchtst mit deiner Umeinanderstrawanzerei.«

Zwischen heißen Ziegelsteinen döst Paula in ihrer Dachstube auf dem Simmet-Hof durch den umtriebigen Bauernsommer.

»Liegt die da unterm Plumeau, wo wir jede Hand so nötig brauchen täten«, murrt Erna Spanagl. Sie hat ja recht. Max Simmet kommt kaum noch vom Fendt-Traktor herunter. Die Schusterwerkstatt ist verwaist. Kein Stiefel wird besohlt, keine aufgeplatzte Naht zugesteppt. Erna Spanagl muss eigenhändig Kartoffelkäfer abklauben. Amalie steht quasi unter Hausarrest, denn an ihr bleibt es hängen, zu kochen, das Vieh zu füttern und Sigi zu betreuen.

»Das ist die dritte und letzte Spritze, die ich dir reinpikse in deinen Po«, schmunzelt Doktor Stern eines Morgens Ende Juni und tätschelt Paula das Ohr, »es wird schon wieder. Schau her, ich lass dir ein Flascherl da mit einem Saftl drin. Von dem Saftl nimmst dreimal am Tag einen Löffel voll, und bald hast wieder so viel Kraft, dass du auf alle Bäum im Schlosspark kraxeln kannst.«

Paula lächelt zaghaft. Im Moment schafft sie kaum den Weg vom Bett zum Klo.

Dr. Stern scheint das zu wissen, denn er nickt betrübt: »Ich weiß schon, so eine Bronchitis hats in sich.« Er stellt die Arzneiflasche auf Paulas Nachttisch, schließt seine Arzttasche und hebt den Zeigefinger wie Lehrer Selch. Aber Dr. Stern grinst, während er sagt: »Zaubertrank, Simsalabim, wenn Flasche leer, Paula pumperlgsund.«

Paula muss lachen. Sie lacht noch, als der neue Doktor schon die Stiege hinuntertrampelt. »Ein netter Doktor ist das, ein lustiger«, flüstert sie der Arzneiflasche zu, »gar nicht schad um den alten Hartmann, der immer dreingschaut hat wie der Teufel beim Fronleichnamsumzug.«

Teil II

1.

»12. Juli 1966, 11.30 Uhr. Klausenstetten, Stadelbrand.« Mehr hat die Chronik der FFW zu den Vorfällen dieses Tages nicht zu sagen.

»WASSERENTNAHME AM LÖSCHWEIHER!«, tönt das Kommando herüber. »Eine B-Länge ankuppeln! Wasser marsch, gezielt und sparsam!«

Paula wirft einen scharfen Blick von ihrem Standort im Kartoffelacker über die Wiese. »Sparsam tät ich auch meinen«, stimmt sie zu, »weil sowieso nichts mehr übrig bleibt von dem halb verfallenen Stadel da am Straßeneck, und wer weiß, wie oft der Löschweiher noch herhalten muss in diesem Sommer.« Dann bückt sie sich wieder über die Furche.

Da muss einer zündelt haben, denkt Paula, während sie harkt und jätet, warum soll denn der sonst brennert werden, der Bretterhaufen?

Besorgt fragt sie sich, wo sich ihre Geschwister in den vergangenen Stunden herumgetrieben haben. Franz? Er war in der Schule, Paula hat ihn aus dem Schulhaus kommen sehen, als sie aus dem Bus stieg. Die Nonnen hatten heute den Unterricht schon um elf Uhr beendet, weil der Weihbischof zu Besuch kam, und deshalb war Paula so früh zu Hause. Auf dem Heimweg war Franz zuerst vor Paula, dann hat sie ihn eingeholt, und er hat über die Hausaufgaben geflucht. Sigi? – Mittlerweile fünf Jahre alt und zum Zündeln durchaus fähig. Er war bestimmt unter der Fuchtel von Amalie. Ella? Ella ist verdächtig, denn erstens tut sie bei jedem Unfug mit, und zweitens ist sie dumm genug, mit dem Feuer zu spielen, im übertragenen genauso wie im wörtlichen Sinn. Aber auch Ella war in der Schule. War sie nicht, fällt Paula siedend heiß ein. Die vierte Klasse hat heute ab der Zehnuhrpause frei gehabt, weil Lehrer Selch aufs Schulamt bestellt war.

Paula seufzt und nimmt eine neue Furche in Angriff. Ella hatte den halben Vormittag frei, das riecht nach Ärger so oder so. Da will Paula lieber bei den Kartoffeln auf dem Acker bleiben.

Ob der Schulrat den Selch heut wirklich zusammenstaucht?, geht es Paula an der nächsten Furche durch den Kopf.

»Der kann sich seinen Rüffel abholen«, hatte Lene Schredereder gestern in der Schusterwerkstatt gefeixt. »Was muss denn der auch heutzutag noch Tatzen austeilen. Mit einem eichenen Stecken haut der zu, wo er vorn auch noch einen eisernen Fingerhut draufpappt hat. Der Ede hat neulich einen Bluterguss davon kriegt, wie ein Fünfmarkstückel so groß.«

»Hast ihn du hingehängt, beim Schulrat?«, hatte Max mehr rhetorisch als interessiert gefragt, und Paula hatte die Ohren gespitzt.

»Ja, solln mir uns das vielleicht gefallen lassen?« Lene reagierte geradezu entgeistert ob solcher Zumutung.

Der Ede kommt eh immer ganz gut weg, dachte Paula, als sie das hörte.

Stimmt, am meisten hat nämlich Selchs eigener Sohn Konrad unter dem fingerhutbewehrten Stöckchen zu leiden. Der dicke Konrad tat Paula immer in der Seele leid, wenn er gottergeben die Handflächen vor die Brust hob wie der Pfarrer beim Veni Sancte Spiritus, um sie dann, nach schmerzhafter Prozedur, mit schamroten Backen unter der Bank zu verstecken.

Paula warf, sooft es ging, ein Auge auf Konrad, denn die Stimmen, die sie zeitweise in ihrem Kopf hört und die sie seit ihrem Aufenthalt in der Steinzeithöhle den »Vierlbeck-Hexen« zuschreibt, hatten sie ein weiteres Mal recht drastisch vor ihm gewarnt. Das war in der vierten Volksschulklasse gewesen, so um Weihnachten herum. Paula saß früh in ihrer Schulbank und wartete auf ihr Hausaufgabenheft, das die Runde machte. Otto Ellerschwang brauchte nur auszubessern, Ede musste wie immer alles abschreiben. Konrad fehlte noch, aber sein Platz war nicht ganz leer. Über seinem Stuhl und seinem Schreibpult sah Paula eine dünne Kette rotieren, an der ein blauer Stein hing wie ein Tropfen. Paula wurde es mulmig.

»Siehst du, wies der Pendel treibt!«, kreischten die Vierlbeck-Hexen.

Paula sah es. Der Tropfen flog mit hoher Geschwindigkeit im Kreis. Paula musste an das Kettenkarussell am Hohenstettener Volksfest denken. Ihr wurde ein bisschen übel.

»Der Pendel schwingt wie verrückt linksherum!«, schrien die Hexen. »An diesem Platz da sitzt der Teufel.«

Paula legte die Stirn in die hohlen Hände. Die Vierlbeck-Hexen hatte ihr schon viele wertvolle Hinweise gegeben, sie hatten ihr spannende Geschichten erzählt und erstaunliche Phänomene erklärt. Paula vertraute ihnen. Aber in Bezug auf Konrad schienen ihr die Hexen im Irrtum zu sein. Und überhaupt, dachte Paula, heißt es *das* Pendel.

Die Hexen lachten schrill: »*Das* Pendel hängt in der Uhr«, keckerten sie. »*Der* siderische Pendel gehorcht der achten Naturkraft, und er kann sich nicht irren.«

»Achte Naturkraft«, flüsterte Paula verständnislos und hielt sich die Ohren zu, als könne sie die Hexen damit zum Verstummen bringen. Doch sie lärmten nur noch lauter, und eine von ihnen krähte in Paulas Hinterkopf: »In die eigene Goschen scheiß ich mir, wenn der Konrad nicht den Teufel im Leib hat.«

Der Pendel kreiste immer schneller, verdichtete sich zu einer Drehscheibe, und im Zentrum dieses sausenden Rades entdeckte Paula ein Bild. Konrad! Er verknüpfte drei kurze Seile zu einem Triangel. Das Bild wurde schärfer. Die Seile waren Blindschleichen, und sie lebten noch. Konrad zog die Knoten straff, und dann hängte er den Triangel an einen Haken. Die Blindschleichen zuckten. Paula starrte. Konrads Hand erschien und befestigte ein Gewicht an dem Triangel, dann ein weiteres. Das dritte Gewicht brachte eine der Blindschleichen zum Aufplatzen. »Hä!«, schrie eine der Hexen in Paulas Kopf.

Paula sprang auf, rannte zur Toilette und kotzte in die Kloschlüssel. Als sie zurückkam, saß Konrad in seiner Bank und lächelte sie gutmütig an. Paula grinste dermaßen verzerrt zurück, dass Konrad laut auflachen musste. Im selben Augenblick betrat Lehrer Selch das Klassenzimmer. Er baute sich vor seinem Sohn auf und blaffte: »Hier wird gearbeitet. Das ist ein Unterrichtsraum und kein Kasperltheater. Merk dir das. – Beide!«

Gehorsam legte Konrad beide Hände auf den Tisch, und sein Vater ließ den Tatzenstock zweimal niedersausen.

Paula musste die Zähne zusammenbeißen und ihren Daumennagel in den Radiergummi bohren. Ihr Blick fiel auf die Lehne von Konrads Stuhl. Eine tief eingeritzte Elf starrte ihr entgegen. Die Zahl war vor einer halben Stunde, als sich Paula vor ihre Schulbank setzte, noch nicht da gewesen. Die Hexen? Sie hatten noch nie zuvor ein sichtbares Zeichen hinterlassen.

Konrad war abgestraft. Selch wandte sich Otto Ellerschwang zu: »Der Schulranzen hängt geschlossen und ordentlich an seinem Platz«, bellte er und gab Ottos Schultasche einen Tritt, sodass sie den Mittelgang entlangschlitterte. »Links!« Otto legte die linke Hand, Handfläche nach oben, auf den Tisch.

Paula selbst hat den vermaledeiten Stock noch nie zu spüren bekommen, Gott sei Dank. Vor ein paar Tatzen hätte sie ja keine Angst gehabt, aber es hätte sein können, dass sich ihre Finger derart unangebrachte willkürliche Hiebe nicht gefallen lassen würden. Sie hätten sich eigenmächtig um den Stock krallen können, um ihn festzuhalten, ihn Selch zu entwinden – und was dann?

»Bluterguss hin oder her«, murmelt Paula und schüttet das Unkraut aus ihrem vollen Eimer an den Feldrand, »die Lene hätt den Selch lieber nicht beim Schulamt anzeigen sollen. Wenn die dem Selch jetzt verbieten, dass er in der Klasse Tatzen verteilt, dann watscht er daheim den Konrad doppelt und dreifach. Da is es doch viel gescheiter, der Ede und seine Spezi kriegen auch was ab von den Schlägen, is ja nicht ganz unverdient. Und außerdem, so ein Fingerhutklapserl, das spürt der Ede gar nicht. Das is nix gegen die Kratzer und Beulen, die er sich sowieso jeden Tag einfängt.«

Paula fällt wieder ein, dass Großvater Max, der Lene sonst immer in Schutz nimmt, die Stirn in Falten legte: »Ich weiß nicht, Lene, könnt sein, dass der Selch noch mehr zuhaut, wenn ihn der Schulrat abkanzelt. Kritik verträgt er nicht, der Selch.«

»Bah«, hatte Lene aufgetrumpft, »das wollen wir doch mal sehn, ob wir den Selch nicht zur Räson bringen.«

Es war Max anzumerken, dass er seine Zweifel hatte. Aber er schwieg. Aus Erfahrung weiß Max, wie wenig Lene mit Argumenten beizukommen ist – genauso wenig, wie ihrer Mutter beizukommen war. In letzter Zeit ist Lene eigensinniger denn je. Seit der Schredereder-Hof wieder aufgebaut ist und ganz modern ausgestattet mit dem Geld von der Versicherung, seit wieder Verbenen in nagelneuen Holzkästen blühen, tut Lene, die Fahnenmutter der FFW Klausenstetten, als hätte sie allein alle Trümpfe in einer Hand. »Spielt sich auf wie die Leitkuh auf der Sommerweide«, zischelte Amalie neulich.

Paula gab der Großmutter insgeheim recht, vergaß aber nicht und würde nie vergessen, wie sich Lene vor zwei Jahren für sie eingesetzt hatte.

Wenns auch nichts genützt hat, denkt Paula und reißt eine fette Ackerwinde aus dem klumpigen Erdreich, die Lene hats mir gut gemeint.

An einem regnerischen Nachmittag vor zwei Jahren hatte sich Lehrer Selch in offizieller Mission auf dem Simmet-Hof eingefunden und ließ sich vis-à-vis von Erna Spanagl auf dem Kanapee im sogenannten Wohnzimmer nieder. Paula sah ihn da sitzen, denn die Tür war einen Spaltbreit offen geblieben, und sie kam nicht im Entferntesten auf den Gedanken, sie selbst könne der Anlass für Selchs persönliches Erscheinen sein. Doch so war es, Erna Spanagl hatte die Gsottmaschine Paulas wegen im Stich lassen müssen.

Franz schraubte, während Selch mit der Mutter sprach, draußen auf der Gred mit provozierend dummdreister Visage an seinem verbeulten Fahrrad herum. Er selbst, seine Geschwister, Max und Amalie und vermutlich sogar die Kühe im Stall rechneten damit, dass Franz bald hineingerufen werden würde. Ein Donnerwetter erwartete ihn, schlimmstenfalls Prügel. Gründe dafür gab es genug: bodenlose Faulheit, pampige Unverfrorenheit, großsprecherische Dummheit. Paula spürte, wie ihr Bruder wünschte, das Verhängnis sollte Ella treffen. Warum nicht Ella? Sie lud sich dauernd was aufs Kerbholz, war schlampig und bockig und faul sowieso. Im Moment gerade machte sich Ella zunutze, dass Selchs Besuch die Mutter im Wohnzimmer festhielt, und angelte die Keksdose aus dem Küchenbuffet. Sigi hängte sich an ihr Bein.

Alle vier Geschwister sprangen auf wie Karnickel neben der Fuchsfährte, als es »Pauuu-la« aus dem verräucherten Pseudowohnzimmer schallte. Die beiden Silben trieben Paula flott hinein. Sogleich fühlte sie die Luftschwingungen um Erna Spanagl herum und empfand sie als extrem aggressiv.

»Deine guten Noten, Paula«, räusperte sich Selch, weil Erna Spanagl den Mund zubehielt wie eine versperrte Schublade und schier blasiert über Paula und Selch hinwegblickte, »deine Noten, Paula, erheischen den Übertritt in eine höhere Schule, ähm, wäre das dein Wunsch?«

Einen kurzen Moment lang fing die Atmosphäre um Paula zu tanzen an, sie drehte sich und schwang in allen Farben des Regenbogens, bis die Mutter in ihr Gesichtsfeld schlingerte. Ein Wunsch?, dachte Paula. Ein Traum wäre es, die Zusammenfassung aller Wünsche, der Wunschgipfel! Zu sagen wagte sie nichts. Sie erlaubte sich ein Nicken. Die Antwort darauf erschöpfte sich in Konjunktiven: »Wie ich Ihnen schon sagte, Frau Spanagl, die Lehrmittel wären frei, die Busfahrt wäre frei, Sie müssten keinen Pfennig drauflegen.«

Erna Spanagl schaute auf Lehrer Selch hinunter wie auf einen penetrant quakenden Frosch: »Und ich habs Ihnen schon fünfmal gesagt, dass wir die Paula daheim zum Helfen brauchen. Auf einem Hof kann keiner mitten am Tag in Bücher und Hefte reingaffen, und überhaupt, wo kommen wir denn hin, wenns Dirndl auf die höhere Schul gehen tät, und der Franz, der Bub, bleibt in der Dorfschul.«

»Aber Frau Spanagl«, setzte Selch mit erhobenem Zeigefinger an in dem pädagogisch unsinnigen Bemühen, Ernas ganz und gar verschütteter Logik auf die Sprünge zu helfen, »es ist nicht jedem gegeben, den Lehrstoff einer höheren Schule zu bewältigen, auf das Geschlecht kommt es dabei nicht an, nur auf das Können und Wollen, und beides ist an Franz nicht erkennbar. Zudem ist gehobene Schulbildung bei einem Hoferben nicht unbedingt vonnöten. Die Immobilie würde Franz für den Bildungsnachteil entschädigen.«

Es wird für den Franz überhaupt keinen Nachteil geben, weder mit noch ohne Entschädigung! Diese Entscheidung konnte Paula der muffigen Wolke entnehmen, die über Erna Spanagls Kopf hing. Sie lief hinaus und über die Wiese, und dann kletterte sie auf den Ahornbaum und heulte. Selch verließ den Simmet-Hof unverrichteter Dinge. Amalie murmelte: »In te, Domine, speravi«, Max hieb auf einen Schusternagel ein, und Franz grinste, er war davongekommen.

Noch am selben Abend erfuhr Lene Schredereder von Selchs Besuch auf dem Simmet-Hof, und sie ließ ein Plädoyer für Paulas Sache vom Stapel: »Wenn der Selch extra herkommt und sagt, dass sie aufs Gymnasium soll, die Paula, dann is die wirklich gscheit, die Paula. Das kannst glauben! Der Selch is nämlich ein ganz Drakonischer. Der lasst keinen Fehler durchgehen. Seinen eigenen Buben schlagt der noch zum Krüppel, bloß weil sich der Konrad den lateinischen Stuss nicht merken kann, den wo ihm der Selch einbläuen möcht. Erna, so einem gscheiten Madl darf man nix in den Weg legen, auch wenn du noch so dringend wen brauchst, der wo den Hühnerdreck wegräumt und die Kartoffeln ausklaubt.«

In puncto Sturheit konnte es Erna Spanagl schon lange mit den Schredereder-Frauen aufnehmen, und deshalb verhallte Lenes Rede ohne Wirkung. Paula musste weitere zwei Jahre Volksschule unter Selchs Tatzenstock absitzen, bis Frau Six auf den Plan trat. Die neue Lehrerin kam aus Hohenstetten, um Selch zu vertreten, der sich einen Bruch gehoben hatte. (Nix hat der gehoben, behauptete Lene, seinen Tatzenstecken hat er zu stark geschwungen.) Frau Six unterrichtete Paulas Klasse fast zwei Monate lang. Bevor sie an ihre Schule in Hohenstetten zurückkehrte, kam sie auf den Simmet-Hof. Und Emma Six wollte vor Erna Spanagl nicht klein beigeben.

Schade, meinte sie, für den Übertritt an ein Gymnasium sei es zu spät. Für den Wechsel in die Realschule aber wäre im folgenden Herbst der richtige Zeitpunkt. Erna Spanagl lehnte ab. Emma Six wurde ungemütlich. Erstaunlicherweise setzte sich Emma Six gegen Erna Spanagl durch.

Seit allerdings Erna mit einem beleidigten Schulterzucken die Zustimmung zum Schulwechsel gegeben hat, behandelt sie Paula wie eine Verräterin, eine Saboteurin, eine Rebellin gegen Recht und Tradition.

»Also doch, hab ichs mir eh denkt«, bestätigt sich Paulas Verdacht, als sie vom Kartoffelacker kommend über die Küchenschwelle tritt. Ella schnieft und rotzt hinter einem schütteren Handtuch, während sich Erna und Amalie gegenseitig bestätigen, was die Vierlbecks für ein Gschwerl sind, für ein miserables.

Die schlechte Nachrede hängt ihnen ja schon seit Langem an, den Vierlbecks. Seit den Tagen der Inquisition, als die Vierlbeck-Kräuterfrauen zu Hexen abgestempelt wurden? Seit den zwanziger Jahren, als eine Vierlbeck-Hebamme aus Klausenstetten vertrieben wurde? Oder seit eine Schredereder einen Vierlbeck geheiratet hat? Noch viel länger. Niemand weiß, wann es angefangen hat.

Als die Vierlbeck-Familie, in die Else Schrederseders Mutter-gottselig eingeheiratet hatte, 1927 auf den Schredereder-Hof zog, wo Else Schrederseders Mutter-gottselig die erheirateten Vierlbeck-Kinder genauso behandelte wie ihre eigenen, hätten diese vielleicht eine Chance gehabt, vollwertige Mitglieder der Klausenstettener Gemeinde zu werden. Aber die Mutter-gottselig ging eines Tages über den Jordan, und wenig später gingen die Vierlbecks zurück über den Schlossbach, dorthin, wo sie hergekommen waren. Jetzt haben sie wieder genauso wenig, wie sie vorher hatten, und kämpfen darum, ihre Kate am Einstürzen zu hindern.

»Akkurat mit der Vierlbeck-Saubande muss sie sich umeinandertreiben, die Tuschen«, zischt Erna Spanagl und droht ihrer Tochter mit der blanken Handfläche. Ella schnieft postwendend fortissimo. »Was habts denn überhaupt wollen da drin, in dem Abbruchstadel da?«, fragt Erna, durch die neuerlich bewiesene Zerknirschung etwas besänftigt. Ella brabbelt Unverständliches, und Erna hört gar nicht hin, weil ihr gerade eine viel wichtigere Frage in den Sinn kommt. Sie krümmt die Finger ihrer rechten Hand zur Faust und lässt dann den Zeigefinger auf Amalie zuschnellen: »Wem ghört denn der Bretterhaufen überhaupt?«

Wieder hat Erna keine Antwort nötig, weil es ihr schon selber einfällt: »Dem Semau, dem Semau vom Schloss, ja da gut Nacht.« Von Neuem droht sie Ella mit der Hand: »Den alten Semau hast uns an Hals ghetzt mit deiner Dummheit.« Ella versucht es mit einem Wimmern und hat Erfolg. »Eigentlich müsst er ja froh sein, dass das Glump weg is«, sagt ihre Mutter. »Ein Schandfleck war der alte Stall da an der Straß.«

»Das macht der Max schon alles aus mit dem Semau«, meldet sich jetzt Amalie zu Wort. »Der Max regelt das schon. Und dass die Ella dabei war, wie die Vierlbeck-Bankerten da zündelt ham, das muss gar nicht aufkommen.«

Wie sanfter Regen tröpfelt diese Aussicht in Ernas aufgescheuchte Nervenfasern. »Die Ella muss auf der Stelle aus den Augen vom Dorf«, beschließt sie flugs und hofft, mit diesem Schachzug Ella aus dem Kopf all jener zu radieren, die sie am Morgen im Kielwasser der Vierlbeck-Brut gesehen haben.

»Pauuu-la, du nimmst jetz die Ella, und ihr gehts, nein fahrts – fahrts mit die Radl auf Hohenstetten. Ins neue Freibad, da fahrts hin. Und kommts nicht vor dem Sechsuhrläuten heim.« Erna lobt ihre grandiose Idee selbst mit sequenziellem Nicken.

»Ja, und was is mit dem Heueinfahren?«, nuschelt Paula in die Luftvibrationen. Sie würde sehr gern ins Freibad gehen, mit oder ohne Ella, eine Stunde lang oder fünf Stunden. Aber etliche Fuhren Heu liegen noch draußen. Die müssen vor dem Dunkelwerden unters Dach kommen, denn für die Nacht sind Gewitter angesagt.

»Mei, das Heu, ja lieber Gott, das Heu!«, jault Erna auf.

»Jetz machen mir das so«, nimmt Amalie die Sache in die Hand, »jetz fahr ich mit der Ella auf Hohenstetten zu der Schwägerin, der Anna. Da kannst beim Glasl waschen helfen, Ella, und bist gleichzeitig weg vom – Tatort. Geh, tu dich um, den Bus um Viertel nach zwei, den erwischen wir noch.«

2.

»IS DAS ZU GLAUBEN, dass das so ghört?«, räsoniert Paula und wuchtet in gleichbleibendem Rhythmus Heugarben auf den Erntewagen. »Dass der Franz so gmütlich da droben hockt und ich die ganze Arbeit tu?«

Franz protzt sich unter dem vor der prallen Sonne schützenden Traktordach wie der Matador aller wirbelnden Heufuder und lässt die Zugmaschine samt Hänger langsam vorwärtsruckeln. Er fährt dicht an den Heuhaufen entlang, die Paula aufgabeln muss.

Erna arbeitet mit einem Rechen ordentlich hinterher, damit kein Hälmchen liegen bleibt. Das Vieh braucht im Winter jeden Stängel, der jetzt zu haben ist.

Wie auch Erna Spanagl die Sache hinstellt, Paula hat sich noch nie vor einer Arbeit gedrückt. In dem halben Jahr, in dem Paula jetzt täglich zur Realschule der Ursulinen in Hohenstetten fährt, hat sie noch kräftiger hingelangt als je zuvor: »Braucht mir keiner was nachsagen, für alles halt ich her. Soll er nur pomadig oben hocken auf sein Bulldog, die Fuhr gupf ich noch voll.« Schon, aber Paulas Arme werden mit jeder Gabelvoll schwerer, und diese dritte und letzte Fuhre – es sind noch zweieinhalb Reihen Heuhaufen aufzuladen –, die wird ihr ans Eingemachte gehen, sie kann es spüren.

»Tu die Heugabel her, Madl!« Nicht der vierzehnte Nothelfer, an den sich Paula soeben gewandt hat, weil ihn die Nonnen immer so warm empfehlen, sondern Max Simmet windet Paula den Stiel der Heugabel aus der Hand: »Geh heim, Madl, kümmer dich um den Sigi, is eh schon die letzte Fuhr. Wenn wir die drinham, geh ich gleich zum Semau rüber.«

»Die Ella«, setzt Erna fast kleinlaut an.

»Ich weiß schon, zündelt hams. Is aber kein Schaden, bis auf das, dass die Feuerwehr extra ausgrückt is. Aber da tarockt keiner nach, das is schon ausgmacht. Und dem Semau soll der Brand recht sein, der spart ihm das Wegreißen von der Schupfen.«

Auf Burg Sand, nur einen Steinwurf vom Simmet-Anwesen entfernt, sitzt seit '39 Karl Semau ohne »von und zu«.

Nachdem sich die Schweden 1632 in Bayern festgebissen hatten, wüteten sie fast zwanzig Jahre lang wie die Berserker im Lande. Als sie abzogen, sah Burg Sand wieder aus wie der Steinbruch, aus dem sie entstanden war. Da bockte der letzte Graf von Sand eine Granitplatte auf, legte sich darunter und schlug die Keile weg. Burg Sand fiel auf den verschlungenen Wegen der Erbfolge an einen bisher unbekannten ungarischen Zweig derer von Sand und Bergen, was den Sinn und Zweck der Trutzburg des Ritters Klaus, die Maxstetten den Namen gekostet hatte, ad absurdum führte.

Dafür brachten die Ungarn frischen Wind ins verödete, gepeinigte Klausenstetten. Als Kurfürst Maximilian mit den Schweden einen Waffenstillstand zustande brachte, avancierte die Burg sogar zum Schloss, und das traurige Rinnsal hinter der abgebrannten Kirche wurde zum Schlossbach befördert. Max-Simmet-Ahnherr eröffnete eine neue Schusterwerkstatt und kreierte niedliche Stiefeletten für die Gräfin.

Wie es bei einer echten Ungarin zu befürchten war, verliebte sich die feurige Grafentochter Hals über Kopf in den seinerzeit feschesten Klausenstettener, und das war der jüngste Schredereder-Spross. Damals waren die Schredereders in Klausenstetten gerade erst sesshaft geworden. Nur wenige Monate zuvor waren sie aus der Straubinger Gegend nach Klausenstetten gekommen und wollten sich hier in aller Ruhe einleben. Da warf sich die verwöhnte Grafentochter ihrem Jüngsten an den Hals. Und sie gab nicht nach, bis er mit ihr auf und davon ging, Richtung Wien.

Erst als sie in einer verwanzten Herberge hausten und der Hunger zwickte, weil die letzte Brosche verkauft war, kam die

Grafentochter dahinter, dass sie mit der väterlichen Hand besser dran war als mit dem – mittlerweile freudlos baumelnden – bürgerlichen Gemächt des zugegeben recht stattlichen Liebhabers. Kaum war der Grafentochter dieses Licht aufgegangen, eilte sie auch schon zurück in den Schoß der Familie, nicht ahnend, dass ihr eigener Schoß bereits Schredereder'sche Früchte trug.

Weil der Herr und Gebieter von Burg Sand im Jahre 1670 für Klausenstetten und ein paar Weiler dort und da sämtliche Regeln und Gesetze erfand, sie sogleich forsch erließ und sich a tempo um die Exekutive kümmerte, beschloss der letzte Schredereder-Spross, vorerst die Heimat zu meiden. Und während der adelige Ungar noch darüber brütete, wie die bürgerlichen Spuren an der gräflichen Tochter zu beseitigen wären, lachte sich Romeo in Wien ein Gspusi an.

Für die ungarische Grafentochter endete die Affäre äußerst tragisch unter den Händen einer Vierlbeck-Ahnin. Die wohnte auf der anderen Seite vom Schlossbach in einem Ziegenstall, schlief angeblich in einem Sarg, und alle Welt wusste, dass sie eine Engelmacherin war. Natürlich überlebte es die Grafentochter nicht, als ihr die Vierlbeck-Ahnin mit einem rostigen Eisendraht in den Uterus stach, um das Kind herauszuzwingen. Nach dem Tod der Tochter wurden Graf und Gräfin blass und krank vor Kummer. Die Vierlbeck-Ahnin versorgte sie mit Kräutertränken, woraufhin sie noch kränker wurden und ebenfalls starben. Damit war das ungarische Grafengeschlecht ausgerottet, und die Klausenstettener sagten der Vierlbeck-Ahnin zeitlebens dreifachen Meuchelmord nach. Zugegeben, sie hatte von jeher gegen die Obrigkeit vom Leder gezogen.

Vom Ende der ungarischen Linie aus schlängelten sich die Tentakel aristokratischer Erbfolge durch einen Wald von Stammbäumen und fanden bis ins Brandenburgische, wo sie überhaupt nicht willkommen waren. Die Klausenstettener warteten lange auf einen neuen Schlossherrn. Er kam nach vielen Monaten, beehrte sie nur ganz kurz, setzte ihnen einen Fiesling von Verwalter vor die Nase und machte sich wieder davon.

Als wäre die Drahtspitze der Vierlbeck-Ahnin das Pendant zu der Spindel gewesen, die Dornröschen in märchehaften Dauerschlaf versetzt hatte, lag Burg Sand gut hundert Jahre wie im Koma – bis 1784. In diesem Jahr erschien der Lottergesell auf Burg Sand. Er war der jüngste Sohn der Schlossherren aus dem Brandenburgischen und wurde von seiner Familie ins Bayerische abgeschoben, weil er jede Etikette mit Füßen trat und drauf und dran war, das Familienvermögen zu verjubeln.

Der Lottergesell kam nicht allein. In seiner Begleitung befand sich außer dem üblichen Gefolge eine recht hübsche weitschichtige Verwandte, die ihm vor der Abreise angetraut worden war. Kaum ansässig, machte der Lottergesell seinem Namen alle Ehre. Er zeugte etliche Kinder, zwei eheliche und schätzungsweise zwanzig uneheliche, verschleuderte Geld und Wertstücke und ließ die Burg verkommen. Glücklicherweise lebte er nicht lange genug, um Burg Sand samt Gut, Wald und Stallungen vollständig in den Sand zu setzen. Aber auch seinen Nachkommen lag das Wirtschaften nicht im Blut.

Als es um 1890 so weit war, dass die letzte Gräfin von Sand mit offenen Stiefeletten herumlaufen musste, weil sie sich keine Schnürsenkel mehr leisten konnte, fiel Burg Sand der Kirche in die Hände. Die ließ den Besitz erst wieder los, als Karl Semau eine Stange Geld für das alte Gemäuer bot. Er zog 1939 mit Frau und zwei Töchtern auf Burg Sand ein. Die Semaus hielten zwar ihre Nasen ziemlich hoch oben – von den Töchtern wäre bestimmt keine mit einem Schredereder durchgebrannt –, aber es war trotzdem einigermaßen auszukommen mit ihnen. An Macht hatten die Burgherren ohnehin schon reichlich eingebüßt, denn die Gerichtsbarkeit hatte sich bereits 1848 per Dekret von Burg Sand getrennt, sodass sich der Burgherr nicht mehr als oberster Richter aufblasen konnte. Zudem konnten die Semaus keine adelige Herkunft ins Feld führen, weshalb ihr beträchtliches Vermögen das Einzige war, was sie von den gewöhnlichen Dörflern abgrenzte.

Der Semau macht gwiss keinen Ärger, überlegt Paula, während sie mit geschultertem Rechen hinter dem Heuwagen her nach Hause trottet. Wär gar nicht nötig gwesen, die Ella holterdiepolter nach Hohenstetten zu verfrachten, der wär schon nichts passiert, weil nämlich der Großvater einen Stein im Brett hat beim alten Semau.

Paula muss grinsen, als ihr einfällt, wie sich Amalie immer in Szene setzt, wenn die Sprache auf das Feuer kommt, das vor Jahren den Burgstall vernichtete: »Wer?«, tönt sie dann lauthals und malträtiert in der Aufregung die deutsche Grammatik und Aussprache noch stärker als sonst. »Wer hat denn den nagelneuen Daimler rausgefahren aus der Garasch und runter auf die Hauptstraß, bevor dass der explodiert is von der Hitz, die wo schon die Gummireifen vom Leiterwagen geschmolzen hat, wie der Ross-Stall abbrennt is? Der Max! Überhaupt is das der Max gwesen, der wo den Rauch grochen hat. Keiner hätt das gspannt, dass es brennt beim Semau. Alle warn mir in der Mess, der Sancti-tui-Mess, weil an dem Tag, da is das Fest von die heiligen Märtyrer gwesen. Und rüber is er, der Max, dahin, wo es ihn hergweht hat, den Rauch, und ganz allein hat ers raus aus dem Stall, die widerspenstigen Rösser. Die wärn, beim lebendigen Leib wärn die verbrannt, bis sich die andern rausgwuzelt hättn aus die Kirchenstühl, die von der Feuerwehr, von der Freiwilligen.«

Schmunzelnd fragt sich Paula, wem die FFW Klausenstetten wohl mehr bedeutet, Max Simmet oder Amalie Simmet. Max sorgt dafür, dass Brände gelöscht werden. Er gibt Kommandos, und die müssen ausgeführt werden, schnell und präzise. Wer was macht, spielt für Max nur eine untergeordnete

Rolle. Sobald das Schadenfeuer besiegt ist, gibt Max die Sache aus der Hand und klärt seinen Kopf für den nächsten Einsatz. Amalie tut das Gegenteil. Sie wälzt das Ereignis hin und her, redet tagelang von nichts anderem und schreibt säuberlich in die Chronik der FFW Klausenstetten, was geschehen ist.

Genauso flüssig wie das lateinische Vaterunser kann Amalie Simmet die Chronik der Freiwilligen Feuerwehr Klausenstetten herbeten. Sie hat das schon so oft getan, dass die Meilensteine, die in dieser Dokumentation zu Buche schlagen, in Paulas Kopf jetzt aufleuchten wie die neuen Begrenzungspfosten an der Hauptstraße im Scheinwerferlicht.

»Gott zur Ehr, dem Nächsten zur Wehr«, stickte Else Schrededers Mutter-gottselig 1893 auf ein Stück Samt und markierte damit die Geburtsstunde der FFW Klausenstetten. Zehn Jahre später besprengte der Pfarrer die erste Handdruckspritze mit geweihtem Wasser, den gestickten Fahnenspruch rezitierend. Den Schredereder-Ochsen wurde das Vorrecht verliehen, die Spritze an den jeweiligen Brandherd zu ziehen.

1923, zum dreißigjährigen Gründungsfest, bestickte Else Schredereder zwei Fahnenbänder, die der Standarte eine neue, ungeahnte Fülle verliehen. Nicht genug der Großzügigkeit, klaubte Else drei mal zehn frisch gelegte Eier aus den Verstecken hinterm Heuboden und gab sie den drei Vierlbeck-Schwägerinnen als Bezahlung für die fünf Feuerwehrblusen, die jede von ihnen nähen sollte. Dafür wurde Else Fahnenmutter und durfte allen voran, von zwei Jungfrauen flankiert, zur Kirche schreiten.

All die Jahre schon war Max Simmets Vater Löschmeister mit uneingeschränkter Befehlsgewalt gewesen. Gemäß den Statuten vom Gründungstag hatte seine Signalpfeife das absolute Sagen: »Im Dienste überhaupt können Gegenreden nicht geduldet werden und ist jeder dem Vorgesetzten unbedingten Gehorsam schuldig.«

Das vierzigjährige Gründungsfest präsentierte sich umwölkt von Nebelschwaden und akutem Geldmangel. Max Simmets Vater, inzwischen Kommandant, blies das Notsignal. Er und seine Mannen beschlossen, betteln zu gehen, von Haus zu Haus, von Tür zu Tür. Jeder von ihnen prägte sich eine Dokumentation der brillantesten Löschangriffe der vergangenen vierzig Jahre ein, und einige malten in flammendsten Farben, was das jeweilige Schadenfeuer ohne den erfahrenen Löschtrupp der FFW Klausenstetten angerichtet hätte. Die Kameraden erschwatzten sich umgerechnet hundert Meter Schlauchmaterial und zwei Feuerleitern.

Dieser Erfolg schien Max Simmets Vater wiederholbar, weshalb er sich genauestens notierte, womit sich die Dörfler beeindrucken ließen. Das karierte Blatt, mit Reißzwecken an die Holzplatte geheftet, an der die Ahlen und die Pfrieme und die Kurzklingenmesser hingen, brachte Simmets Schwiegertochter Amalie auf die Idee, eine Chronik anzulegen. Der Kommandant war von der Schwiegertochter und ihrer Idee gleichermaßen angetan, und deshalb opferte er den Gegenwert eines halben Meters Feuerwehrschlauch für ein dickes Buch mit schwarz glänzendem Lederband, in das Amalie ab sofort jede markante Episode eintrug.

»Unserem verehrten Sutor«, psalmodierte der Pfarrer nach dem Hochamt am Sonntag Sexagesima 1936, und Amalie übertrug die Ansprache Wort für Wort ins schwarze Buch, »danken wir an dieser Stelle für seine Verdienste um die Freiwillige Feuerwehr Klausenstetten. Als Ehrenkommandant wird er seinem Sohne zur Seite stehen, der ihn nun ablöst in diesem schweren Amt.«

»Sutor« war ein lateinisches Wort, ohne Zweifel. Der Pfarrer hatte es in seiner Rede benutzt. Aber Amalie hatte es noch nie zuvor gehört. Sie war verstört. Noch am selben Nachmittag blätterte sie ihren Schott (2. Auflage vom 21. Februar 1929 zu Beuron) von vorne bis hinten durch. Das Wort Sutor kam in der katholischen Liturgie nicht vor. »Was kann ›Sutor‹ bloß bedeuten?«, fragte sie ihren Mann.

»Einen Schuster wird er halt meinen, der Pfarrer«, deutschte ihr der frischgebackene Feuerwehrkommandant, Vater ihrer fünfjährigen Tochter, aus. »Der kann halt noch mehr Latein als wie dein Schott, der Pfarrer.« Amalie nickte missmutig. Sie fand es nicht richtig. Der Pfarrer hatte sich auf Messlatein zu beschränken, Latein, wie es die Liturgie vorgab.

Im Kriegsjahr '43 war an Feiern nicht zu denken. Kein Freibier, kein Schweinebraten, keine Buttercremetorte, obwohl in diesem Jahr das fünfzigjährige Gründungsjubiläum anstand. Die Feuerwehrmänner waren fort von Klausenstetten, sie kämpften an der Front.

Zehn Jahre später, zum sechzigsten Gedenktag, wurde aber groß gefeiert. Sage und schreibe acht junge Mädchen umringten die Fahnenmutter Else, und jede Jungfrau trug ein nagelneu besticktes Band um die verschränkten Hände geschlungen. Die Bänder wallten aus Busenhöhe bis ins Gras und ließen zierlich gearbeitete Girlanden, Blüten und Sternchen sehen, die sich um die bekannte Verszeile rankten. In der Sonne glitzerte gülden die Prägung »TS 8/8« auf der brandneuen Tragkraftspritze, die besagte, dass die Spritze achthundert Liter Wasser pro Minute achtzig Meter hoch befördern könne.

Die Klausenstettener applaudierten enthusiastisch. Und sie sammelten spontan Geld, um Hans Ellerschwang, Neffe von Eller Schredereder und damit auch Neffe des Epileptikers Martin, der 1940 in den Abgründen des Naziregimes auf immer verschwunden war, einen Maschinistenlehrgang an der Landesfeuerwehrschule in Regensburg zu ermöglichen. Die FFW brauchte ab sofort eine Fachkraft, die den modernen Gerätschaften gerecht wurde. Anlässlich des sechzigsten Gründungsfestes hatten auch die Schredereder-Ochsen ausgedient. Lenes Mann besaß seit Kurzem einen tannengrünen Lanz-

Traktor, der sich von nun an mit der neuen Motorspritze zu einer mobilen Allianz gegen Schwelbrand und Feuersturm verbünden sollte.

Beim siebzigjährigen Jubiläum, 1963, war Paula eine von den Jungfrauen, die beim Festzug die Fahnenmutter eskortierten. Es war das Jahr, in dem Lene Schredereder Fahnenmutter wurde und Amalie ein neues Kleid für sich schneidern ließ.

»Das ist kein Besen, das ist ein Blumenstrauß«, rüffelte Erna Spanagl die arme Paula auf dem Weg zur Kirche und fixierte sauertöpfisch die Falten, in denen sich die weiße Strumpfhose um Paulas Steckenhaxen ringelte. Wieder waren sie zu acht um die Fahnenmutter: Paula, linkisch und trotzig; Ella, die Jüngste von allen, mit dem Hintern wackelnd, als träte sie bei der niederbayerischen Schönheitskonkurrenz auf; Jele Schredereder, kaum wahrnehmbar unter ihrem unsichtbaren Geleemantel, der sie abschirmte und, wie es Paula schien, vor Malheur bewahrte; neben Jele das Mädel vom Ellerschwang Hans, dem amtierenden Maschinisten. Dahinter stapften diesmal vier Buben: Paulas Bruder Franz, Ede Schredereder, Konrad Selch und Otto Ellerschwang, der Sohn vom Maschinisten Hans. Die Buben – Paula konstatierte es neidisch – hatten Lederhosen an und dazu karierte Baumwollhemden. Statt eines lappigen Blumenstraußes, aus dem die weißen Nelkenköpfe nach kurzer Zeit genauso zerfranst und schlaff herunterhingen wie die Rüschen an Paulas Taftkleid, durften die Buben lange Stecken tragen, mit einem Heidelbeerkrautbuschen obenauf. In diesem siebzigsten Jubeljahr wallten keine banalen Bänder der Segnung entgegen, denn die neue Fahnenmutter läutete ihre Ära großzügig mit einer jungfräulichen Fahne ein. »Helfen in der Not ist unser Gebot« hatte Lene auf schweren Samt sticken lassen. Sie konnte es sich leisten, die Stickarbeit bei den Ursulinen von Hohenstetten in Auftrag zu geben. Die Nonnen hatten sämtliche Stiche mit ehrwürdiger Akribie gesetzt und siebentausend Deutsche Mark für ihre Arbeit eingestrichen.

Es waren dieselben Nonnen, die sich seit einem halben Jahr an Paula die Zähne ausbeißen. Seit Erna Spanagl vor Emma Six klein beigeben musste, bemühen sich die Ursulinen vergeblich, Paula winzige Stickstiche beizubringen.

3.

»FEIN UND ZART wie Engelsflüstern müsst ihr sie hinhauchen, eure Stiche«, nimmt Mater Alfonsa die Schülerinnen ins Gebet, »ein Spiegelbild eurer reinen, edlen Seele sollte die Stickerei sein.«

»Ameisenkacke auf Stramin ist das«, hält Paulas Banknachbarin Mira dagegen. Ihr Wispern ist allerdings nur für Paula vernehmlich, die vor verhaltenem Lachen zwei Fadenkreuze zu weit vorne einsticht, was ihrem Sternchen eine unappetitliche Wucherung in der vierten Zacke einbringt.

»Was bringst denn du bei der Mathehausaufgab raus?«, flüstert Mira hinter Mater Alfonsas Rücken. Paula ritzt mit der Sticknadel »1,75« in das Holz der Schulbank, so schwach, dass sie es mit Spucke wieder wegrubbeln kann.

Mira stutzt einen Augenblick: »Lasst mirs dann schnell abschreiben, ich hab was anders.« Zum Glück haben die übrigen Schülerinnen schon vor dem Unterricht von Paula abgeschrieben, sodass sie ihr Heft jetzt Mira zuschieben kann.

Die Mathematikstunde hat bereits begonnen, als es Paula zurückbekommt. Die ganze Klasse hat das richtige Ergebnis, sehr gut! Seltsam ist nur, dass außer Paula niemand weiß, wie es zustande kam.

Paula mag Mathematikunterricht gern. Viel lieber als Handarbeit und auch lieber als Kochen. Warum, fragt sie sich eine Stunde später, warum bin das eigentlich immer ich, die den Porree herschneiden muss und die Zwiebeln?

Mira fährt feixend mit dem Schneebesen durch den Karamellpudding, der bei jedem Retour des Quirls über den Schüsselrand schwappt, exakt auf Miras Zeigfinger. Dieser flitzt dann fix über Miras Zunge.

»Reichen die Zwiebelstücken?«, fragt indes Paula tränenden Auges bei Mater Pia an.

Die Nonne beäugt den weißen Hügel auf Paulas Schneidebrett. »Schöne kleine Stückerln, ja, so ists gut, Paula. Jetzt schneidst du gleich noch den Schnittlauch so schön klein, und dann rasch, Kinder, dann spülen wir die Töpfe ab und alles, was wir sonst noch benutzt haben beim Kochen.«

Paula versenkt ihre Hände samt Schneidebrett im heißen Schaumwasser, von links flutschen noch Schüssel und Schneebesen ins Spülbecken.

»Mira, kannst du denn überhaupt nicht rechnen?«, fragt Mater Pia fuchtig. »Siebenundzwanzig Mädchen sind in der Klasse, zu dritt seid ihr für die Nachspeise eingeteilt, wie viel Schälchen mit Pudding muss also jede von euch herrichten? Neun, soso, und wie viel hast du hergerichtet? Das werden nicht mehr, auch wenn du sie noch so oft nachzählst. Da wirst du wohl auf die Nachspeise verzichten müssen.«

»Wir können uns eine teilen, die Mira und ich«, bietet Paula sofort an. Mater Pia nickt konziliant und ruft die Mädchen zu Tisch. Paula wischt noch schnell das Spülbecken aus, bevor sie sich neben Mira hinter einem Stuhl aufstellt.

»Herr Jesus, sei unser Gast und segne, was du uns bescheret hast«, beginnt Mater Pia mit dem Tischgebet.

All den tränenbringenden Zwiebeln zum Trotz liebt Paula die Dienstage, an denen Kochen auf dem Stundenplan steht. So wenig attraktiv die Küchenarbeit auch ist, was danach kommt, kann sich sehen lassen: Schlag eins setzen sich die Schülerinnen an den in Weiß gehüllten Tisch, vor weißes Porzellan und gefaltete weiße Servietten, um das soeben zubereitete Menü zu verspeisen.

»Eistichsuppe.« Paula löffelt. Wie Schneeflocken zergehen die Bröcklein auf der Zunge und lassen einen aromatischen Geschmack zurück.

Hats daheim noch nie geben, sinniert Paula in ihren Teller, wie könnt sich die Großmutter oder die Mutter auch so viel Arbeit antun. Und alles bloß für eine Suppe, von der dann keiner satt is. Aber sogar wenn sich die Mutter einmal die Zeit dafür nähm, wer weiß, ob ihr der Eistich gelingen tät. So eine Eimasse fällt nämlich ganz leicht in sich zusammen, und dann is sie hin. Den Suppen-Mädeln is die Sache auch schiefgangen. Die haben dann bloß zugschaut, wie die Mater Pia den Eistich gmacht hat.

»Schmeckt wie eingschlafene Füß«, wispert Mira. Paula kichert höflicherweise und schluckt das letzte Bröckchen.

Die Mädchen, die an diesem Tag als Serviererinnen eingeteilt sind, stapeln alle leeren Suppenteller und tragen das Hauptgericht auf: Kartoffelauflauf, mit Käse überbacken und bestreut mit den gerösteten Zwiebeln von Paulas Schneidebrett, dazu gedünstetes Fenchelgemüse. Paula zerdrückt die Kartoffeln zwischen Zunge und Gaumen, durchfeuchtet mit Gemüsesoße und würzt mit der Emmentalerkruste.

Jeden Tag könnt Dienstag sein von mir aus, liebäugelt Paula insgeheim mit klösterlicher Haute Cuisine. Vielleicht, überlegt sie sich vor dem schon fast leeren Teller, sollt ich in den Ferien einmal so eine Speise ausprobieren, daheim, zum Mittagessen. Die passenden Rezepte dazu samt gründlicher Arbeitsanleitung sammeln sich seit Monaten lochverstärkt in Paulas blauem Ordner. Sie warten nur auf die Metamorphose vom Buchstaben zur Labsal.

Lass es bleiben, tut Paula den Gedanken schnell wieder ab, das gäb bloß einen Aufstand am Tisch. Sie kann ihren Bruder Franz geradezu hören. Hier, mitten in der Schulküche, hat sie das Scheppern seiner Blechstimme im Ohr: »Zerlaufenen Kas auf Erdäpfel! So einen Zammstand kochts ihr bei die Klosterschwalben! Da wennst mir nicht gehst.«

Die Mutter würde Franz diese Parade unzensiert durchgehen lassen und selbst mit leicht angekränkelter Miene (die Luftschwaden um sie herum blassgelblich-grau) den Teller zurückschieben: »Für mich is des nix, hat überhaupt keinen Biss.«

Nur Großvater Max würde mit Bedacht und beipflichtendem Nicken seinen Teller leeren: »Schmeckt und is vielleicht gsünder als wie das Schweinerne und das Schmalzbackene.«

Großvater Max würde das so sagen, ganz gewiss, denn Großvater Max hatte sich bestimmt gemerkt, was Dr. Stern neulich vorbrachte. Der Doktor kam, dringlich gerufen, ins Haus. Genau genommen kam er in den Stall, denn dort hockte Amalie auf einem Melkschemel und konnte nicht mehr aufstehen. Sie krümmte sich unter der Kuh und stöhnte ein übers andere Mal: »Die Hex is mir eingschossen, die Hex.«

Dr. Stern injizierte Amalie an Ort und Stelle etliche Milligramm seiner Spezialmischung, während Paula den Kuhschwanz davon abhielt, ihm mit der vollgeschissenen borstigen Endquaste durchs Gesicht zu wischen. Dann warteten alle auf die Wirkung der Injektion, die Amalie instand setzen sollte, unter der Kuh hervorzukommen. Da sagte Dr. Stern: »Schön schaut sie aus, die rahmige Milch in ihrem Melkeimer. Aber glauben Sie mir, Frau Simmet, gesund ist das nicht, vor allem nicht im Verbund mit dem Schweineschmalz und all den tierischen Fetten, die Sie Tag für Tag so zu sich nehmen.«

Paula hätte ihn stante pede umarmen können, den Doktor. Weg mit dem Presssack, der mit glasigen Fettaugen aus seiner Essigtunke glupscht und Paula würgen lässt. Weg mit dem gekochten Wammerl, das weiß verquollen im Sauerkraut glibbert und Paula, die ihm einen trockenen Brotkanten bei Weitem vorzieht, vom Tisch treibt. Aus und vorbei mit dem jährlichen Schweineschlachten und dem Gestank vom siedenden Kesselfleisch. Schluss damit, auch wenn sich Paula (unter missbilligenden Blicken) davor drücken darf, mitzuhelfen, seit sie vor vier Jahren plötzlich Stirn und Hände an die Stallwand gepresst hatte und kotzte und kotzte und nicht mehr aufhören konnte damit, obwohl nur noch sporadisch Fäden von grünem Schleim in den Huflattich tropften.

Paula muss ihre letzte Gabel voll Fenchelgemüse angrinsen, als ihr einfällt, wie ihr Großvater Max damals ein Stamperl Vogelbeerschnaps aufzwang, das den Brechreiz wegbrannte.

»Fenchel schmeckt wie Hustensaft«, flüstert Mira, Paulas Grinsen missdeutend. Paula nickt pflichtschuldigst.

»Mater Pia, grüß Gott, gelobt sei Jesus Christus.« Silbrigschleimig weht es von der Tür her an Paulas Ohren. »Mei, is mir das zuwider, dass ich zu früh dran bin. Aber mein Mann, der muss heut nach München zu der Bundesbahndirektion, und deswegen können wir die Mira nicht später abholen. Mei, so schön aufdeckt is, und duften tuts, da lauft einem das Wasser zamm im Mund. Wirklich, in einer Klosterschule, da lernen die Madln noch das, was sie mal brauchen können.« Miras Mutter ist an der Tür stehen geblieben und blickt ergriffen in die Runde.

»Soeben haben wir das Mittagessen beendet, Frau Patter«, sagt Mater Pia darauf. »Wir danken jetzt dem Herrn für die Speisen, die er uns gibt, und erheben uns vom Tisch. Auf Wiedersehen, Mira.« Sie tätschelt Miras bereits entschwindenden Oberarm.

Paula stellt das sechsundzwanzigste Puddingschälchen, von Mira so sauber ausgekratzt, dass Paula keine Möglichkeit hatte, an der gemeinsamen Nachspeise auch nur zu riechen, zu den anderen in das Spülbecken und taucht die Hände wieder in den Schaum. Paula geht voll und ganz mit der Realität konform, als sie mitten in den Schaumblasen Mira – en miniature natürlich – vor Augen hat, wie die hinter Mater Pias und folglich auch hinter Paulas Rücken ihre Zunge frech herausstreckt, während sich Miras Mutter feixend und grimassierend mit dem linken und dem rechten Zeigefinger gleichzeitig an die jeweilige Stirnseite tippt. Dann sieht Paula in ihrem Schaumbild beide kehrtmachen und komplizenhaft vereint die Steintreppe hinuntergehen.

Jetzt steigen sie ins Auto ein, sagt sich Paula, wäscht Schälchen um Schälchen und stellt sich Mira vor, wie sie sich auf dem roten Kunstlederbezug räkelt.

Plötzlich bildet sich ein kleiner Strudel im Spülwasser, der Paula ein bisschen schwindelig macht. Und dann hört sie die Vierlbeck-Hexen in ihrem Kopf rezitieren: »Nimm dich in Acht, Kind. Du wirst dich verstricken, du wirst dich verquicken. Halte inne, entrinne.«

Paula seufzt. Die Hexen haben sich in letzter Zeit nur selten vernehmen lassen. Keine Vorträge mehr, keine Berichte, keine Lehren. Ab und zu ein paar Einflüsterungen, Deutungen, auf die – Paula schämt sich, es zu denken – sie auch von ganz allein gekommen wäre.

Aus dem Spülwasserstrudel wabert Paula die Illusion von zwei knochigen Händen mit einem Packen Spielkarten entgegen. Die Hände mischen, eine hebt ab, die andere zieht. »Acht Schwerter!«, rufen die Hexen, »Verwirrung, Manipulation, Blockade.«

Paula kann das Bild auf der gezogenen Spielkarte deutlich erkennen. Acht Schwerter stecken auf einer Linie senkrecht in der Erde. Davor steht wie festgenagelt eine Frau. Ihre Arme sind an den Oberkörper gefesselt, ihre Augen sind verbunden.

»Warum geht sie nicht weg?«, kreischen die Hexen. »Warum verharrt sie wie eine Marionette, die der Fadenzieher in Stich gelassen hat?«

Die Vision verblasst. Als die Schwerter nur noch Nebelstreifen sind, hallt Mater Pias aufgebrachte Stimme durch den Speisesaal: »Wie ungehobelt, wie flegelig, die Tischwäsche derart zu beschmutzen.«

Der Spülwasserstrudel zieht sich zusammen und verwandelt sich in eine Schaumblase. Paula schaut sich um. Mater Pia deutet an Miras Platz am Tisch anklagend auf zwei große Kleckse aus Karamellpudding. Paula blinzelt ungläubig. Die

Flecken bilden zweifellos eine 11, und sie waren gewiss noch nicht da, als Paula vom Tisch aufgestanden ist. Verwirrt wendet sie sich wieder dem Spülbecken zu.

»Da schau her, Miri«, Miras Mutter beugt sich, immer noch lachend, aus dem Fond des hellblauen Opel Kadett nach vorn zum Beifahrersitz, »eine Semmel mit einem warmen Leberkäs ham wir dir mitgnommen vom Stadtplatz-Metzger, die lasst dir jetzt schmecken. Ich sags dir, Luwe«, wendet sie sich an ihren Mann, der aus der Parklücke rangiert, »da wennst deine Nasen reinhältst in die Klosterküch, da vergeht dir der Appetit. Stinken tuts da wie im Siloturm vom Bauernverband. Und wies dahocken, die Madln, am Tisch entlang, in einer Reih wie die Zuchthäusler.«

»Is die Miri dem Abspülen auskommen?«, vergewissert sich Ludwig Patter. Mira und ihre Mutter nicken. »Prima, das ham wir sauber hinkriegt«, freut sich Ludwig. »Und jetzt fahrn wir zur Donau runter, blasen das Schlauchboot auf und lassen uns durchs Altwasser treiben, gell, meine Weiberl?«

Miras Vater ist seit einigen Jahren Stationsvorsteher am Bahnhof von Außenstetten. Der Ortsname erlaubt den logischen Schluss, dass Außenstetten ziemlich abseits von der Anhäufung jener diversen -stetten liegt, deren Zentrum, Hirn und Hand Hohenstetten ist. Außenstetten ist so gesehen der Arsch dieser Enklave.

Aber gerade die periphere Lage, die Außenstetten bis zur Währungsreform ein bespötteltes Einöddasein fristen ließ – ausgerechnet diese Arschlage hat Außenstetten Anfang der Fünfziger in die Kursbücher der deutschen Bundesbahn katapultiert. Denn in Außenstetten kreuzen sich schon lange die Eisenbahnschienen, die Passau mit Nürnberg verbinden, mit den Schienen, die aus München kommend in den Bayerischen Wald laufen und an der tschechischen Grenze ein abruptes

Ende nehmen. Und Ludwig Patter herrscht über die Diesel-loks aus allen Himmelsrichtungen mit Trillerpfeife und roter Schirmmütze.

Paula hat mit der Zeit von Mira eine ganze Menge über die Familie Patter erfahren.

»Ganz am Anfang hat der Vati im Stellwerk gewohnt, wie er hergezogen ist, gleich nach der Prüfung«, erzählte ihr Mira neulich. Sie gibt gern ein wenig an, und Paula hört ihr gern zu, was sollte sie selbst schon erzählen.

»Der Vati hat die Mutti in Passau kennengelernt, da is er oft hingefahren am Wochenende. Wir dürfen nämlich umsonst Zug fahren, überallhin. Wie der Vati und die Mutti dann verheiratet waren, haben sie die große Wohnung über der neuen Bahnmeisterei gekriegt. Das war praktisch, weil ich bald gekommen bin.«

Ja, damit war sie komplett, die königliche Familie, die in Zügen reisen kann wie Hassan Bey auf dem fliegenden Teppich.

Paula fällt ein, wie Mira auf dem Weg vom Klassenzimmer zum Musiksaal einmal erwähnte, sie hätte eine Schwester gehabt, die aber im Alter von eineinhalb Jahren gestorben sei. »An was denn?«, hatte Paula in der großen Pause gefragt, aber Mira zuckte als Antwort bloß die Schultern. Mira, die sonst immer eine Erwiderung parat hat, auch wenn diese im Unterricht meistens falsch ist. »Wie hat denn deine Schwester geheißen?«, hakte Paula nach, um irgendeinen Zipfel zu erwischen von einem Kind, das es einmal gab und dann nicht mehr, so wie René Schredereder. Ihr blieb der Mund offen stehen, als Mira wieder gleichgültig die Schultern hob und zum Flurfenster hinüberschlenderte. Sie sprang am Fensterbrett in den Stütz, machte den Hals lang und streckte die Nase bis über die Schattengrenze, die der Dachüberstand warf, hinaus: »Das is warm genug, bestimmt«, rief sie, und ihre Beine strampelten in der Luft, »da gehen wir heut wieder ins Freibad, der Vati hats versprochen.«

Vati! Paula setzt das letzte sauber gespülte Schälchen zum Abtropfen in die Geschirrablage und versucht sich einen Vater vorzustellen, der nicht nur irgendwie vorhanden ist, sondern auch spricht und lacht und fragt und antwortet und über all das hinaus noch Spiele spielt. Federball! Minigolf! Und anschließend geht Vati mit Mira und Mutti in die Eisdiele. Nusseisbecher! Vor lauter Konzentration vergisst Paula, den Stöpsel aus dem Abfluss zu ziehen.

»Träum nicht, Paula, lass das Wasser ablaufen und reib das Becken mit Ata aus.« Mater Pia schüttelt nasse Trockentücher zurecht und hängt sie auf das Stahlgestänge über dem Herd. »Hurtig, Paula, der Schulbus wartet nicht auf dich.«

4.

»PAULA«, ruft Jele Schredereder von der hintesten Sitzbank und deutet auf den Platz neben sich, den sie mit Schultasche, Brotbeutel und Jacke besetzt hält. Paula muss etliche Kopfnüsse, Nasenstüber und Schienbeintritte austeilen, bis sie sich zu Jele nach hinten durchgekämpft hat. Obwohl sie nun schon seit Monaten zwischen Klausenstetten und der Klosterschule pendelt, ist es das erste Mal, dass Paula im Schulbus neben Jele zu sitzen kommt, das erste Mal, dass sie so nahe an Jele herangerät. Der Platz neben Jele wird normalerweise von Konrad beansprucht. Wie eine Klette hat sich Konrad Selch an Jeles zähe Außenschicht geheftet. Auch er pendelt, denn er besucht die Realschule für Buben.

Jele ist bereits in ihrem letzten Schuljahr. Ein paar Wochen noch, dann werden ihr Mater Pia und Mater Alfonsa und wie sie alle heißen, den Abschiedssegen erteilen. Jeles Geleeschicht lässt nichts darüber durchdringen, ob sie froh ist, die Ursulinen verlassen zu können, oder nicht. Bei dem Gebrüll und Getümmel im Schulbus kann Paula auch nicht danach fragen. Und ebenso wenig kann Paula fragen, was Jele von Konrads Anhänglichkeit hält.

Wie Paula hatten auch Konrad Selch und Ede Schredereder im Sommer '66, nach der sechsten Klasse, letztmalig ein Zeugnis der Klausenstettener Volksschule zur Unterschrift nach Hause gebracht. Abgesehen vom Fach Musik standen bei Paula nur Einsen drin, und Erna Spanagl war darüber gleichermaßen erfreut wie verärgert. Diese Einsen trugen die Schuld daran, dass ihr Emma Six im vergangenen Frühjahr so scharfzüngig auf den Pelz gerückt war. In Franz' Zeugnis überwogen die Fünfen, und ganz genauso sah es bei Ede Schredereder aus.

»Der Ede, der geht mir auf eine Schul«, hatte Lene nichtsdestotrotz bereits an Ostern in der Schusterwerkstatt verkündet und dabei mit dem Fuß auf den Boden gestampft. »Das brauchts heut, wennst nicht dastehn willst wie ein Depp. Das werden mir schon sehen, ob ihm der Selch das Übertrittszeugnis nicht gibt. Da kann die Six noch so dagegen sein. Der Selch hats durchgsetzt, dass der Konrad übertreten darf, dann muss er den Ede auch lassen.«

Wo sie recht hat, die Lene, da hat sie recht, sagte sich Paula damals über ihren Rechenaufgaben hinter der Stanzmaschine.

An kalten Tagen ist diese verborgene Ecke noch immer ihr Lieblingsplatz, ihr Hausaufgaben- und Lesezimmer. Angenehm warm ist es hier, denn die Schusterwerkstatt ist ebenso gut geheizt wie die Küche. Am Küchentisch könnte sich Paula mit ihren Schulbüchern sowieso nicht lange halten, weil sie abwechselnd von Amalie und Erna für alle möglichen Handgriffe eingespannt werden würde. An warmen Tagen macht Paula die Hausaufgaben im Ahornbaum. Sie hat sich als Schreibpult ein gehobeltes Brett in die Astgabel montiert. Schön ist es da, still wie in der Klosterkirche. Regen treibt sie wieder hinter die Stanzmaschine. Dort musste sie allerdings bald lernen, durch pure Willenskraft ihre Ohren zu verschließen. Sie darf jetzt nicht mehr so viel zuhören, muss Vokabeln pauken, Jahreszahlen und Grammatikregeln. Paula kann inzwischen das Werkstatt-Spektakel an- und abstellen wie ein Radiogerät.

Still neben Jele unter kreischenden und tobenden Schülern hockend, fragt sich Paula, wo Konrad wohl heute abgeblieben ist. Auch den Ede, der mit Konrad in dieselbe Klasse der Realschule geht, kann Paula nicht entdecken. Während ihr Blick über die dicht besetzten Sitzbänke des Schulbusses fliegt, fällt ihr wieder ein, wie kläglich Konrad vor zwei Jahren auf dem Gymnasium versagt hat.

Lehrer Selch hatte für seinen Sohn das Abitur vorgesehen, versteht sich. Er traktierte Konrad mit Tatzen und Knüffen und versuchte so, den Schulstoff in ihn hineinzuprügeln. Erfolglos. Konrad war eben kein Kirchenlicht, und auch das manipulierte

Übertrittszeugnis konnte nicht verhindern, dass er nach der dreimonatigen Probezeit mit einem milden Kopfschütteln wieder vor die Gymnasiumstür gesetzt wurde. Konrad kehrte an die Volksschule zurück. Zu dieser Zeit begann Selch, ihn ganze Nachmittage lang zu schlagen. Als es für die Jahrgangsstufe Zeit zum Übertritt in die Realschule war, manipulierte Selch wieder und lud sich damit die Bürde auf, auch Edes Zeugnis frisieren zu müssen, denn Lene Schredereder erpresste ihn eiskalt.

Würde mich interessieren, fragt sich Paula gerade, als der Schulbus an einer Wegkreuzung zum Halten kommt, an der drei Schüler aussteigen, wie viel Emma Six von diesen Machenschaften mitbekommen hat.

Während der Bus stillsteht, ebbt das Gebrüll ein bisschen ab, und Paula nutzt die Gelegenheit. »Wo sind denn die zwei, der Ede und der Konrad?«, schreit sie der von all dem Lärm unberührt scheinenden Jele ins Ohr. Paula hält es nämlich für undenkbar, dass die J-K-Symbiose, wie sie die Verschmelzung von Konrad mit Jeles Geleemantel insgeheim nennt, durch irgendetwas gesprengt worden sei.

»Sind mit dem Postbus heim«, Paula muss es von Jeles Lippen lesen, »Verkehrsunterricht auf dem Polizeisportplatz.«

Klar, denkt Paula, der liegt auf halbem Weg nach Hause. Da sind sie natürlich nicht mehr zurückgefahren zur Schule, da haben sie gleich den Postbus nach Hause genommen und sind längst da.

Als Tribut an den Stolz Außenstettens, direkt im Kreuzungspunkt der wichtigsten Schienenstränge zu liegen, genehmigten die vereinten -stetten Anfang der Sechziger den Bau einer Realschule. In Außenstetten waren allerdings nur Buben zugelassen, weil keiner riskieren wollte, die Ursulinen in Hohenstetten zu vergrätzen.

Diejenigen Schüler aus Klausenstetten, die eine Realschule besuchen, sowohl Mädchen als auch Buben, steigen am Schlossbach gemeinsam in denselben Schulbus. Nach einer Viertelstunde Fahrzeit hält der Bus in Hohenstetten am Kloster. Die Mädel steigen aus. Die Buben haben, bevor sie an ihr Ziel kommen, noch zwanzig Minuten Zeit, sich morgens schon die Seele aus dem Leib zu brüllen. Mittags empfängt dann die Mädchen ein Hagel aus Radiergummischnitzen, tintegetränkten Papierkugeln und spuckeverkleisterten Brotklumpen. Ede trifft mit jedem Wurf. Konrad zielt weder, noch wirft er, er zerrt Jele an seine Seite. Aber heute nicht. Heute wartet Konrad in Klausenstetten auf sie.

Ede hält, auf Konrads Bitte hin, vom Dach des Bushäuschens aus bereits Ausschau nach Jele. Er legt sich, als er die Schnauze des Schulbusses auf der letzten Kuppe vor Klausenstetten ausmacht, bäuchlings abwärts auf die Schräge und lässt den Kopf über die Dachkante baumeln. Konrad schreckt aus einem apathischen Nägelbeißen auf. Die Annahme, Edes Kopf würde augenblicklich herrenlos vom Dach kugeln, lässt ihn zur Kante hechten. Im selben Moment schwingt Ede aus einem Salto die Beine auf die Erde.

»Artist«, konstatiert Paula hinter der Fensterscheibe des eben ankommenden Busses, »Trapezkünstler, das wär das Richtige für den Ede. Dann hätt er seine Ruh vor den Textaufgaben und der Grammatik, die ihm auf Deutsch und Englisch gleich schwerfällt.«

Jeles Hülle wechselt die Farbe von Knochensülze zu der von roter Grütze, und sie stolpert über die eigenen und ein gutes Dutzend fremder Füße zur Tür, die mit einem langen hydraulischen Seufzer aufgeht. Jeles spektakuläre Unrast bestärkt Paula in der Ansicht, dass es sich bei dem Verhältnis zwischen Jele und Konrad nicht um ein parasitäres, sondern, wie Paula von Anfang an vermutet hat, um ein symbiotisches handelt. Schwach streift sie plötzlich ein warnender Gedankenflug und kreist eine Weile in ihrem Kopf, aber Paula will ihn lieber nicht erhaschen. Jele und Konrad gehören zusammen. Die Verbindung tut beiden gut, und damit basta.

Glatt möglich, dass die zwei für immer beieinanderbleiben, sinniert Paula. So in fünf, sechs Jahr könnt Hochzeit sein. Sie beginnt nachzurechnen, weil sie sowieso warten will, bis all die Radaubrüder ausgestiegen sind. Jele, überlegt Paula, ist sechzehn, Jele könnte in zwei Jahren schon heiraten, wenn sie möchte. Aber der Konrad, der ist jünger. Der Konrad ist so alt wie ich, vierzehn. Nein, falsch, ein Jahr älter ist der, weil er erst mit sieben eingeschult worden ist. Paula grinst, der Konrad war immer schon eine dicke, behäbige Schlafmütze.

Während der gemeinsamen Volksschulzeit hat ihr Konrad als Einziger nie einen Grund gegeben, mit den Fäusten auf ihn loszugehen. Paula hat tagtäglich mit den Vierlbeck-Buben gerauft und ihnen dabei die Haare büschelweise ausgerissen. Sie hat mindestens einmal wöchentlich Otto Ellerschwang mit vollem Gewichteinsatz in eine Ecke gedrängt und ihn dort gründlich abgewatscht. Sie hat Ede Schredereder oft genug das Fell über die Ohren gezogen. Das musste sein. Hänseleien waren schon recht, aber Gemeinheiten und Niedertracht verlangten Sühne. Paula lehrte Ede und Konsorten, wo die Grenze lag.

Konrad war nie frech oder gemein. Sogar dazu ist er zu faul, denkt Paula. Sie ist noch immer nicht ausgestiegen, weil zwei Mädchen den Gang blockieren, die sich um ein aus der »Bravo« herausgerissenes Bild von Ringo Starr streiten.

Zu faul und zu feig, geht es Paula durch den Kopf. Und nun steigt – Konrad betreffend – erneut ein seltsames Gefühl in Paula auf.

Konrad erweckt den Eindruck, ein durch und durch guter Kerl zu sein, keine Frage. Helle, sanfte Schwingungen umwallen ihn – von Weitem gesehen. Aber ein paar Mal ist ihm Paula ganz nahe gekommen, und da hat sie etwas gespürt, das sich befremdlich anfühlte. Als sie bei einem Singspiel, das neulich in der Turnhalle von Klausenstetten aufgeführt wurde, zufällig neben Konrad saß, hat Paula zum ersten Mal konzentriert mit diesem Sinn, den sie selber Seelenfühler getauft hat, zu ihm hinübergetastet. Plötzlich heulte in ihrem Bauch eine Feuersirene auf und meldete Brand. Paula sah tief drinnen in Konrad Stichflammen wüten, gefangen in einem Gehäuse aus Stahl oder aus Beton, aber nichtsdestoweniger wild und gefährlich.

»Bleibst du gleich sitzen für morgen früh?« Ede balanciert auf einem der hinteren Räder des Schulbusses, krallt sich an dem einen Schlitz weit geöffneten Schiebefenster fest und quäkt durch den Spalt. Endlich rafft Paula Schulmappe und Pausenbeutel zusammen, der Ausstieg ist frei.

»Paula, du musst unbedingt heut Nachmittag zu uns rüberkommen.« Ede zappelt mal vor, mal hinter ihr an der Bordsteinkante entlang. »Einen Triathlon hab ich aufbaut. Um vier fängt der Wettkampf an. Der Konrad tut mit und der Otto auch. Du darfst auch mittun, weilst echt ein Spitzenmann bist.«

Paula lacht laut heraus, und Ede unterbricht sich für einen Moment. Als er rundum nichts Erheiterndes entdecken kann, spricht er weiter: »Die Jele stoppt für uns die Zeit, mit der neuen Uhr, wo ich zu der Firmung kriegt hab.«

Bei einem Triathlon mitzumachen will sich Paula auf keinen Fall entgehen lassen. Vier Uhr!, das bedeutet, sie muss ihre Pflichten an diesem Nachmittag doppelt so schnell erledigen wie sonst.

Paula dämpft die Futterkartoffeln mit dem Vokabelbuch in der Hand. Sie ist wirklich gespannt, was dem närrischen Ede wohl wieder eingefallen ist. Er schöpft aus einem bodenlosen Sack unablässig neue Einfälle, die alle seinem Hobby und Steckenpferd dienen. Dabei ist er sich für keine Strapaze zu schade. Ede liebt die Anstrengung – solange sie nichts mit ordinärer Arbeit zu tun hat.

Als die Athleten zum ausgemachten Zeitpunkt an der von Ede bezeichneten Stelle hinter dem Schredereder-Hof eintreffen, finden sie einen Multikampf-Parcours vor. Ede unterbricht seinen Trainingslauf – zwei Dutzend hat er schon hinter sich – und führt sie an den Hindernissen entlang.

»So«, sagt er beim letzten, »jetz könnts alle drei einen Testlauf machen, und dann wirds ernst.«

Paula, Konrad und Otto starten dicht hintereinander. Ede redet inzwischen seiner Schwester Jele ins Gewissen, beim Zeitstoppen bloß nicht zu schludern. Sie, schärft er ihr ein, habe nun die allerwichtigste Aufgabe. Auf ihr liege Verantwortung dafür, dass der Beste auf den ersten Platz kommt, der Zweitbeste auf den zweiten Platz und so weiter.

»Ich merk schon auf«, wimmelt ihn Jele ab, »tuts euch um jetz, um neun wirds finster.« Jele kommt ihm oftmals so schräg, dass Ede nicht weiß, meint sie es ernst oder macht sie Späße. Selbst er hat, wenn schon nicht berechnet, so doch abgeschätzt, dass bei drei Minuten pro Lauf der Wettkampf alles in allem gerade mal eine halbe Stunde dauern wird.

»Beim Knall drückst du auf das Knöpferl da«, geht er zum Praktischen über, als die anderen drei vom Testlauf zurückkommen, »nicht kurz vorher und nicht nachher, punktgenau beim Knallen, verstehst mich?«

»Ja klar«, Jele schiebt ihren Bruder in die Poleposition, »ich krieg das schon hin, fang an jetz, mach du den Ersten, dann können die andern noch mal zuschaun, wies geht.«

Ede startet an der hinteren Stallwand vom Schredereder-Hof. Der Platz ist vom Anwesen aus nicht zu sehen, darauf hat Ede geachtet. Denn sein Tun – von Lene beobachtet – würde ihm zwei Seiten »Ein Nichtsnutz, wer seine Kraft vergeudet« als Strafarbeit einbringen, und eine Stunde später wäre die Wettkampfstätte auf Lenes Betreiben eingeebnet.

Sich von der Holzwand abstoßend sprintet Ede über fünfzig Meter ebenes Feld. Aus vollem Lauf hechtet er mit drei Flugrollen über drei verschnürte Heuballen und springt mit dem Schwung aus der letzten Rolle in ein Netz aus Kälberstricken, das, zwischen zwei Nussbäume gespannt, überklettert werden muss.

Paula bleibt der Mund offen stehen: »Den schlägt keiner, den Ede.« Schon bei den Sportfesten der Klausenstettener Volksschule hatte Paula manchmal das Gefühl, Ede sei ein Tier, wenn sie ihm zusah, wie er lief und sprang und kletterte. Sie schob diesen Gedanken jedes Mal unwirsch beiseite, weil sie ihn für entwürdigend hielt. Aber jetzt, während Ede den Parcours durchrast, muss Paula bekennen: Ede ist ein Wiesel, wenn er übers Feld wetzt, er ist eine Heuschrecke, wenn er über Hindernisse setzt, er ist eine Spinne, wenn er am Netz hochkrabbelt.

Ede ist in die falsche Art hineingeboren, geht Paula auf, er hätte in einem Fuchsbau zur Welt kommen müssen oder in einem Eidechsennest.

Inzwischen ist Ede aus dem Tauwerk heruntergesprungen und über die Schredereder'sche Grundstücksgrenze hinausgeschossen. Für die folgende Disziplin, sie nennt sich »Spurt über einen schwankenden Schwebebalken«, hat Ede ein bestenfalls dreijähriges Birkenstämmchen locker über den Schlossbach drapiert, an das sich nahtlos eine Viermeterleiter anschließt, die Ede – soeben zu einem Eichhörnchen mutiert – auf die exponierteste Kante des stillgelegten Steinbruches führt.

Ede ist im Ziel. Er steht auf einer Felsnase, die einen halben Meter über die Kante hinausragt, und schickt sein Indianerheulen in die Runde.

»Wirklich happig«, murmelt Paula, »hoffentlich hat er wenigstens die Leiter anständig fixiert, der Luftikus. Wo hat der überhaupt die lange Leiter her, der Schlawiner?« Paula stutzt und schnappt dann erschrocken: »Aus dem Feuerwehrhäusl – so ein Depp.« Sie muss über Edes abgrundtiefe Unvernunft den Kopf schütteln: Der spinnt, der Ede. Das kommt dem gar nicht in den Sinn, was passieren tät, wenn der Ellerschwang Hans oder der Großvater Max merken tät, dass die Leiter fehlt. Der Ede is so ein Strohkopf. Er kann rennen wie ein Feldhas, aber Hirn hat er nicht mal halb so viel.

Paula mag sich gar nicht ausdenken, was dem Ede blühen würde, wenn in diesem Moment die Feuerwehr ausrücken müsste. Die Ohrfeigen wären bloß Zierrat.

Inzwischen heult Otto sein »Huhuhu« von den Granitblöcken herunter. Es hört sich eher gequält als indianisch-kriegerisch an. Er presst sich beide Hände auf die rechte Hüfte.

»Seitenstechen«, diagnostiziert Paula, »wär kein Wunder, weilst keinen Rhythmus reinkriegst beim Schnaufen, wennst über das Zweigerl da übern Bach zittern musst.«

Beim Knall des Kieselsteines auf den Topfboden, der den Startschuss ersetzt, stößt sich Paula vom Stadelbrett ab. Ihre Steckenhaxen greifen weit und kantig aus. Mit der Anmut eines Stelzvogels läuft Paula fast ebenso schnell wie Wiesel-Ede. Sie hangelt sich flott in dem lockeren Netz hinauf und hinunter und erreicht (Paula liegt gut in der Zeit) das Stämmchen, das über den Schlossbach führt. Es wippt und schlenkert, als sie darüberläuft. Um nicht abzurutschen, was sie postwendend disqualifiziert hätte, verlangsamt Paula das Tempo, und das kostet sie wertvolle Sekunden, die sich an der Feuerwehrleiter nicht mehr herausholen lassen. Paulas Zieljauchzer sackt aus Luftmangel zu einem Tschilpen zusammen, was aber nichts mehr zur Sache tut. Paula hat den zweiten Platz ergattert, das ist jetzt schon klar. Sie hat Otto Ellerschwang abgehängt. Ede war nicht zu schlagen, das ist ebenso klar, und Konrad zählt nicht.

Er startet verzögert, schleicht über die Wiese, kämpft minutenlang mit dem Netz, und als er endlich auf das Birkenstämmchen tritt, bricht es unter seinem Gewicht. Konrad muss deshalb leider disqualifiziert werden, andernfalls hätte er Platz vier errungen.

Sie palavern noch hin und her, hauptsächlich über die Elastizität von Birken im Vergleich zu Fichten. Ein Fichtenstämmchen hätte nicht mal Ede ausgehalten, sind sie sich einig, aber dicker, viel dicker hätte die Birke eben sein müssen.

»Wo hätt ich die denn hernehmen sollen, vielleicht vom Schlosspark klauen?«, verteidigt sich Ede.

Paula hört ihm nur mit halbem Ohr zu, weil ihr an der Stallecke, ein Stückchen weiter rechts neben dem Startbrett für die Wettkampfstrecke, ein gelbes Schild ins Visier kommt: »Betreten verboten«. Paula fällt wieder ein, wie bald nach dem Brand, als der Höhleneingang offen dalag, dauernd Grüppchen von Forschern und Wissenschaftlern in Klausenstetten aufgetaucht waren.

Sie haben die Höhle vermessen, erinnert sich Paula, haben an den Wänden herumgekratzt und in alle Nischen geleuchtet, und sie haben eine Menge miteinander gemauschelt. Und dann haben sie verlangt, dass Lene den Zugang zur Höhle mit Brettern vernageln lässt. Der Gemeindediener hat später das gelbe Schild an die Bretter geschraubt. Nach all den Jahren freut sich Paula heute immer noch darüber, dass ihr einen ganzen Nachmittag lang die Höhle allein gehört hat. Schon zwei Tage später hätte sie ungesehen nicht mal mehr einen Fuß hineinsetzen können. Drei Wochen Bronchitis waren die Stunden in der Höhle allemal wert gewesen.

Das Heulen der Feuersirene reißt ihnen die Köpfe in eine volle Drehung. Keinen Lidschlag später reagieren schon Edes Beine. Purer Instinkt treibt ihn über die kürzeste Verbindung zur geliehenen Leiter. Er schultert sie schon, als Paula durch den Bach watet, um ihm zu Hilfe zu kommen.

So, wie sich Ede die Leiter geangelt hat, so gleitet sie auch wieder zurück ins Feuerwehrhaus: durch den Spalt, den die Oberlichte über der Hintertür freilässt. Die Leihgabe ist bereits an Ort und Stelle, als Hans Ellerschwang die Vordertür aufsperrt.

5.

NACH EINER KNAPPEN WOCHE hinter der Stanzmaschine kann sich Paula recht gut zusammenreimen, was an jenem Nachmittag vor und nach dem Sirenenheulen passiert ist.

Dr. Hartmann, der früher in Klausenstetten als Arzt praktiziert hatte, war mit seinen Enkeln auf einen kurzen Besuch in die Region gekommen, in der er vierzig Jahre lang gelebt hatte. In dieser Zeit war Dr. Hartmann in jedem Haus ein und aus gegangen. Er kannte jeden, der nach 1922 den ersten Schrei getan hatte, und alle anderen auch.

Dr. Hartmann und seine Enkel hatten einen netten Tag gehabt. Sie waren beim Hungerturm und am Schlossbach gewesen, beim Steinbruch und sogar in der Kirche. Im Dorfwirtshaus hatte noch jeder von ihnen ein Schnitzel verdrückt, und dann hatten sie sich auf den Heimweg gemacht.

Hartmann, gut in den Siebzigern, übersah aus irgendeinem Grund den entgegenkommenden Gemeinde-Unimog, als er ausscherte, um Hans Ellerschwang auf seinem Traktor zu überholen. Max war einer der Ersten am Unfallort, nachdem Hans Alarm gegeben hatte. Aber Max konnte nichts machen. Der Doktor und die Kinder waren in dem zusammengequetschten Citroën eingeklemmt.

Bis die Stützpunktfeuerwehr von Hohenstetten mit den Schneidbrennern und den Spreizern anrückte, musste Max durch das eingedrückte Seitenfenster tatenlos zuschauen, wie dem zehnjährigen Bub im Fond plötzlich eine Blutfontäne aus dem Mund schoss und das Kind tot zurückließ. Max musste ansehen, wie Dr. Hartmanns Kopf wie der einer weggeworfenen Puppe seitlich abgeknickt über dem Lenkrad lag. Und Max musste beobachten, wie das Mädchen, höchstens sechs Jahre alt, ein Händchen auf die Brust des Bruders zuschob, wie das Händchen auf einmal erschlaffte und zurückglitt.

Max kam nach Hause, weiß wie der Kalk an der Mauer, und lehnte sich an Amalie: »Tot is er, unser alter Doktor Hartmann, und die Kinderln auch.« Max schluckte und schluckte an den Tränen. Amalie schob ihn aufs Sofa. Sie wusste ohnehin schon alles.

In dieser Nacht warf sich Max auf der Bettstatt herum, stöhnte und röchelte, weder der Vogelbeerschnaps noch der Baldrian konnten eine Minute Schlaf herbeizaubern. Bis zum Morgen hatte sich das Kalkweiß von Max' Haut zu einem gelblichen Grau verfärbt, und damit hatte Amalie genug von anderer Leute Unglück. Sie begann, um Max zu fürchten. Amalie wurde dermaßen angst um ihn, dass sie die Stirn besaß, Dr. Stern schon um fünf Uhr morgens an Max' Bett zu beordern. Er kam sofort.

»Weil der nicht spinnt«, wetterte Amalie auf original Klausenstettnerisch, womit sie ausdrücken wollte, dass sie Dr. Stern für nicht ganz bei Trost hielt, kaum dass dieser dem Simmet-Hof den Rücken gekehrt hatte. »Gut, es is ja recht«, fügte sie hinzu, »dass der Doktor dem Max auf den Blutdruck geschaut hat, auf den Puls und auf die Lunge.«

Es war ihr auch recht, dass der Dr. Stern ein ums andere Mal sagte: »Wird schon wieder, das wird wieder, Herr Simmet.«

Und es war ihr auch recht, dass der Doktor »dem Max ein Saftl gespritzt hat, von dem er auf der Stelle eingschlafen ist, der Max, und nebenbei auch noch eine Farb kriegt hat im Gesicht.«

Aber das, was der Doktor später in der Simmet-Küche bei einer Tasse Kaffee anzubieten hatte, das ließ die Amalie fuchsteufelswild werden: »Meine Mutter, meine Großmutter und meine Schwiegermutter gottselig alle miteinand, alle hams mit dem Schmalz von der Sau gekocht, gebraten und gebacken, mit dem Butter von die Küh und mit die Eier von die Hennen. Und jetz käm *er* daher, der Schlaumeier, und tät mir weismachen, dass wenn man bloß mit Olivenöl kocht und die Gerstenkörndln im Ganzen runterschluckt und statt in ein Schnitzel auf einem Tofu rumbeißt – gibts im Reformhaus, hat er verzapft –, dann geht der Blutdruck ganz von selber runter. Das Cholesterin, sagt er, der Gschaftler, das verschwindt dann wie nix, und niemals kriegst du keinen Herzinfarkt.« Amalie schnaufte hektisch, aber sie war noch nicht fertig: »Halt, hab noch was vergessen. Statt einem Bier musst du zu jeder Mahlzeit einen Gemüsesaft trinken. Ja, meint der, ich könnt den Blumenkohl auspressen und das Blaukraut?«

Zwei Tage später saß Max wieder in seiner Werkstatt.

»Max, bleib halt noch dran! Wenigstens bis zu der Weihnachtsfeier, die wo wir heuer groß aufziehn wolln, wegen deiner Verabschiedung. Eine Christbaumversteigerung werden wir veranstalten und ein Puddingessen. Weil das kein Spaß is, wenn sich zwei mit verbundene Augen gegenseitig füttern müssen. Geh, Max, das kannst uns doch nicht verderben, indem dass du jetz schon zurücktrittst.«

Sie lassen ihm keine Ruhe, die Kameraden. Einer nach dem anderen kommt in die Schusterwerkstatt gelaufen. Aber für Max Simmet sind am Tag von Dr. Hartmanns Unfall die Würfel gefallen: »Über die sechzig bin ich schon seit dem letztem Monat, mein Nachfolger steht auch schon fest, der Ellerschwang Hans, sodass alles seine Richtigkeit hat«, bringt er als Einleitung vor, kommt aber schnell auf den Punkt: »Die Sach mit dem Doktor und seine Enkerl, die hat mich viel zu arg mitgnommen. Bubn, lassts mich gehn, so was könnt ich nimmer anschaun.«

»Ein Unglück wars, ein furchtbares«, das geben sie ja zu, »aber so eine schreckliche Katastrophe passiert doch nicht alle Tag, das is doch eine extreme Seltenheit, so was.«

»Lassts mich gehen, Bubn!«

Die Tragödie hat Max den Schneid gekostet.

Teil III

1.

»10. September 1970, 12.00 Uhr. Übung: Schwelbrand.« Die Übung ist in der Chronik der FFW Klausenstetten extra vermerkt, weil erstmals die neuen Atemmasken ausprobiert wurden.

»STEIGERTRUPP mit Pressluftflaschen ausrüsten, Masken bereithalten.« Die Kommandos hallen vom neuen Übungsplatz herüber.

»Gell«, tätschelt Paula ihrem Großvater Max, der tatenlos auf der Hausbank sitzt, die ledrige Hand, »is dir doch ein bisserl hart, weil du jetz kein Aktiver mehr bist.«

»Freilich, sowieso geht dir das an die Nieren«, nickt Max, »wennst auf einmal zum alten Eisen gehörst, den Ehrenkommandanten um den Hals wie der Pfingstochs seine Girlanden. Aber es is schon richtig so, die Alten müssen weg vom Ruder. Grad heutzutag brauchts junge Feuerwehrmänner und junge Kommandanten, weil sich die mit der modernen Technik auskennen, wo aufkommen is im Löschwesen.« Er nickt vor sich hin: »Ham wir wirklich notwendig, so eine neue Technik. Die Städt werden immer größer, die Häuser immer höher, und das Material, das wo gegenwärtig verwendet wird, is giftig und tückisch. Weißt, Madl, eine Seegrasottomane, die brennt halt lichterloh, und ein Häuferl Aschen bleibt über. So eine Polyestercouch aber, die raucht und stinkt, und drei Nasen voll wennst erwischst von dem Qualm, dann bist bewusstlos. Ohne eine von den modernen Atemschutzmasken wärst da schnell weg vom Fenster.«

»Und früher«, fragt Paula interessiert, »habts euch früher gar nicht gschützt gegen den Rauch?«

»Schon, das musst ja. Vor dem Krieg, da ham wir einen Rauchhelm ghabt, mit einem langen Schlauch dran. Durch den hams dir von draußen frische Luft reinpumpt, mit einem Blasebalg. Umständlich war das, und leicht is was schiefgangen dabei. Drum is das auch so wichtig, dass die jungen Kameraden heutzutag als Erstes lernen, wie man umgeht mit dem Atemschutzgerät. Die Bubn müssen alle in eine Übungsanlag, bevor sie auf einen Löscheinsatz mitgehn dürfen. In der Übungsanlag, da ist die Luft mit Brandrauch durchsetzt, und siebzig Grad Celsius hats da drin. Da merkst gleich, wies is, ganz nah an einem Feuer. Recht leicht kann dir da schummrig wern. Drum is es auch nicht verkehrt, dass die Bestimmungen jetz strenger sind. Wenn dir das Gesundheitsamt nicht drei Liter Lungenfassvermögen bescheinigt, dann kannst sofort wieder heimgehn.«

Max atmet tief durch und schwenkt noch mal drei Jahrzehnte zurück. »Im Krieg«, sagt er, »da hat es den Heeresatmer geben, der hat mit Kalipatronen funktioniert, und den ham wir gehabt, bis Anfang '60 der schwere Atemschutz aufkommen is.«

»Was habts ihr denn für eine Kleidung angehabt, früher bei den Einsätzen?«, nutzt Paula ihre steile Karriere vom Lauscher zum Gesprächspartner.

»Vor dem Krieg, mei, da is jeder zum Spritzenhaus hingrannt, wie er grad war, wenn die Sirene angangen is. Neben der Handspritze sind anfangs vier, später sechs Monturen an Haken gehängt. Die ersten Kameraden, die da waren, hams halt anzogen, bocksteife Hosen, Stiefel und Westen aus Kuhhäut. Nach dem Krieg is dann die amerikanische Kombi aufkommen, grün-grau war die. Jeder Feuerwehrmann hat eine ghabt. In den Fünfzigern ham wir dann den Normanzug kriegt, wasserdicht, auch bocksteif.«

»Ja wenn das auch geht, dass man ein Schwatzerl hält mitten am Nachmittag.« Ertappt fährt Paula auf, aber Erna Spanagl nickt ihr zu, und welch Kuriosum – sie lächelt dabei. Erna schwimmt seit Stunden auf einer Welle der Generosität, was daran liegen könnte, dass ihr Gatte an diesem Samstag nicht besoffen, sondern mit einem simplen Brechdurchfall, der ihm schon tags zuvor das Thurn und Taxis wieder die Kehle hochgejagt hat, im Wohnzimmerchen fläzt und zeitweise sogar ansprechbar ist.

»Dass du bei der Übung nicht dabei bist?«, fragt Erna ihren Vater und lässt sich neben ihn auf die Hausbank fallen.

»Weil sie alte Klepper zu nix brauchen können«, gibt Max zurück.

Paula lugt ihm schräg von unten ins Gesicht. Sie will sich überzeugen, dass sie den Schwingungen trauen kann, die sich erdbraun und ausgewogen von ihm absetzen. Max lacht stillvergnügt: »Morgen wirds eh strapaziös genug, wenn wir das neue Löschfahrzeug, die TLF 16, einweihen. Bis das ganze Taufwasser runtergschluckt is, da gibts schon etliche Räusch, und dann muss noch das silberne Leistungsabzeichen begossen werden, was die Jugend neulich eingeheimst hat beim Wettbewerb.«

»Dass du aber nicht wieder mit der Fahnenmutter techtelst«, mahnt Erna Spanagl in einem seltenen Anfall von Humor.

»Das könnt leicht sein«, schmunzelt Max. »Sie is immer noch eine Fesche, die Lene. Wie alt is die eigentlich? Zehn Jahr jünger wie ich is die schon.«

»Elf«, tönt es leicht gereizt aus dem offenen Küchenfenster, »die Lene ist ein siebzehner Jahrgang. Mir schreiben jetzt 1970, also ist die Lene heuer dreiundfünfzig worden.«

Im nächsten Augenblick taucht Amalie auch schon in der Haustür auf. »Nicht mehr die Frischeste, eure Fahnenmutter, finds ihr euch gar keine Jüngere?« Sie blinzelt bedeutungsvoll in Richtung der gemeinsamen Tochter.

Paula ist dieses Geplänkel vertraut, das immer von Neuem aufgelegt wird, sobald die Sprache auf Ehren und Würden und auf die angesehensten Plätze auf den Sprossen der Hierarchieleiter der FFW Klausenstetten kommt. Diesmal kann Amalie mit einem besondern Aspekt aufwarten: »Das Löschfahrzeug, das wo wir morgen einweihen, das kann ganz von selber fahren, da brauchen die Schredereder nimmer ihren einäugigen Ochsen davorspannen, der wo sowieso für sonst nichts taugt. Halt, ach wo, der is eh schon lang verreckt. Der Bulldog hat ja die Spritzen gezogen, die ganzen letzten Jahr. Ja, einen Bulldog hätten wir auch, einen kleineren halt. Jedenfalls brauchts das jetz nimmer, dass eine Schrederederin Fahnenmutter is.«

Seit Max' Vater 1893 mit Eller Schredereder, dem Dorfwirt und ein paar Bauern die Statuten der FFW Klausenstetten erarbeitet hat, seit dem allerersten feierlichen Auftreten des frischgebackenen Vereins, wurmt es die Simmet-Frauen, dass ein ungeschriebenes, aber strikt eingehaltenes Gesetz das Kommando in die Hände der Simmets, die repräsentative Seite dagegen den Schredereder-Frauen vor die Füße legt. Turnusmäßig muckt Amalie dagegen auf, und turnusmäßig kommt als Replik eine ausführliche Aufzählung der Schredereder'schen Verdienste, an deren spätem Ende ein unausgesprochenes Resümee steht: Die Schlagader der FFW Klausenstetten, ihr Rückgrat und ihre Lungenbläschen, das sind die Schredereders, und deshalb kommt die Fahnenmutter aus diesem Haus – für immer. Amalie wird mit ihrer Stichelei auch heute daran nichts ändern, und sie weiß es. Normalerweise lässt sie die Sache nach ein, zwei Bissigkeiten auf sich beruhen.

Nie tät der Großvater da nachgeben, sagt sich Paula, nie tät er den Schredereder die Ehre streitig machen, nicht für seine Frau und nicht für seine Tochter. Wenn die Lene mal nicht mehr mag oder nicht mehr kann, dann wird automatisch die Jele Fahnenmutter, Punkt, aus, Ende der Debatte.

Amalie – was reitet sie denn heute? – will gar nichts beenden. Sie holt wieder aus und scheut sich nicht, Lene mehr oder weniger einen Mord anzuhängen: »Die Tochter vom Dr. Hartmann-selig is grad vorbeigefahren. Jedes Jahr am Todestag kommt die her auf Klausenstetten, und Blumen legts hin, da wo der Unfall war. Mei, wenn ich denk, dass der Doktor noch leben könnt und die zwei Kinderl auch – sie hätt ihn nicht aus seiner Heimat vertreiben dürfen, die Lene.«

Von Max her schwadet es auf einmal in einem düsteren Blaugrau, Paula rückt vor Schreck ein Stückchen von ihm ab. »Wieso tät der noch leben, wenn er nicht wegzogen wär?« Der Unterton in Max' Stimme würde jedem anderen den Mund verschließen, aber nicht Amalie:

»Hätt er dann mit dem Auto herfahren müssen und rein in den Bulldog, wenn er eh da gwohnt hätt?«

Um Max beginnt es heftig zu vibrieren: »Red doch nicht so einen Stuss daher! Das glaubst doch selber nicht, was du da sagst!« Er atmet tief durch, weil er merkt, dass er ihr in die Falle getappt ist. Amalie wollte Max ärgern, und Max hat sich geärgert. Eins zu null für Amalie. Max atmet ruhig, um ihn schwingt es gedämpfter: »Darfst dich schon besinnen, was du daherredest, auch wenns dich noch so giftet, dass die Schredereder Lene morgen hinter der Fahn hergeht und nicht die Simmet Amalie.« Um Max' Mundwinkel zuckt es belustigt: »Wie sagst du selber immer: Jedem is sein Geschick aufgsetzt, keiner kann davonlaufen!«

»Hat schon der Mühlhiasl prophezeit«, ergänzt Sigi, der lehmverkrustet ums Hauseck biegt. Der Ausspruch dürfte ihm eigentlich nichts weiter als ein mildes Kopfschütteln eintragen, aber mit Amalie ist heute nicht gut Kirschen essen:

»Brauchst dich nicht lustig machen über solche, die eine Hellsichtigkeit ham und ein Wissen von der Welt, was dir nicht mal träumen tät.«

Bevor Amalie auf dem unbekannten Terrain der Auspizien ins Schlittern kommen kann, kehrt sie zu Profanem zurück: »Wo kommst denn du überhaupt her, du Spitzbub, so voller Dreck und Speck?«

»Die Egge ham mir gwaschen und abgschmiert, der Franz und ich. Rührt ja sonst keiner einen Finger heut.«

Typisch, denkt Paula, selbstgefällig und großkotzig, so sinds, die Buben, sogar der Sigi schon, obwohl er erst neun is.

Sigis vorlauter Kommentar hat bei Erna Spanagl den neuralgischen Punkt getroffen und lässt sie aufspringen: »Wahr is, recht hat er! Müßiggang ist aller Laster Anfang! Noch nicht einmal die Milchkannen sind gwaschen, und du sitzt auf der Hausbank rum, Paula.«

Während Paula spült und schrubbt, breitet sich in ihr ein vages Wissen aus, ein Ahnen, dass Großmutter Amalie heute mit einer viel ernsteren Wut zu kämpfen hat als der über den konstanten Platzverweis für die Simmet-Frauen von der FFW-Ehrentribüne. Der Tiefschlag gegen Lene war nur ein Dampfablassen gewesen. Was, spekuliert Paula über den Wassergrand gebeugt hin und her, kann der Großmutter in die Glieder gefahren sein? Gestern ist sie mit dem Abendbus aus Hohenstetten zurückgekommen. Sie war fast eine Woche lang bei Tante Anne am Tresen. Hat es Scherereien gegeben in der Schenke?

Als Paula die Milchkannen zum Trocknen kopfüber auf die Gred reiht, sitzen Max und Amalie dicht nebeneinander auf der Hausbank – allein. Sie flüstern.

Auf Antworten zu ihren Fragen erpicht, macht sich Paula am Flezeingang zu schaffen und spitzt die Ohren. Sie klaubt ein paar welke Blätter vom Fußabstreifer, stellt die schmutzigen Gummistiefel von Franz und Sigi ordentlich an der Hauswand auf, rückt den Katzennapf zurecht. Die Strategie lohnt sich. Amalie wird lauter.

»Gwiss is es«, sagt sie zornig, »das ganze Dorf weiß schon Bescheid. Ein Mensch hat er, unser Herr Schwiegersohn, ein Verhältnis, in Außenstetten draußen. Warum meinst denn du, dass der nicht mal mehr am Wochenende da is, der Windhund? Nicht dass er einem abgehn tät. Aber eine Schand is es. Mit dem Finger zeigens schon auf uns, die Dorfleut, weil mir so einen auf dem Haus ham, so einen Haderlump, einen Saufkopf, einen Hurenbock.«

Max schweigt, und Amal setzt nach einer Pause hinzu: »Aber die Scheißerei wenn er hat, der Herr Schwiegersohn, dann kann er sich heimhocken. Und die Erna, die freut sich, dass sie ihm eine Schleimsuppen kochen darf.«

»Amal«, schnauft ihr jetzt Max in die Rede, »für was soll denn das gut sein, dass du so schimpfst und wetterst? Wird da was besser davon? Wirds nicht!«, antwortet er gleich selbst und fährt fort: »Das werden wir hinnehmen müssen, wies ist. Und ich tät dir eins raten: Komm der Erna nicht mit derer Sach.«

»Soll ich das Kind vielleicht im Unklaren lassen?«, streckt Amalie ihre Nase exakt vor Max' Nasenspitze. »Dem muss man doch einen Riegel vorschieben, dem sittenlosen Treiben.«

»Amal«, sagt Max, »meinst du, dass die Erna den Windhund rauswirft, wennst ihr die ganze Geschichte steckst?« Er wartet Amalies Kopfschütteln gar nicht ab: »Eben, und was gwinnst dann damit? Dass sies noch härter hat!«

»Aber, aber, ich kann doch nicht«, jammert Amal, »wo ich das weiß, muss ich doch was tun.«

»Ich wüsst nicht, was«, sagt Max. »Aber wennst meinst, dann bet halt jeden Tag ein Quantum Vaterunser, von mir aus auf Lateinisch, und dann hoffst, dass der Herrgott was tut, der versteht sich besser drauf als du.«

Trotz des unguten Ziehens, das die Neuigkeit in ihrem Magen erzeugt hat, muss Paula leise lachen. Sie rückt eine der Milchkannen zwei Zentimeter nach rechts, klopft die Bürste aus, die sie zum Abspülen verwendet hat, und findet dann absolut keinen Grund mehr, sich hier immer noch mit aufgestellten Ohren herumzudrücken.

Alles Wesentliche ist ohnehin gesagt, und mit dieser Attacke gegen ihre Eingeweide ist Paulas mulmiges Gefühl von vorhin erklärt. Der Vater sitzt also – wenn nicht gerade im verrauchten Wohnzimmerchen am Simmet-Hof – in Außenstetten bei irgendeiner Frau, was im Prinzip keinen Unterschied macht.

Bei was für einer Frau wohl?, fragt sich Paula und verdrückt sich eilig zu ihrem Lieblingsplatz im Ahornbaum, weil sie darüber nachdenken will.

Eingeringelt in eine Astgabel lässt sie auf Jahre zurück Monat um Monat Revue passieren. Könnte doch sein, meint Paula, dass sie irgendwann einmal etwas aufgeschnappt hat, ein Wort, einen Satz, etwas, das sie jetzt auf die Spur von Erna Spanagls Rivalin führen kann. Mira Patter kommt ihr in den Sinn – Mira, Ludwig und Elvira. Sie wohnen in Außenstetten, und Paula hat in den vergangenen Jahren viele Stunden bei ihnen und mit ihnen verbracht.

Haben sich die drei mal verschwörerisch angegrinst, fragt sich Paula jetzt, wenn Ja-was-eigentlich zur Sprache kam?

Sie grinsen sich ständig verschwörerisch an, muss sie im selben Augenblick zugeben und erkennt, dass das Getue der Patters keine gute Quelle für vernünftige Schlussfolgerungen ist. Hat Elvira, fragt sich Paula daraufhin, jemals eine Bemerkung gemacht, eine Anspielung, die erst jetzt, im Licht von Amalies Botschaft, einen Sinn ergibt?

2.

AM NIKOLAUSTAG '66, in ihrem ersten Jahr bei den Ursulinen, durfte Paula nach der Schule mit Mira und ihren Eltern zu deren Wohnung in Außenstetten fahren. Circa fünfzig abgeschriebene Rechenaufgaben, ebenso viele Stenographietexte und ein von Paula vollständig produzierter Hausaufsatz bahnten ihr den Weg in den hellblauen Kadett.

In der Küche der Patters (mit Blick auf die Rangiergeleise) kam zum Mittagessen ein ganzes Arsenal von Würsten auf den Tisch: »Magst eine Debreciner, die macht er am allerbesten, unser Dorfmetzger, oder magst lieber eine Weißwurst wie die Miri? Die Miri mag Weißwürst am liebsten«, plapperte Elvira Patter.

»Darf ich mir zuerst von den Kartoffeln was nehmen, die schauen so gut aus?«, versuchte Paula um die Metzgerware herumzukommen, was ihr leicht gelang, weil Elvira von da an ihre Aufmerksamkeit ausschließlich Mira gönnte.

Nach dem Essen räumten alle gemeinsam das Geschirr ab. Paula blieb am Spülbecken hängen. Mira schlang sich das Trockentuch um die Haarwellen, die sie sich jeden Morgen legte, und spielte Paula das vor, was Ludwig Patter »ursulinische Dressurversuche« nannte.

Begnadet war Mira nicht im Mindesten, offen gesagt war es mehr als dilettantisch, was sie darbot. Ihre Mutter bog sich allerdings vor Lachen. Elvira Patter rammte Paula die Ellbogen in die Rippen und kreischte: »Is das nicht zum Schreien, wie sie die Schwestern aufs Korn nimmt, wie sie das krumme Hatschen von der Alfonsa hinkriegt, tot könnt ich mich jedes Mal lachen, maustot.«

»Mira Patter, du Natter«, blökte indes Elviras Brut mit einem zum Kreis gekrümmten Daumen und Zeigefinger vor jedem Auge, womit sie Mater Pias Brille symbolisieren wollte, »Mira Patter, du Natter, wenn du noch ein einziges Mal einer Mitschülerin deinen Fuß so in den Weg stellst, dass diese darüber stolpern muss, dann wirst du einen Aufsatz schreiben. Einen sehr langen Aufsatz über rüpelhaftes Betragen, mit exakt sieben Argumenten, warum sich so etwas für Mädchen nicht schickt.«

Prompt hatte Paula zwei Tage nach dieser Drohung eineinhalb Stunden lang intensiv nachdenken müssen, bis sie die sieben Argumente zusammenhatte. Noch mal so lang brauchte sie, um sämtliche Begründungen ansprechend zu formulieren und in einem verständigen Schlusssatz münden zu lassen: »Ein wohlerzogenes Mädchen übt sich immer in Rücksicht und Zuvorkommenheit, selbst für einen kleinen Spaß wählt es eine Handlungsweise, die niemanden verletzen oder sonst in irgendeiner Weise gefährlich werden kann.«

Mira hatte es fertiggebracht, beim Abschreiben acht Rechtschreibfehler einzubauen.

»So, bestimmte Elvira Patter, als Paula das Geschirr mit einem frischen Tuch abgetrocknet hatte, »machts geschwind die Hausaufgab, weil – wenns finster wird –« Sie kicherte und keckerte, überdrehte die Augen und verflocht die Hände vor dem Busen.

Gespannt war Paula schon. Zu den Spanagls war noch nie der Nikolaus ins Haus gekommen. Auf dem Simmet-Hof hängten die Kinder am Nikolausabend einen schafwollenen Kniestrumpf über das Fensterbrett und beschwerten ihn mit einem Stein, damit er nicht wegflog. Am nächsten Morgen war der Strumpf mit Nüssen, Äpfeln, zwei Lebkuchen und einer einzelnen Mandarine gefüllt. Paula tauschte ihre beiden Lebkuchen immer gegen Ellas Mandarine. Sie konnte es einfach nicht haben, wie die Wollflusen der Socke an dem Schokoladenguss der Lebkuchen pappten.

Mira und Paula hörten die Kette rasseln, als sie mit den Hausaufgaben fertig waren und eben die Schulbücher verstauten. Miras Mutter tat erschreckt: »Mei, da is er schon, der heilige Nikolaus.«

Von Ludwig Patters Kinn wallte ein halber Meter Wella-Kosmetikwatte. Mitra und Messgewand hat Patter aus den Beständen der Kolping-Familie entliehen, deren »Nikolaus auf Bestellung« vor der Haustür auf sein Habit wartete.

Aus Patters Sack kringelte sich Marzipaniges und Schokoladiges, von dem sich Mira gleich ein Kügelchen in den Mund steckte. Eine ganze Schwadron Mandarinen rollte hinterher, und eine Blechdose voll Plätzchen schepperte nach. »Und dass ihr mir auch so brav bleibt und auf Wiedersehen bis zum nächsten Jahr.«

Paula hatte kaum zweimal Luft geholt, da polterte der Nikolaus schon wieder hinaus, und herein kam Ludwig Patter, mit weißen Fusseln auf dem Lodenjanker, aber ansonsten ganz profan: »Was, der Nikolaus war schon da und ich hab ihn versäumt, ah geh, gern hätt ich ihn gsehn.«

»Ein fescher war das heuer.« Mira und Elvira prusteten und blinzelten, und Paula schaute zu.

Ein paar Minuten später stiegen sie alle in den blauen Kadett. Paula wurde nach Hause gebracht.

»Weißt was, Paula«, sagte Elvira während der Fahrt, »eigentlich könntst du jede Woche mal mit der Miri von der Schule heimfahren. Ihr machts bei uns die Hausaufgab miteinander, und dann könnts was unternehmen. Jetz, wos bald kalt wird, könnts auf dem Bahndamm-Weiher eislaufen oder ihr könnts den Trimm-dich-Pfad ausprobiern, der wo am Bahnhügel anglegt worden is, was halt wollts. Und wenns dann gschneit hat im Dezember und der Luwe dienstfrei hat, dann fahrn mir mit euch zum Schlepplift auf Sankt Englmar.«

Paula hockte auf dem Rücksitz, umklammerte zwei Mandarinen und drei Schokoladenkugeln (»Such dir nur aus, was du dir mit heimnehmen magst«, hatte Elvira gesagt) und wusste nicht, was sie antworten sollte. Sie zwang sich, die verkrampften Finger zu lockern, um keine Schokomandarinenmatsche auf dem Polster zurückzulassen, und murmelte: »Ich glaub nicht, dass meine Mutter das erlaubt.«

Sie fürchtete sich vor dem »Aber warum denn nicht?«, das nun kommen musste, und kramte nach einer einleuchtenden Begründung. Aber Elvira meinte nur brüsk: »Das regel ich schon mit ihr.«

Sie gaben Erna Spanagl nicht die geringste Chance, Einwände zu erheben. »Ein bissl eine Freiheit muss man ihnen schon gönnen, den Madln«, sagte Elvira.

»Die Klosterweiber, die zwiebeln sie eh genug«, verkündete Ludwig.

»So einen Haufen Hausaufgab geben die uns auf, Rechnen, Aufsatz und Sticken meterweis«, ließ sich Mira vernehmen.

»Also ausgmacht«, entschied Elvira, »immer am Mittwoch fährt die Paula mit der Miri zu uns.«

Auf ihrem Astsitz im alten Ahornbaum nimmt Paula die Finger zu Hilfe, um nachzurechnen, wie viele Mittwochnachmittage unter Ernas Fuchtel ihr die Patters erspart haben: »Einer jede Woche in vier Realschuljahren minus grob gerundet zwölf Wochen Ferien pro Jahr, da komm ich fast auf hundertfünfzig«, sagt sie zu einem Buntkäfer und erklärt ihm, dass die Ferien vorweg abgezogen werden mussten, weil die extra zählen.

In den Sommerferien '67 durfte Paula mit den Patters eine Woche am Königssee verbringen. Paula fällt wieder ein, wie sehr alle Schülerinnen in jenem Sommer den Ferienbeginn herbeigesehnt hatten. Zwei Monate zuvor war Benno Ohnesorg in Berlin bei einer Demonstration gegen den Schah von Persien von der Polizei zusammengeschossen worden, und seither predigten die Nonnen unablässig, dass es Gott dem Herrn ganz entschieden missfalle, wenn junge Menschen – noch feucht hinter den Ohren, unreif und grün wie Ribiseln im April – auf die Straße gingen, um sich gegen Gesetz und

Recht und gegen die Obrigkeit zu stellen. Der Schultag im Kloster begann mit Benno Ohnesorg und endete mit ihm. Die Mädchen konnten diesen Namen kaum mehr ertragen. Ende Juli schloss sich dann endlich das Schultor, und Paula fuhr mit den Patters nach Oberbayern. Gleich am ersten Tag arbeiteten sie sich über steile Almwiesen und ebenso steile Schrofen bis zum Gipfel des Watzmann hinauf. Der Abstieg zog sich länger hin als angenommen, erst kurz vor dem Dunkelwerden stolperten sie über den Campingplatz zum Patter'schen Wohnanhänger.

»Da hat die Miri mehr Freud am Wandern, wennst du dabei bist, Paula«, sagte Elvira nach dem späten Abendessen, das sie auf dem Gaskocher zubereitet hatte. Paula stellte das schmutzige Geschirr in eine Plastikwanne und wollte damit zu den Spülrinnen beim Sanitärtrakt laufen. Aber Elvira wehrte ab: »Bau du nur das Zelt auf mit der Miri. Ich geh selber zu der Ausgussrinn, da steht sowieso grad eine Bekannte von mir.« Sie kam erst gegen Mitternacht von ihrem Ausflug zum Spülbecken zurück. Paula und Mira schliefen bereits in Miras Zweimannzelt direkt am Seeufer.

»Im Winter«, erzählt Paula einem Borkenkäfer, »war ich mit den Patters ein paar Mal am Arber beim Skifahren. Am Arber gibts einen Sessellift und eine verflucht steile Abfahrt durch die Liftschneise. Mira hat ganz neue Völkl-Ski ghabt, und damit is sie da runtergefahrn wie eine Abfahrtsläuferin aus der Olympiamannschaft. Nicht einzuholen, die Mira.«

Paula nickt dem Borkenkäfer mehrmals zu, als wolle sie ihm einprägen, dass auch er gegen Mira keine Chance hätte, und spricht dann weiter:

»In Sommer drauf sind wir nach Jugoslawien. Auf den Triglav sind wir gestiegen, stell dir bloß vor. Wir haben in einer Berghütte übernachtet – und ich war dabei. Ich war dabei! ›Die Paula nehmen wir mit nach Jugoslawien‹, hat Elvira an

Pfingsten schon beschlossen, ›damit die Mira Gesellschaft hat und einen Ansporn.‹«

Paula schaut den Käfer mit traurigen Augen an, denn es kommt ihr in den Sinn, wie Mira eines Tages auf sie losging: »Wenn meine Schwester noch leben tät, dann müsst ich mir nicht so eine wie dich antun.«

Paula erinnert sich gut, wie hart sie damals an diesem Brocken schluckte, ihn hinauf- und hinunterwürgte. Sie denkt daran, wie sie zu begreifen versuchte, weshalb Mira, wie von einem Krampf befallen, urplötzlich und just in diesem Moment um die verlorene Schwester trauerte, für die sie sich bisher nicht einmal so weit interessiert hatte, um ihren Namen zu wissen. Paula spürt noch heute, wie schwer es ihr damals fiel, sich zusammenzureißen. Sie weiß noch, wie sie sich einredete, so ein Seelenschmerz komme eben, wann er wolle, und wie sie versuchte, Mira zu helfen.

Paula fragte und bohrte, als hätte sie gerade einen Lehrgang für therapeutische Trauerarbeit absolviert. Die Mühe brachte ihr nur eine Latte unwirscher Repliken von Mira ein, keinen Namen, kein Datum, kein noch so winziges Attribut der verlorenen Schwester. Als Paula gerade der schäbige Verdacht kam, Miras Schwester heiße möglicherweise Hirngespinst (Geburt erfunden, Tod erfunden, Mira zu faul, um auch noch etwas für dazwischen zu erfinden), warf ihr Mira hin: »Was geht das dich eigentlich an?«

Paula lässt den Borkenkäfer seiner Wege ziehen und wendet sich einer fetten Raupe zu: »Im Winter '68 hat sich Luwe in Sankt Englmar bei einer Tiefschneeabfahrt durch die Fichtenschonung einen Meniskusriss zugezogen. Den ganzen Januar und den halben Februar hat er seine Ski nicht mal tragen können. Mira war ganz schön sauer, weil ihr Vater überhaupt nichts mehr unternehmen konnte. Auto fahren konnte er auch nicht. Mira hat drei Wochen lang den Schulbus nehmen müssen, das war das Allerschlimmste. Na ja, Ausflüge hat es auch keine gegeben. Also ehrlich gesagt, Mira war nicht auszuhalten in der Zeit. Sogar die Elvira war schon völlig mit den Nerven herunter, weil Mira einen Flunsch nach dem anderen gezogen hat. Mira war so kratzbürstig wie Großvaters Eisenfeile.«

Luwe lag mit steif geschientem Bein vor dem Fernsehapparat und referierte ganze Nachmittage lang über den Vietkong, der im Schub der Tet-Offensive gefährlich nahe an Saigon manövrierte.

Abends nach der Sportschau erging sich Luwe mit Vorliebe über jeden Furz, der aus Grenoble zu hören war. Kurz vor Mitternacht pflegte er das Fazit des Tages zu verkünden, das sich immer gleich anhörte: »Ein Ass, der Jean-Claude Killy, ein wahres Ass, Gold im Slalom, im Riesenslalom und in der Abfahrt! Nur glaubts mirs, an den Sailer Toni, an den kommt nie mehr einer hin.«

Paula kann jetzt noch haarklein bis auf die Ohrenschützer herbeten, was Toni Sailer laut Luwe anhatte, als er ihm 1956 die Hand schüttelte.

Luwe Patter war am 26. Januar '56 (erstmals im Genuss einer bundesdeutschen Bahnbedienstetenfreifahrt) nach Kufstein gereist und von dort (mit einem ordnungsgemäß gelösten Fahrschein) weiter bis nach Cortina d'Ampezzo, wo die olympische Flamme züngelte und Toni Sailer darauf wartete, Luwe die Hand drücken zu dürfen, und ihm ein frisch signiertes Foto überreichte;

wo Ossi Reichert nur noch Luwes »Hopp, hopp!« benötigte, um siegreich die Canalone Tofana hinunterzubrettern, der Goldmedallie für Deutschland entgegen;

wo Luwes Augen jedem Schritt der Langlauf-Legende Veikko Hakulinen folgten, dreißig Kilometer die Loipe entlang und hinauf aufs Siegertreppchen.

Zwischen Rückblicken zum olympischen Spektakel von '56 und Fernblicken nach Grenoble betrachtete Luwe seine

Mira mit leidvollster Miene: »Meine arme Miri kommt gar nicht zum Skifahrn heuer, weil ich nicht aufkann von dem Sessel da!« Er hauchte dieses Eingeständnis so schmerzensreich hin, als müsste er auf der Stelle eingehen an der Bürde.

In diesen Wochen sportlicher Abstinenz, die Miras latenten Groll aufschäumen ließ wie Wasser ungelöschten Kalk, wagte es Paula, ihr anzutragen: »Magst mal mit mir heimfahrn nach der Schule – mit dem Bus?«

Heute, fast zwei Jahre später, hat Paula noch deutlich vor Augen, wie Mira sie auf dieses Ansinnen hin anschaute. Miras Ausdruck war so leer, dass es Paula nicht tiefer hätte treffen können, wenn Mira geschrien hätte: »Und was soll ich in dem Loch?« Mit einer ähnlichen Frage hatte Paula eigentlich gerechnet, und deshalb sprudelte sie die zurechtgelegte Antwort heraus: »Der Ede, das ist ein Nachbarsbub, so in unserem Alter is er. Vielleicht kennst ihn, den Ede, er geht in die Realschule in Außenstetten?«

Mira schüttelte gleichgültig den Kopf, und Paula haspelte weiter: »Der Ede is ein super Skifahrer, und weil es bei uns in der Nähe keinen Lift gibt, tritt der Ede immer eine Skipiste am Schlossbergl. Das Schlossbergl liegt ein Stück weit hinter unserem Hof. Der Ede und ein paar andere Buben vom Dorf haben heuer am Schlossbergl sogar eine Sprungschanze gebaut, und links davon hams einen Slalom ausgsteckt.«

Es waren eindeutig die Slalomstangen, die Mira Leben einhauchten. Am kommenden Freitag fuhr sie mit Paula im Schulbus nach Klausenstetten. Ski und Stöcke trug sie, professionell verzurrt, auf der linken Schulter.

3.

VON DEN PATTERS hat Paula elegante und rasante Skischwünge gelernt. Aber das Glücksgefühl, das sie erfasste, als sie mit acht Jahren erstmals auf eigenen Skiern stand, hat sie ihrem Bruder Franz und Ede Schredereder zu verdanken.

Ede trat schon, kaum war er eingeschult, regelmäßig eine Skipiste für sich aus. Sein erstes Paar Skier lag 1959 auf dem weihnachtlichen Gabentisch. Er hatte extra einen Brief ans Christkind geschrieben: »Ede mus gans tringent Schi krigen.« Edes Bemühen überwältigte Lene derart, dass sie persönlich mit der Bahn nach Passau fuhr, um ihren Sohn zweckdienlich auszurüsten.

Anfangs begnügte sich Ede mit einer kleinen Anhöhe neben dem Schredereder-Hof, und Franz hörte ihn manchmal juchzen, wenn Ede in Schussfahrt über die Bodenwellen flog. Irgendwann wollte Franz sehen, was Ede da trieb. Er ging hinüber und war begeistert. Eine halbe Stunde später lag er seiner Mutter in den Ohren. Franz wollte Ski.

Paula hängte sich sofort an: »Ich auch, ich auch.« Sie wusste natürlich, dass ihr der Schnabel sauber bleiben würde, und ihre Erwartung bestätigte sich, als Erna Spanagl raunzte: »Was möchst denn du mit Ski?«

Klar, keine Ski für Paula. Aber für Franz spreizte sich Weihnachten '60 ein Paar Holzbretter unter dem Christbaum. Ende Januar '61 legte Ede erstmals die Piste am Schlossberg an. Sie war gut zweihundert Meter lang. Noch bevor Franz wusste, dass er bei der Abfahrt mit der Nase in einer verschneiten Ackerfurche stecken bleiben würde, im Anstieg schon, war ihm klar, dass ihn nichts und niemand ein zweites Mal da hinaufjagen konnte.

Nachdem sich Franz den Schnee vom Pullover geklopft hatte, schnallte er die Bretter ab und brachte sie in den Stadel. Er schraubte die Bindung von den Skiern und montierte die

Seilzüge an seine Fahrradspeichen. Das würde herrlich rasseln, besonders in den Kurven.

Es kostete Paula siebzehn Schönschreibeinträge in Franz' Hausaufgabenheft, die sie mit ihren sieben Jahren bedeutend ansehnlicher hinbekam als ihr Bruder, der schon seit drei Schuljahren mit Schönschrift herummurkste, bis Franz die Seilzüge herausrückte und Paula die Skier ausprobieren ließ. Zum Glück vergaß er die Sache im Handumdrehen, was Paula dadurch förderte, dass sie die Skier bei den Schredereders einstellte. Die Bretter hielten etliche Winter durch (Paula ölte im Frühjahr die Bindung und wachste das Holz), sie verkürzten sich aber in der Relation zu Paula jedes Jahr um zehn Zentimeter, exakt die Spanne, die Paula in der Zwischenzeit wuchs.

Seit bei Völkl ausrangierte Testski für ein paar Mark zu haben sind, haben sie ausgedient. Paula wedelt jetzt stahlkantenbewehrt.

Sie lacht laut – die Raupe duckt sich verschreckt –, als sie an den Wettkampf denkt, den Ede und Mira an jenem Freitag im Februar '68 am Schlossberg ausgetragen haben. Fünf Athleten traten an. Als Erster fuhr Konrad in die Slalomstrecke. Man sah auf den ersten Blick, dass Konrad keine Chance auf einen guten Platz hatte, denn er konnte gar nicht anders, als vor jedem Schwung gehörig abzubremsen. Seine Fahrweise trug ihm außer einer Menge verlorener Sekunden eine Unmenge Spötteleien ein. Otto Ellerschwang war als Nächster am Start. Er fuhr rasant, aber ihm fehlte der nötige Ehrgeiz, um ernsthaft konkurrieren zu können. Otto schlampte und schluderte um die Stangen herum, als wären sie zudringliche Störenfriede auf dem Weg ins Ziel. Der dritte Platz war damit für Paula sicher.

Der Kampf aber tobte um den ersten.

Mit Ede fuhr der Spaß und das Talent. Er schoss auf jede Stange zu, als wäre sie seine heißeste Angebetete, streifte mit einer Pobacke sanft ihre Hüfte und überließ es seinen Knien, aus der Falllinie wieder in die Kurve zu schwenken.

Optimale Steckenführung, dachte Paula, nicht zu schlagen, der Ede. Sie schaute zu Mira hinüber, die ihre Skistöcke bereits in die beiden Startmarkierungen gerammt hatte, und blinzelte erschreckt. Unmöglich, dachte sie, blinzelte noch mal und kniff die Augen schmal. Miras Gesichtsausdruck blieb unverändert, und Paula las zum dritten Mal die gleiche Botschaft: »Den steck ich in die Tasche, den Heuhupfer, den windigen.« Sie sah Mira starten und wusste, dass Ede bereits übertrumpft war.

Mira schöpfte aus zwölf Jahren praktischer Übung an Skihängen aller Art unter Anleitung von Luwe Patter und aus mindestens ebenso vielen Jahren theoretischer Unterweisung aus dem Fernsehapparat, versetzt mit den belehrenden Kommentaren von Luwe. Sie schöpfte zudem aus dem unendlichen Reservoir von Selbstbewusstsein und Selbstgefälligkeit, das ihr Elvira im Laufe der vergangenen sechzehn Jahre eingetrichtert hatte.

Und Mira überließ ihre Taktik nicht, so wie Ede, irgendeinem animalischen Drang, der sie hangabwärts trieb. Mira begutachtete das Gelände, und der Berghang flüsterte ihr zu, wie sie zu fahren hatte. Sie konnte sich ausrechnen, wie schnell sie werden durfte, um die Passage zwischen den Stangen nicht zu verfehlen. Sie wusste, dass sie in der Schussfahrt ihr volles Gewicht auf die Bretter pressen musste, um Tempo zu machen. Mira brachte es auf ein paar Kilo mehr als Ede. Sie gewann mit einer Sekunde Vorsprung, genauer konnten sie nicht messen.

Ede sprang aus dem Stand dreimal hintereinander einen halben Meter hoch: »Stoppts mich noch mal, stoppts mich gleich noch mal!« Er stakste den Hang hinauf und stieß sich ab. An der dritten Stange bohrte er seine Nase hart neben der linken Skispitze in den Harsch.

Mira hielt sich die Seiten. Mira lachte noch, als alle gemeinsam Edes rechten Fuß samt Ski unter der Slalomstange hervorzogen, die sich mit seinen Stöcken zu einer Art Tipi verkeilt hatte. In diesem Moment hörten sie Jeles Schrei von der Straße her. Aus der Ferne musste der Sturz ziemlich akrobatisch ausgesehen haben.

Ede stand bald wieder aufrecht. Er schüttelte ein wenig benommen den Schnee aus den Ohren, als Jele andampfte. Sie hatte Edes Hechtsprung vom Busfenster aus entsetzt beobachtet, hatte sich durch den Mittelgang nach vorn gedrängelt, war als Erste aus der Tür gesprungen und in Wildlederstiefeln und Maximantel übers Feld gefegt. »Das kommt davon, wenn einer sein Hirn im Knie hat!«, keuchte sie, darüber erleichtert, dass der kleine Bruder unversehrt war.

Paula verlagert ihr Gewicht etwas mehr auf die rechte Schulter und entlastet damit das linke Bein, das in der Astgabel einzuschlafen droht. Die Raupe hat sich schon vor einer Weile abgesetzt.

Vor Paulas Augen flimmert noch das Bild Jeles, wie sie nach Edes Sturz auf der Skipiste stand. Jele hatte zwei Jahre zuvor das Zeugnis der mittleren Reife aus den segnenden Händen Mater Pias empfangen und samt Lebenslauf und Bewerbungsschreiben an das Finanzamt in Hohenstetten weitergereicht. Die postwendende Zusage brachte ihr acht Stunden täglich auf einem Bürostuhl ein. Außer Freitag. Weil Freitag war, kam Jele schon mit dem Drei-Uhr-Bus nach Hause, pünktlich zu Edes Missgeschick.

In jener Sekunde, als Ede seine Extremitäten ordnete, als Mira sich vor Lachen bog und Jele schnaufend vor der Gruppe zum Stehen kam, sah Paula einen Augenblick durch Jeles Geleehülle hindurch, und sie sah Sorge und Hass. Es war nicht schwer zu erraten, wem welches Gefühl galt. Die Sicht verschwamm Paula so schnell, als wäre eine Jalousie gefallen.

»Geh mit heim jetz, du Gankerl, bevors dir wirklich noch was brichst«, raunzte Jele ihren Bruder dann an und stapfte davon.

»Servus, Paula, servus, Mira«, krähte Ede und holte Jele mit einem weiten Skischwung ein. Konrad war bereits an ihrer Seite.

Jele wandte noch einmal kurz den Kopf: »Servus, Miesa.«

Paula sah ihnen nach. Edes Aura schillerte in allen Regenbogenfarben. Die Farbtöne mischten sich, teilten sich wieder, sprangen hierhin und dorthin. So lebhaft sie auch tanzten, Paula glaubte eine inhärente harmonische Choreographie zu erkennen. Sie musste lächeln: närrisch, aber gutmütig.

Paulas Blick flog von Ede zu Jele, und sie kniff die Augen zusammen. Nein, es war keine Täuschung. Ab und zu löste sich ein Farbtupfer aus Edes Aura, hüpfte zu Jele und verschwand unter dem Geleemantel. Die zähe Schicht schimmerte bei jedem Kontakt matt auf, und Jele schien sich ein wenig zu entspannen. Was ist das bloß, fragte sich Paula, das Jele so dicht einhüllt? Schwermut? Furcht? Beklommenheit? Etwas Drückendes jedenfalls. Aber Frohsinn kann es durchdringen.

Frohsinn! Paulas Blick fiel auf Konrad. Seine Aura war leer, wie weggeblasen. Früher hatte Paula ein-, zweimal in Konrad verzehrende Flammen gespürt. Waren sie inzwischen erloschen?

So intensiv sie ihm auch nachstarrte, Konrads Aura gab nichts preis.

Hat er sich in ein emotionsfreies Neutrum verwandelt?, fragte sie sich. Und wenn ja, ist das für Jele gut oder schlecht?

Sie dachte daran, wie drastisch sie die Vierlbeck-Hexen einmal vor Konrad gewarnt hatte. Paula war über den Fingerzeig nicht einfach hinweggestiegen. Eine Zeit lang hatte sie Konrad richtiggehend bespitzelt. Aber es war nichts dabei herausgekommen. Konrad war entweder mit Jele zusammen – freundlich, anständig, nachsichtig –, oder er war unsichtbar.

Und Paula meinte, es wäre ja nicht schwer zu erraten, wo er sich aufhielt, wenn er unsichtbar war. In seinem Stübchen unter Selchs Fuchtel natürlich, mit einem Vokabelheft, mit kniffligen Rechenaufgaben, mit dem Sprachlehrerbuch.

Ein einziges Mal hatte sie ihn ganz allein am Schlossbachsteg erspäht und beobachtet, wie er ein Amseljunges vor Seppe, dem Schredereder-Kater, rettete und fürsorglich in seiner Jackentasche in Sicherheit brachte. Konrad war halt zart besaitet.

Wie hätte Paula ahnen können, dass sich Konrad im Keller des Klausenstettener Volksschulgebäudes eine zweckdienliche Tier-Folterkammer eingerichtet hatte und dass das Amseljunge als nächstes Opfer vorgesehen war. Das Bild von drei zu einem Triangel verknüpften Blindschleichen, die als Zugfederwaage missbraucht wurden, bis sie aufplatzten, hatte Paula längst verdrängt.

Säuberlich hängen diverse Werkzeuge an einem Brett an der Wand, Hammer, Meißel, Sägen, Zangen, sogar ein Schusterpfriem, den Konrad aus der Werkstatt von Max Simmet stahl, während dieser die passenden Absätze für Selchs schief gelaufene Sonntagsschuhe heraussuchte. (Max verdächtigt seither seinen Enkel Franz, den Pfriem zerbrochen zu haben.)

Das Beste an Konrads Folterkammer ist, dass er dieses Kabuff ungesehen von seinem Zimmer aus erreichen kann. Den ungenutzten und sicherlich auch unbekannten Gang, der von den Umkleideräumen neben der Turnhalle zum rückwärtigen, ebenfalls ungenutzten Teil des Kellers führt, hat er auf einem seiner Streifzüge entdeckt.

Weil es in den Umkleideräumen permanent stinkt, lässt der Hausmeister dort immer ein Fenster offen. Durch dieses kann Konrad aus- und einschlüpfen. Und in der Deckung eines Spaliers von Mülltonnen kann er zwischen Selchs Häuschen und der Turnhalle hin- und herschleichen. Selchs Häuschen betritt und verlässt Konrad durch das ebenfalls stets offen stehende Klofenster zum Hinterhof.

Die Vierlbeck-Hexen müssen sich geirrt haben, dachte Paula, als Mira mit einem Juchzen an ihr vorbeischoss. Während Paula den Schredereder-Geschwistern und Konrad nachträumte, war Mira noch einmal aufgestiegen. Nun schwang sie bei der letzten Stange ab. Aus ihrer Aura schlugen Funken, zerstörerisch und skrupellos. Paula sah weg. So war Mira eben. Paula hatte sich damit abgefunden. Sie war bereit, die selbstgefällige, eigennützige Wesensart der Patters hinzunehmen, alles zu entschuldigen, vieles schönzureden. Warum? Weil sie die Patters periodisch aus der Simmet-Welt erlösten, die sich auf Milchkannenwaschen, auf Kartoffelnklauben und auf Miststreuen beschränkte.

Paula seufzte und fuhr langsam zur letzten Slalomstange hinunter, wo Mira bereits die Skier abschnallte.

Die Freundschaft mit Mira hatte ihr den Groll der Vierlbeck-Hexen eingetragen, Paula wusste es genau. Seit sie jenen Nikolaustag '66 in der Patter'schen Wohnung verbracht hatte, schwiegen die Hexen. Manchmal meinte Paula ihr missbilligendes Zischen zu hören, wenn sie und Mira Spaß zusammen hatten. Manchmal glaubte Paula einen warnend erhobenen Zeigefinger zu sehen oder eine mürrische Grimasse. Paula schob das alles weg. Wie sollte sie die Vierlbeck-Hexen beschwichtigen? Indem sie sich auf dem Simmet-Hof vergrub? Nein! Und überhaupt waren die Hexen Paulas Erfindung. Sie selbst hatte diese Figuren ins Leben phantasiert, damit die Stimmen in ihrem Kopf einen Namen hatten. Und was waren die Stimmen? »Schall und Rauch«, würde Amalie sagen. Eben. Paula beschloss, die Vierlbeck-Hexen dorthin zurückzuschicken, wo sie hergekommen waren – ins Märchenland. Und sie nahm sich vor, mit Mira am Schlossberg in Klausenstetten eine unbeschwerte Skisaison zu verbringen. Falls, ja falls Mira geneigt war, noch mal hierherzukommen.

Dieser Winter '68, der für Mira so frustrierend begonnen hatte, wuchs sich jetzt zu einem reinem Vergnügen für sie aus. Mira fuhr jeden Freitagmittag nach der Schule mit Paula nach Klausenstetten. Als Luwe wieder Auto fahren konnte, kam sie auch oft am Wochenende. Paula nahm zunächst an, Ede würde seinen ganzen Ehrgeiz daransetzen, den ersten Platz in der Slalom-Liga zurückzuerobern. Aber da irrte sie sich.

Oben auf ihrem Hochsitz, zwischen Käfern und Larven, staunt Paula noch heute, wie Ede vor Mira in die Knie ging. Die Stoppuhr verschwand von einem Tag auf den anderen. Sie fuhren um Slalomstangen, sprangen über Schanzen, und ohne Metermaß, ohne Zeitnehmer waren alle im Bilde, wer Champion war in sämtlichen Disziplinen.

Ede scharwenzelte untertänigst um Mira herum. Sie genoss das und sonderte mal hier, mal da eine Dosis Huld ab, immer gerade so viel, dass er bei der Stange blieb.

»Miras Lächeln hat immer einen Stich ins Boshafte, wenn es Ede gilt«, sagt Paula zu einer Laufspinne. »Jele sieht das auch, deshalb nennt Jele sie Miesa.«

Im Frühjahr '68 hatte Mira genug vom Schlossberg. Im Sommer war der Hügel sowieso nichts wert. Als Ende November der erste Schnee fiel, ließ sie sich von Luwe wieder zu den Lifthängen am Pröller fahren. Er saß dann etliche Stunden im Liftstüberl ab, trank Tee und las die Zeitung – Ski fahren konnte er noch nicht –, bis Mira für diesen Tag ihren letzten Parallelschwung machte. Paula durfte immer mitkommen, meistens lud Mira auch Ede ein. Ihn ließ sie allerdings jedes Mal zappeln. Erst in letzter Sekunde rief sie ihn an. Dann waren sie zu dritt auf der Piste. So ging das den ganzen Winter, bis zu dem Apriltag '69, an dem die Sonne den größten Teil der Schneedecke wegschmolz.

Warum, spekuliert Paula in ihrem Baumnest, hat sich der Ede bloß die Mira in den Kopf gesetzt? Er rennt ihr nach wie ein räudiges Hunderl und steckt einen Fußtritt nach dem andern ein.

»Fußtritte und Erniedrigungen, Bissigkeiten, Sticheleien, Spott«, sagt sie laut zu einer Blattlaus und fühlt ein komisches Kribbeln dabei. Ein Prickeln, das ihr sagt: »Du bist ganz nah an was dran, Paula!« Und jetzt dringt es in ihr Bewusstsein: Zur selben Zeit, als Mira anfing, zum Vergnügen Ede zu tyrannisieren, begann Elvira, komisch daherzureden. Einmal fragte sie Paula, wie ihr die Außenstettener Dorfmetzgerin gefiele, und als Paula antwortete, sie hätte die Frau noch nie gesehen, sagte Elvira: »Na, das wird noch.« Bald darauf meinte Elvira: »Können wir aber froh sein, dass ein Edeka-Gschäft aufgmacht hat in Außenstetten, eines mit einer Fleisch- und Wurst-Theken, weil unser Metzger, der hat andere Sorgen, als dass er eine Wurst machen tät, gell, Paula?«

Paula fällt ein, wie anzüglich Elvira gegrinst hat, während sie sich weiter über den Verfall der Dorfmetzgerei ausließ. Und jäh geht ihr auf, wo Alois Spanagl herkam, als sie am Nikolausabend '69 kurz vor Klausenstetten seinen klapprigen VW-Käfer überholten. Gleichzeitig wird Paula klar, was Elvira ihrem Luwe damals zugezischelt hat: »Hätt sie der Vater auch mit heimnehmen können, dann hätten mir uns die Fahrt gespart.«

Paula muss sich jetzt eingestehen, dass sie fast zwei Jahre lang blind war. Sie hat den VW-Käfer ihres Vaters nie in Außenstetten parken sehen, obwohl sie in dieser Zeit mit Mira oft zum Eisweiher ging, zum Trimm-dich-Pfad und ab und zu auch in die Milchbar neben der Bahnhofshalle. Sie hat das Feixen der Patters nicht beachtet und das Gelächter aller anderen nicht bemerkt.

Aber die Außenstettener, allen voran Elvira und Luwe, wussten Bescheid. Sie wussten von dem anstößigen Verhältnis, das Alois Spanagl aus Klausenstetten mit der Metzgerin von

Außenstetten unterhielt, und lachten sich schlapp über den dämlichen Kerl, der seinen Käfer hinter dem Rangiergleis versteckte und durch den Vieh-Korridor in die Metzgerei schlich. »Damit kann er nicht mal einen vierjährigen Hosenbiesler aus dem Außenstettener Kindergarten hinters Licht führen«, höhnten sie und ließen sich nichts entgehen. Alois Spanagl hätte ebenso gut sein Auto ins Schaufenster der Metzgerei zwischen Presssack und Lyoner stellen und sich mit der Dorfmetzgerin danebenlegen können.

»Hat aber lang gedauert, bis der Großmutter Amalie was zu Ohren kommen is«, sagt Paula zu einer Grille.

Selbst im vergangenen Winter hatte Amalie noch keine blasse Ahnung von den Eskapaden ihres Schwiegersohnes. Und in diesem Winter '69/70 bekam Paula vom Alltag in Außenstetten erst recht nichts mit, weil Luwe endlich wieder seine Ski anschnallen konnte und alle versäumten Schwünge nachholen wollte. Elviras Sticheleien trafen mehr denn je ins Leere, und Paula sagt sich, dass Elvira wohl irgendwann aufgehört hat damit.

Die Dorfmetzgerin also! Paula versucht, sich ein Bild von ihr herbeizuzaubern, was nicht gelingen kann, weil sie wegen der Schweineköpfe und der Rindfleischklumpen nie einen Blick in den Metzgerladen geworfen hat. Alois Spanagls Nebenfrau bleibt ein Phantom, selbst wenn sie jetzt einen Namen hat. Sie ist ein Spuk, so wie der Vater auch.

Paulas Gedanken driften zum Winter '69/70 zurück, an dessen Ende die Abschlussprüfung der Realschule stand. Die Aussicht auf Examinierung machte Ede mit jedem Tag elender. Mira dagegen ließ sich nicht anfechten. Sie konnte sich ja auf Paula verlassen.

Paula, die im Unterricht jedes Wort, das ihr von Belang erschien, in einem Heft vermerkte und ihre Hefteinträge im Dachstübchen, hinter der Stanzmaschine oder im alten Ahorn so lange wiederkäute, bis sie sich in ihrem Hirn festgefressen hatten, schrieb sich mit Einsen durch die Prüfung. Mira schrieb von ihr ab, was das Zeug hielt, und wurde dafür im Durchschnitt mit einer Drei belohnt.

Ede verdankte am Ende sein auf lauter Vieren und einer Fünf basierendes Abschlusszeugnis der nagelneuen Sprossenwand, die Lene Schredereder der Bubenrealschule Außenstetten stiftete.

»Mädel, gehts zur Post, fidirallala«, hatte ihnen Luwe schon im Januar vorgesungen und ernsthaft hinzugefügt: »Im Verwaltungsdienst, da habts ihr Aufstiegschancen bis zum Oberpostrat, und einen Haxen müssts euch dafür auch nicht ausreißen.«

»Denn bei der Post gehts nicht so schnell«, trällerte das Patter-Trio den ganzen Februar über.

Paula feilte bereits an ihrem Bewerbungsschreiben, als Erna Spanagl Anfang März von Mater Pia ins Refektorium bestellt wurde.

»Für Paula wäre eine weiterführende Schule sehr zu empfehlen, Frau Spanagl«, begann Mater Pia und erklärte, wie für Paula der Übertritt ins Gymnasium arrangiert werden konnte. Dann bat sie Erna, die notwendigen Formalitäten dafür auszufüllen. Erna sträubte sich.

Mater Pia hatte keine Ahnung, wie sehr sie Erna Spanagl mit ihrem Ansinnen in Harnisch brachte. Erna hatte Paulas wegen schon einmal klein beigeben müssen, ein zweites Mal würde sie sich bestimmt nicht unterkriegen lassen. Nach all den Jahren wurmte es sie immer noch höllisch, dass sie vor Emma Six den Schwanz eingezogen hatte. Mater Pia würde auf Granit beißen, nicht der kleinste Kompromiss kam in Frage. Störrisch wie ein Schafbock rannte Erna gegen jedes Argument an und fegte sogar den gehobenen Verwaltungsdienst vom Tisch, weil der mittlere längst gut genug war für das Gör.

In einem letzten Auflehnen gegen Ungerechtigkeit und Willkür, in einer letzten aussichtslosen und deshalb matten Offensive seufzte Mater Pia: »Jede Tür würde Paula offen stehen. Mit ihrem Fleiß, mit ihrer Sorgfalt und der Konzentration, mit der sie selbst an Kleinigkeiten herangeht, könnte Paula nach dem Abitur an einer Universität studieren.« Es schien, als müsse Mater Pia eine Portion Tränen hinunterschlucken, bevor es ihr gelang, fortzufahren: »Paula in der Medizin! Sie könnte forschen, könnte heilen, könnte trösten. So viel Gutes könnte sie tun bei ihrem Verständnis für die Bedürfnisse ihrer Mitmenschen, ihrem Gemeinschaftssinn.«

Erna Spanagl stand auf und wandte sich zur Tür. Dieses blöde Gesülze würde sie sich keinen Augenblick länger anhören.

»Auf die alte Klosterschwalbe und der ihr Blabla werd ich grad was geben«, mahlte sie im Hinausgehen zwischen den Zähnen.

Es zog und stach in Paulas Brust, als sie hinter der Stanzmaschine dem Bericht lauschte, den Erna von der Szene mit Mater Pia zum Besten gab. Abitur, Studium! Auf jedes Fach hätte sich Paula mit Handkuss gestürzt: Sprachen, Naturwissenschaften, Medizin sowieso, notfalls sogar Maschinenbau oder Architektur. Aber für Paula war der Postdienst vorgesehen, der mittlere, Pakete annehmen und Einschreibebriefe. Na gut, sie würde mit Mira zusammenbleiben, eine Menge Spaß haben und einen Haufen Freizeit.

4.

»NUR WER ZUVOR im Verteilerdienst tätig war, kann im Verwaltungsdienst effektiv und sinnvoll arbeiten, das ist unsere Maxime«, blaffte der Postrat und teilte jedem Anwärter drei Straßenzüge zu.

So kam es, dass Paula ab Juni täglich in einem großen Bogen um Klausenstetten herumradelte, auf einem gelben Postrad, mit einer Packtasche vorn, einer links und einer rechts vom Gepäckträger.

»Ich sags dir«, redet Paula auf ihrem Ast einen Schmetterling an, »es war ein schöner Juni, aber der Juli erst! Kein einziger Regentag, milde zwanzig Grad schon am Morgen, blauer Himmel, grüne Wiesen. Postkartenpanorama, wie im Urlaub, ich sags dir.« Paula fällt die Liedstrophe wieder ein, die sie in diesem Juli auf ihrem Postrad hügelauf, hügelab gesummt hatte: »Sonnenschein und keine Mücken, hohes Gras, doch nichts zu pflücken.« Der Originalvers, von Mira in der »Bravo« entdeckt, endete mit »ficken«, aber Paula hatte ihn sittsam modifiziert. Paradoxerweise brachte die tägliche Radtour Paula in diesem Sommer drei Kilo Gewichtszuwachs auf die Rippen. Das lag daran, dass sie genötigt war, sich durch ihren Dienstalltag zu essen wie Mecki durchs Schlaraffenland.

Paula begann ihre Runde morgens um acht beim Schloss, nachdem sie in der Klausenstettener Zweigstelle der Post die Taschen gepackt hatte. Der alte Semau, passionierter Jäger und deshalb notorischer Frühaufsteher, saß beim zweiten Frühstück. Paula warf seine Post nicht – wie ihr Vorgänger – achtlos durch den Schlitz in der Schlossmauer, hinter dem die Briefe in einen verbeulten Blechkasten fielen oder auch nicht, je nachdem in welchem Winkel er gerade an seinem wackelnden Haken schwankte. Sie übersah geflissentlich diesen Makel am herrschaftlichen Hause und brachte die Kuverts an das Küchenfenster, hinter dem der Semau mutterseelenallein seinen

Kaffee trank. Als Dank dafür zitterte dessen altersgefleckte Hand mit einem Glas Milch über das Fensterbrett: »Trink was Nahrhaftes, Mädel, bevor du zum Doktor raufstrampelst.«

Semaus Milch war cremig und schmeckte außergewöhnlich köstlich. Eine halbe Woche lang musste Paulas Zunge im Verein mit den zuständigen Nervenzellen dem Geschmack kriminalistisch nachspüren, bis sich ihr enthüllte, dass Vanille im Spiel war. Jawohl, Semau mixte jeden Morgen einen Milchshake für Paula. Er reicherte profane Kuhmilch mit zwei Päckchen Vanillezucker an, quirlte und schlug mit dem Schneebesen so lange, bis er eine cremige Konsistenz und eine dicke Schaumschicht erzielt hatte, die Paula jeden Morgen einen weißen Schnurrbart verpasste.

Paula schleckte noch die Reste des Schnurrbarts von ihrer Oberlippe, während sie schon den Hintern vom Sattel hob, um kräftiger in die Pedale treten zu können. Der Hohlweg zum Haus von Doktor Stern war die steilste Etappe der ganzen Runde. Es war ein Schotterweg, mit Löchern und Gräben wie tertiäre Verwerfungen, und das machte die Anfahrt zur Herausforderung. Paula ließ den Postkasten an der Grundstücksgrenze links liegen und radelte mit Schwung die grob gepflasterte Zufahrt hinauf bis vor die Haustür. Das ersparte Frau Stern hundert Meter Holperweg, die sie mit bandagierten Beinen zurücklegen müsste. Als Dank dafür lag für Paula eine Honigsemmel auf einem geblümten Teller bereit, und Frau Stern schenkte ein Glas Saft dazu ein.

Ein guter Kilometer ebenes Wegstück Richtung Westen gab Paula Zeit, den restlichen Honig zwischen den Zähnen herauszusaugen, bevor sie den Weidezaun der Ellerschwangs passierte.

Otto, der schon als Kind gern in Stall und Scheune herumwerkelte, hatte sich nach seiner Volksschulzeit als Jungbauer etabliert, und wie Paula reden hörte, hamperten sie recht ordentlich zusammen, der alte und der junge Ellerschwang.

Manchmal pfiff Otto von irgendwoher, wenn Paula auf das Anwesen zuradelte, und schwenkte als Gruß seinen ölverschmierten Arm über einem qualmenden Motor. Zeit für einen Schwatz hatten beide nicht. Sobald Paula am Wegrand vor der Gred zum Stehen kam, segelte Trude Ellerschwang, angelockt vom Knirschen des Kieses, aus dem Haus und begann zu reden. Paula lehnte das Postrad an den Granitgrand und hörte zu. Vom Klausenstettener Kirchturm schlug es neun Uhr. Paula legte die Post auf die Bank neben der Gred und stimmte Trude Ellerschwang vorbehaltlos darin zu, dass man mit zwei Männern im Haus und einem Haufen Vieh im Stall einfach nicht weiß, wo aus und ein vor lauter Arbeit; dass man, selbst wenn ein Tag mehr hätte als vierundzwanzig Stunden, unmöglich alles ausrichten kann, was dauernd ansteht, und wann sollte man sich bitte schön mal ausrasten?

Als Dank dafür, dass Paula verständnisvoll nickte und mitfühlend lächelte, beendete Mutter Ellerschwang ihre tägliche Tirade mit den Worten: »Wart einen Augenblick, Paula, was Schmalzbackenes hab ich für dich. Da muss man was in den Bauch reinkriegen, wenn man so einen weiten Weg hat jeden Tag.«

Das Wegstück nördlich vom Ellerschwang-Anwesen, leicht abfallend, bretteben planiert und übersichtlich, war bestens dazu geeignet, einhändig zu lenken. In der anderen Hand hielt Paula eine ausladende Hefenudel oder ein resches Hasenöhrl und verspeiste das Gebäck genüsslich. An der Brücke vor dem Vierlbeck-Häusl leckte sie sich die letzten Brösel von den Fingerkuppen.

»Die Vierlbecks sind schon seit Steinzeittagen verschrien in Klausenstetten«, sagt Paula zu einer Hummel und macht Anstalten, vom Baum herunterzuklettern. »Jedenfalls hab ich nie was Gutes über sie reden hören.«

Zu allem anderen Unglück haben die Vierlbecks das Pech, dass mindestens einer in jeder Generation hinkend einwärtshatscht. Dieses Gebrechen rückt in den Augen der Dörfler die ganze Vierlbeck-Sippe in grausige Nähe bocksbeiniger Teufel. Da kann Dr. Stern noch so viel von ererbter Hüftgelenkluxation faseln, die Klausenstettener ziehen es vor, den Vierlbecks höllische Verderbtheit in die Schuhe zu schieben. Wie hat der Mühlhiasl prophezeit: »Wenn die Hinkerten und Hatscherten einmal das Sagen haben werden, dann is es nimmer weit hin bis zum großen Weltabräumen.« Ein guter Grund, die Vierlbecks nicht hochkommen zu lassen.

»So viel, wie ihm die Klausenstettener in den Mund legen, kann der Mühlhiasl in seinem ganzen Leben nicht geredet haben«, grinst Paula und springt auf den Boden.

Eine Zeit lang sah es so aus, als bekämen die Vierlbecks tatsächlich was zu sagen. Das war damals, als einer von ihnen die Erbin vom Schredereder-Hof, Elses Mutter-gottselig, geheiratet hatte. Aber bevor ein einziger von den Vierlbecks noch wusste, *was* er sagen sollte, hatte Ede, der nächste Erbe, schon kurzen Prozess mit der Vierlbeck-Brut gemacht und alle wieder ans andere Schlossbachufer gescheucht.

»Wie«, fragt Paula eine Ameise, »wie soll denn aus den Vierlbeck-Kindern jemals was Anständiges werden, wenn sie immer nur herumgeschubst werden? Andere Kinder wollen nicht mal mit ihnen spielen, rufen ›Pfuibeck‹ und ›Hatschbeck‹ und ›Vierlsau‹ hinter den Vierlbeck her. Wir«, erklärt Paula der Ameise, »wir impfen den Vierlbeck doch schon von klein auf ein, dass sie sich gar nicht erst ins Zeug legen brauchen, weil sie sowieso nicht aus ihrem Elend herauskommen. Wir sagen ihnen doch klipp und klar, dass sie keiner haben will, hier nicht und dort nicht, und dass sie immer der Prellbock bleiben werden.« Die Ameise krabbelt davon. »Die Vierlbeck«, ruft ihr Paula nach, »das sind solche, die man im Mittelalter als Schuldige verbrannt hat, wenn der Weizen verfault ist auf dem Halm, weils das Regnen nicht aufghört hat den ganzen Sommer über.«

Als Dank dafür, dass Paula die paar Wurfsendungen und vereinzelten Behördenschreiben, die sie für die Vierlbecks in den Packtaschen des Postrades hatte, nicht schon an der Brücke in den Dreck warf, um zuzusehen, wie die Vierlbeck-Brut puffend und krakeelend alles zusammenraffte; und als Dank dafür, dass sie den barfüßigen Bälgern nicht nachschrie: »Schauts, dass weiterkommmts, Dreckbande, verlotterte«, bekam Paula Beeren und Kräuter zu kosten, die sie zuvor noch nie gesehen hatte. Es dauerte allerdings eine halbe Woche, bis es so weit war.

Am ersten Tag kam Liesa Vierlbeck aus der Haustür, als Paula von Kindern umringt abwartend dastand. Sie wischte sich die Hände an der Schürze ab, nahm von Paula einen Brief entgegen und sagte: »Danke.«

Am zweiten Tag faltete Paula für die Kinder einen Flieger aus einer Werbebroschüre für Orientteppiche. Sie dachte, das wäre das Beste, was man damit anfangen konnte. Liesa trat aus der Tür, nahm ihre Stromrechnung entgegen, sagte: »Danke«, und lächelte.

Am dritten Tag hob Paula einen der Ellerschwang-Butterstriezel für die Vierlbeck-Kinder auf. Sie hatten an der Brücke auf Paula gewartet und begrüßten sie mit einem Kriegsgeheul. Liesa kam heraus und trug auf ihrer Handfläche ein Lindenblatt mit einem Häufchen Walderdbeeren darauf: »Magst sie nehmen, Paula, sind frisch gepflückt.«

Vom Ahornbaum heimwärts schlendernd, erinnert sich Paula, dass sich damit die Unterrichtsstunden am Schlossbachufer anbahnten. Sie aß damals die Beeren an Ort und Stelle auf und fragte Liesa, wo sie zu finden wären. Liesa zeigte ihr den Platz.

Im Laufe des Juni und Juli lernte Paula jedes Kraut flussauf- und -abwärts des Schlossbaches kennen. »Die Brunnenkresse in eine Einbrennsuppen eingerührt, was Gesünderes kannst dir nicht zukommen lassen im Frühjahr, und da, die Lindenblüten. Als Tee aufgebrüht helfen sie gegen das Fieber, genauso wie die Brombeerblätter hier«, erklärte ihr Liesa. Woher die Liesa diese Kenntnisse habe, fragte Paula.

»Das ist der einzige Reichtum der Vierlbeck-Frauen«, antwortete Liesa, »sonst ham wir nie was ghabt. Aber das Kräuterwissen, das geben wir von einer Generation zu der anderen weiter, ganz im Geheimen.«

»Das Wissen ist ein Schatz«, sagte Paula darauf, »mehr wert als Geld und Gut.« Liesa starrte sie an. Nach einer Weile ging ihr auf, dass Paula in vollem Ernst gesprochen hatte. Da begann Liesa zu erzählen:

»Es heißt, dass die Vierlbeck-Frauen in einer ganz, ganz alten Zeit einmal sehr angesehen waren für ihre Kunst. Aber irgendwann is das Heilen mit Kräutern abgekommen. Die Bader und Wunderdoktoren wollten lieber mit Quecksilber, mit Vitriol und mit Schwefel kuriern. Wo doch jeder weiß, wie giftig das Zeug is. Natürlich hams mehr Leut unter die Erd bracht als auf die Füß.«

Paula nickte, die Geschichtsbücher waren voll von den Verirrungen der Alchimisten.

»Die Frauen«, fuhr Liesa fort, »die sich noch mit Kräutern auskannt haben, die sind auf einmal schief angschaut worden. Traktiert sinds worden und verfolgt, immer schlimmer, bis sie sich versteckt ham und nichts mehr preisgeben ham von ihrem Wissen.« Liesa lächelte schamhaft: »Meine Großmutter hat oft erzählt, dass ein Paracelsus die Kräuterheilkunde wieder einführen wollte. Er hat gegen all die Gifttränkl gwettert und gegen das Aderlassen. Dieser Paracelsus soll in Klausenstetten eine Vierlbeck-Kräutlerin aufgsucht haben, die berühmt war für ihre Heilkunst. Na ja, obs wahr is, weiß keiner.«

Es ging auf Mitte Juli zu, als Paula von Liesa erfuhr, dass nicht alle Vierlbeck-Kräuterfrauen eine weiße Weste hatten: »Immer wieder hat es Vierlbeck-Kräutlerinnen geben, die wo Schindluder trieben haben mit ihrem Wissen«, gestand Liesa. »Früher waren viele von ihnen Engelmacherinnen.« Sie sah Paula nachdenklich an: »Ich weiß nicht recht, ob ich sie deswegen verurteilen soll in einer Zeit, wo ein lediges Kind keine Zukunft ghabt hat und seine Mutter auch nicht.«

Paula fiel es immer schwer, sich von der Kräuter-Liesl loszureißen. Aber Schlag zwölf am Mittag musste die Post verteilt sein. Deshalb raste Paula vom Vierlbeck-Häusl mit Karacho die drei steilen Schleifen zum Dorfplatz hinunter, bediente den Pfarrhof, den Wirt und die paar Geschäfte rundherum, schwang sich schleunigst wieder aufs Rad und stob nach Süden zum Schredereder-Hof.

Lene stand meist schon auf der Gred, die flache Hand beschirmend über den Augenbrauen: »Wo wirst jetz du wieder blieben sein? Hats dich geschmissen, weilst so lang nicht daherkommst? Geh mit rein in die Küch, probier die Suppen, die is schon fertig.«

Die Suppe war dafür, dass Paula der Lene über Edes Tun und Treiben Auskunft gab.

Nach dem teuer erkauften Abschlusszeugnis für Ede hatte sich Lene den Gedanken, Ede könne zwecks Weiterbildung die Landwirtschaftsschule besuchen, aus dem Kopf geschlagen und ihm einen Drill unter eigener Fuchtel verordnet.

»Warum hat der René bloß sterben müssen, der wo der Rechte gwesen wär für unsern Hof?«, jammerte sie ein ums andere Mal, bevor sie begann, Paula unbarmherzig über jedes Zipfelchen auszuquetschen, das die auf ihrer Tour um Klausenstetten von Ede gesehen haben mochte:

»Und der Ede war gewiss am Weidezaun und hat ihn geflickt, und du kannst mir schwörn, dass er nicht aufm Hochsitz rumkraxelt is, im Semau sein Waldstückl?«

So viel Paula auch nickte und bestätigte, Lenes Verdacht keimte immer wieder neu. Deshalb schaffte es Paula auch nie, sich vor dem Zwölfuhrläuten von Lene loszueisen. Das war im Grunde nicht so schlimm, weil Paula für ihre letzte Etappe nur noch die Straße kreuzen musste. Am Simmet-Hof konnte sie die restlichen Briefe und Kataloge aus der linken hinteren Packtasche auf den Küchentisch schütteln. Es hätte also überhaupt keine Eile gehabt, wenn nicht auf der Simmet'schen Türschwelle Erna Spanagl auf der Lauer gelegen hätte, um bei Paulas Anblick sofort zuzubeißen: »Unsereins kriegt die Post, wenn die anderen ihre Brief schon beantwortet ham.«

Paula, schon auf halbem Weg ins Simmet-Haus, überlegt es sich noch mal anders und lässt sich hinter dem Heustadel auf ein dichtes Graspolster fallen. »Grantig war die Mutter den ganzen Sommer lang«, erzählt sie einer Biene, »grantig und mürrisch, so als ob sie die Sach von der Dorfmetzgerin und dem Vater längst gwusst hätt. Alles war ein bisserl anders als sonst in diesem Sommer«, vertraut Paula der Biene an und kitzelt sie mit einem Grashalm. »Die Mutter is viel öfter im Haus blieben und hat den Franz allein werkeln lassen draußen. Der Großvater hat bei der Feldarbeit auslassen und beim Heueinfahrn erst recht. Jedes einzelne Heufuder hab ich heuer selber raufgegupft auf den Wagen. Der Sigi, der hat nachgrecht. Na ja, mit neun Jahr, da muss er das schon können.« Die Biene saust genervt davon, und Paula schaut ihr nach in die untergehende Sonne: »Dann flieg halt heim, ich machs mir noch ein wenig bequem da auf dem gemütlichen Polstersitz.«

Seit sie monatlich ein – wenn auch minimales – Postdienst-Anwärtergehalt ausbezahlt bekommt und ohne nennenswerte Abzüge auf die Anrichte legt, wirft ihr Erna Spanagl nicht mehr jede verträumte Minute vor.

5.

DIE BESCHAULICHEN WOCHEN auf dem gelben Postrad vergingen schnell. Anfang Juli fiel Paula auf, wie griesgrämig Mira den wöchentlichen Unterricht für Postdienstanwärter über sich ergehen ließ und anschließend sang- und klanglos verschwand. Da wurde Paula bewusst, dass sie und Mira seit gut drei Wochen nichts mehr gemeinsam unternommen hatten. Paula begann zu überlegen, ob sie Mira gekränkt hatte. An manchen Tagen war sie drauf und dran, Mira danach zu fragen, und ließ es dann doch bleiben, weil Mira so gemein sein konnte, wenn sie schlechter Laune war.

Mitte Juli – der Postrat nahm im Unterricht gerade die Paketkarte durch – hatte Mira plötzlich ein Lächeln im Gesicht: »Was meinst, Paula, tauschen wir unsere Touren für ein paar Tag, bloß so zum Spaß, ich fahr deine Runde und du die meine?«

Was sollte Paula gegen diesen Vorschlag einwenden? Bereits drei Tage später verteilte sie Postwurfsendungen in dunklen Eingängen von betongrauen Wohnblöcken auf einem früheren Kasernengelände in Hohenstetten. Sie ging zu Fuß. Für den Weg vom Simmet-Hof nach Hohenstetten musste sie den Bus nehmen. Punkt acht holte sie auf dem Postamt die vollgepackte gelbe Umhängetasche und trabte los.

Mira gab die Klausenstettener Runde erst Mitte August wieder her, als ein frösteliger Nieselregen einsetzte und das Postrad eine Bugwelle von Morast vor sich herschob. Paula focht das gar nicht an. Zu ihrer Ausrüstung gehörte ein absolut wasserdichter gelber Poncho, der sie trocken hielt. Die Bugwelle war gut geeignet, ihre Wadenmuskulatur zu trainieren.

»Ein sauberes Gschwerl hast du zu bedienen«, hatte Mira die Klausenstettener Posttour kommentiert, als sie Paula das gelbe Rad zurückgab. »Keiner von denen bringt das Maul auf. Nicht einmal zu einem ›Guten Morgen‹ langts. Bloß die Bankerten unten am Bach, die bringens nicht zu, das Maul. ›Posthex‹ hams mir immer nachgschrien.«

Und dann schmollte Mira wieder. Den ganzen verregneten August über ließ sie sich zu kaum mehr als drei Sätzen herbei. Paula hatte keine Ahnung, was sie an den Wochenenden trieb. An einem Samstagnachmittag, als Paula in Hohenstetten in den Bus nach Klausenstetten stieg, bildete sie sich ein, sie hätte Mira und Ede soeben in der Bahnhofshalle verschwinden sehen. Aber da hatte sie sich wohl geirrt.

»Kaum ist die Sonn weg, wird das Gras schon feucht«, teilt Paula einer Heuschrecke mit und macht sich endgültig auf den Heimweg.

»Nicht gnug, dass er jedes Werkzeug gleich wieder fallen lässt, kaum dass ers in der Hand hat«, hört Paula Lene Schredereder jammern, als sie die Flez betritt, »nicht gnug, dass ihn jedes Allotria mehr interessiert als wie eine Arbeit, nein, jetz muss er auch noch dieser Mira nachlaufen, dem verzogenen Bams vom Bahnhofsluwe. Nix hat der im Hirn, der Bub, rein gar nix.«

»Tsts«, macht Erna Spanagl als Antwort.

»Einen Kasperl kriegen wir als Bauern auf unsern Hof, einen Luftikus«, hechelt Lene.

»Jetz reg dich nicht so auf, Lene«, Erna Spanagl hört sich leicht gereizt an, »der is halt in die Flegljahr, der Ede, das wird schon noch.«

»Bei dem Ede wird nix mehr, das kannst mir glauben. Weißt, Erna, ich hab wirklich schon überlegt, ob ich den Hof nicht lieber der Jele geben soll. Die Jele is robust und bodenständig, dumm is sie auch nicht. Der Hof wär nicht in schlechte Händ bei der Jele. Aber was soll ich dann mit dem Ede machen? Einen anständigen Beruf könnt der nie lernen, der müsst glatt zum Zirkus gehn. Die Jele dagegen, die hat eh den schönen Posten beim Finanzamt. Und drum werd ich es lassen müssen, wies ist.«

»Das tät ich aber auch meinen«, schnappt Erna geradezu aufgebracht, »recht und gültig is es, dass der Bub den Hof kriegt. Wo kommen wir denn da hin, wenn sich auf einmal alles ins Gegenteil verkehren tät?«

»Ja, wo kommen wir denn da hin?«, äfft Paula draußen in der Flez ihre Mutter nach und spürt sofort den Biss des schlechten Gewissens. Erna Spanagl hat ihre Prinzipien, es steht Paula nicht an, sich darüber lustig zu machen. Ein wenig beschämt betritt sie die Küche, als Amalie, die bis jetzt ungewöhnlich schweigsam auf dem Kanapee hockte, den Mund aufmacht:

»Der Konrad, der wird ihr nachher bleiben, der Jele.« Das war keine Frage und bedarf deshalb keiner Antwort. Lene nickt trotzdem, und Amalie murmelt: »Was wird denn der Selch gsagt ham, wie der Konrad nach der Realschul unbedingt im Finanzamt anfangen wollt, damit ihm die Jele nicht mehr aus die Augen kommt?«

Er hat ihm mindestens zwei Ohrfeigen verpasst, geht es Paula durch den Kopf. Lene zuckt indessen die Schultern: »Mei, was sollt er sagen, der Selch. Lehrer hätt der Konrad sowieso nicht werden können, weil ers Gymnasium nicht packt hat, und mit einem Realschulzeugnis, da is der Verwaltungsdienst eh des Höchste, was geht.«

»Er hätt ja weitermachen können, der Konrad, hätts noch mal probieren können aufm Gymnasium.« Amalie verkneift sich den Seitenblick auf Erna.

»Glaub mirs«, fuchtelt ihr da Lene mit ausgestrecktem Zeigefinger vor der Nase herum, »der Selch, der hat dem Konrad den ganzen Schneid schon rausprügelt, wie der noch ganz klein war. Der Konrad, der fangt nix mehr an, wo man Noten kriegt, der hat immer noch Angst, dass es Tatzen gibt.«

»Ja, der Selch drangsaliert jeden, der sich nicht wehrt«, stimmt ihr Amalie zu, »wär kein Wunder, wenn der Konrad bloß drauf wart, dass er endlich fortkommt von sein Vater.

Der wird dir deine Jele wegheiraten, kaum dass er volljährig is«, orakelt sie.

Lene nickt mehrmals, so wie der Wackelhund auf ihrer Ablage im Autofond.

Das hat sie sich auch schon gedacht, interpretiert Paula dieses Nicken. Paula sitzt neben der Anrichte auf einem Hocker und macht sich an Sigis löchrigem Pullover zu schaffen.

Da wär schneller ein neuer gestrickt als wie der gestopft, denkt sie, während sie Amalie kichern hört: »Lene, du wirst anbaun müssen an dein Häusl, damit die Jele und der Konrad eine Wohnung ham, wenn sie heiraten. Tät sich auszahlen für dich, hättst außer der Jele auch noch den Konrad zu Hilf.«

»Hilf kannst gar nicht gnug haben«, meint Lene darauf, »wennst so einen Malefizbengel wie den Ede daheim hast.«

»Is dir der Konrad als Schwiegersohn recht?«, fragt Erna Spanagl, als könne Lene aus einem ganzen Bataillon trefflicher Aspiranten wählen.

»Ja, warum denn nicht?«, antwortet die und fügt fast hochnäsig hinzu: »Da könntest schon einen Schlechteren erwischen als wie den Sohn von einem Oberlehrer!«

Ein sauberer Oberlehrer, der nichts besser kann als Schläge austeilen, würde ihr Paula gern hinwerfen. Natürlich hält sie den Mund. Sie ist ja eigentlich gar nicht da, niemand hat sie bis jetzt wahrgenommen.

Lene schaut schelmisch von Erna zu Amalie und lächelt verschämt: »Gell, das Allerwichtigste am Konrad, das is euch noch gar nicht aufgfallen.« Erna und Amalie sehen nicht so aus, als würden sie mit einer Sensation rechnen. Da hebt Lene pathetisch beide Hände und blickt zur Zimmerdecke: »Das himmlische Zeichen!«

Damit ist ihr gespannte Aufmerksamkeit sicher. Paulas Stopfnadel bleibt erwartungsvoll im Maschenverhau stecken.

»Wenn«, macht sich Lene nun wichtig, »wenn die Jele den Konrad heirat, wie heißt sie denn dann, hm?«

»Selch«, platzt Amalie heraus und streckt ihrerseits die Hände zum Himmel. »Per Dominum nostrum, so was is nicht vorkommen, seit die erste Schredereder-Tochter weinend mit einem Namen ohne E hat unterschreiben müssen. Selch! Die Jele kriegt automatisch einen E-Namen, wenn sie den Konrad heirat – wenn das kein Omen is.«

Die fremden E wenn sich einschleichen und keiner merzt sie aus, dann, dann kommt das große Abräumen.

Die Stopfnadel steckt schmerzhaft in Paulas Daumen. Niemand hat diesen Satz laut ausgesprochen, Paula sieht es an den lachenden Gesichtern. Lediglich in Paulas Kopf tönte diese gruslige Mühlhiasl-Persiflage. Paula schüttelt sie ab – als absurd und völlig verrückt – und leckt sich den blutenden Daumen.

Ein E hat also bestimmt, dass Jele und Konrad zusammengehören. Damit ist alles entschieden. Und für diesen Tag scheint auch alles gesagt zu sein. Lene macht sich samt ihren E auf den Heimweg. Paula schnippelt an Sigis Pullover noch schnell die letzten losen Fäden ab und legt ihn zusammengefaltet auf die Anrichte. Sie will sich hinauf ins Dachkämmerchen verdrücken. Dort warten die Postverwaltungsvorschriften unter der Bettdecke auf sie.

»Is da keiner im Stand, dass er mir ein Bier reinbringt!«, wettert es aus dem Wohnzimmerchen. Alois Spanagl scheint soeben von seinem Brechdurchfall genesen. Paula schiebt die Flasche schon durch den Türspalt, bevor ihr Vater »Sakrament!« anhängen kann. Im Wohnzimmer ist der Fernsehapparat eingeschaltet, über den Bildschirm flimmert Bundeskanzler Brandt. Diarrhöbedingt verderben weniger Rauchschwaden die Sicht, sodass Paula einen Blick auf Brandt und Stoph, beide zusammen an einem Tisch, erhaschen kann.

»In Kassel haben sie sich getroffen und später noch mal in Erfurt«, hatte Großvater Max gestern über seiner Zeitung gebrummt, »geholfen hat das gar nix, die Vopo schießt immer noch auf jeden, der herauswill aus der DDR.«

Berlin und die Mauer verflüchtigen sich schnell aus Paulas Kopf, weil im Dachkämmerchen wieder einmal kein Durchkommen ist. Sie hat im Laufe der Jahre mit allen möglichen Tricks versucht, ihre Seite des Zimmers abzugrenzen – »vor Ellas Plunderlawine«, wie Paula insgeheim die Kleiderberge, die Schminktöpfe und die leeren Kekspackungen bezeichnet, die überall herumliegen. Kreidemarkierungen verwandelten sich dabei ebenso schnell in Staubwölkchen wie Wollfadengeländer in Filzknäuel. Die Spanplatte hielt den Zugangskorridor für Paula gerade mal eine Woche lang offen, dann wurde sie von Ella als Zuschneidetisch für ihre neueste Blusenkreation verwendet.

Der Blusenstoff verstaubt inzwischen unterm Bett, weil Ella nach dem Zuschneiden zum Nähen keine Lust mehr hatte. Das ausgewählte Modell kam Paula ohnehin sehr zierlich vor für Ellas Oberweite. Unter Ellas kreativem Ansturm brach die Spanplatte an drei Stellen durch.

Seit Kurzem begnügt sich Paula damit, den Zustrom von Ellas Habe auf ihre Seite des Zimmers mit einem Besen abzuwehren.

Dieser September ist nach dem kühlen August ungewöhnlich warm, und weil sich in der Dachkammer die Außentemperaturen bis in die dritte Potenz vervielfachen, ist es hier drin zum Ersticken schwül. Das wird sich mit den Oktoberfrösten ändern, und spätestens im Dezember werden an den beiden Dachluken, gegen die sich Schiffsbullaugen wie Panoramafenster ausnehmen, wieder Eisblumen blühen. Statt des Geschichts- und Erdkundebuches wird Paula in diesem Winter die Postordnung zwischen den Fäustlingen halten, und die Texte zu den einzelnen Paragraphen werden hoffentlich in ihrem strickbemützten Kopf haften bleiben.

»Im gesamten Postdienst ist Sorgfalt das oberste Gebot«, hatte der Postrat diesen Morgen die Anwärter belehrt, die nach dem dreimonatigen Außendienst neuen postalen Spezifikationen entgegensahen.

»Dem Postangestellten in der Verteilerstelle wird zu nachtschlafender Zeit vollste Konzentration abverlangt!«

»Bei der Post«, erklärt Paula einer Stubenfliege, die soeben dabei ist, Ellas angebissenes Marmeladenbrot abzulecken, »da fangen sie mit der Ausbildung von hinten an. Als Erstes muss man die Briefe austragen. Als Nächstes muss man sie in der Verteilerstelle sortieren. Und zum Schluss muss man sie am Schalter entgegennehmen.« Die Fliege scheint ziemlich desinteressiert. Trotzdem informiert Paula sie weiter: »Briefe austragen oder sortieren, das ist gar nicht die Arbeit, die wir Beamte vom mittleren Dienst machen müssen. Aber wir müssen wissen, wie das geht. Erst später bekommen wir es mit den Einschreibesachen zu tun, mit den Wertsendungen und den Postanweisungen und was es sonst noch alles gibt.«

»Die erste Schicht in der Verteilerstelle arbeitet von vier Uhr früh bis acht Uhr früh«, hatte der Amtmann an diesem Morgen seinen Anwärtern offenbart. »Es ist bei uns so geregelt, dass jeweils zwei Postbeamte und ein Anwärter eine Schicht besetzen. Die Einteilung machen Sie unter sich aus und tragen das dann in den Schichtdienstplan ein.«

Mira trug sich für die zweite Schicht (von acht Uhr früh bis zwölf Uhr mittags) ein, Paula blieb die erste.

Teil IV

1.

»12. September 1975. Hochwasser, Schlossbach über die Ufer getreten, Großeinsatz der FFW.«
So ist in der Chronik das Geschehen des Tages erwähnt.

»ZWANZIG SANDSÄCKE auf das Vierlbeck-Ufer!«

»Traktorschneise freihalten!«

»Unterspülung der Nordmauer am Schloss! Drei Mann mit Schaufeln!«

»Schaut ganz so aus, als hätt er alles im Griff, der Otto, unser Feuerwehrkommandant«, konstatiert Paula und lupft sich einen Sandsack auf die Schulter.

Ganz Klausenstetten schleppt und schichtet, und wer zu alt ist, schwer zu tragen, so wie die Amalie, der kniet unter dem Kreuz im Herrgottswinkel: »De profundis clamavi ad te, Domine, lass das Regnen aufhören und lass das Wasser versickern, bevor dass es die Vierlbeck alle wegschwemmt und dann die Schredereder, die wo doch eh erst abbrennt sind vor zwölf Jahr und alles neu aufbauen ham müssen, und dass es am End nicht noch unser Schloss wegschwemmt, das wo unser Wahrzeichen is, und den alten Semau, um den wo sich eh keiner kümmert, seit vor zehn Jahr seine Frau gstorben is, und seine Töchter, die lassen sich schon lang nimmer sehn da bei uns.«

Sandsack kann sich Max Simmet keinen mehr aufladen, aber Amalies verwickelte Litaneien anzuhören, das packt er erst recht nicht: »Meinst, dass sich der Herrgott da noch auskennt? Meinst, der versteht, was du von ihm willst, wennst vom Hundertsten ins Tausendste kommst?«

»Ego autem in innocentia mea ingressus sum«, antwortet ihm Amalie andächtig. Da steht Max auf und geht zur Tür: »Ich schau draußen nach, ich könnt doch eigentlich den Bulldog fahrn.«

»Dafür könnens so einen alten Krauterer wie dich nicht brauchen«, besinnt sich Amalie sofort aufs Diesseits. »Was glaubst denn du, wie man da umeinanderrangieren muss! Das kann bloß der Franz, bloß der bringt die schwere Maschin dahin, wo sie auch braucht wird.« Sie macht eine bedeutungsvolle Pause und fügt dann an: »Wenn die Alten nimmer wissen, wo ihr Platz is, dann is nimmer weit!«

»Der Mühlhiasl«, stöhnt Max, »der is mir noch abgangen heut, wo mir eh des große Abräumen schon da ham, das wo uns der Schlossbach besorgt.«

»Oremus«, hebt Amalie wieder an, und Max steigt in die Gummistiefel.

Die aufgeschichteten Sandsäcke lenken bei der Vierlbeck-Kate und am Schredereder-Hof das Hochwasser in die umliegenden Äcker. An dem Schlossturm aber lecken braune Wellen.

Otto Ellerschwang lässt die Arme hängen: »Max, wir können nimmer mehr abdichten, die Sandsäck sind aufbraucht.«

»Simmet«, Karl Semau humpelt durchs Gerinne, »jetzt schwemmts mich davon mitsamt mein Hab und Gut.«

»Solang noch was steht, geben wir nicht auf«, klopft ihm der Max auf die Regenhaut. »Säck brauchen wir!«, ruft er in die Runde. »Leut, rennts heim, holts alle Kartoffelsäck, wo ihr habts.«

»Und einen Sand«, gibt ihm der Otto zu bedenken, »wo nehmen wir einen Sand her?«

»Eins nach dem andern«, winkt Max ab, als Otto schon selbst auf die Lösung kommt: »Sand ham wir keinen. Aber einen Kies ham wir, im alten Steinbruch, ganze Berge ham wir da.«

Paula schließt sich dem Trupp an, der zum Kiesschaufeln in den Steinbruch abkommandiert wird. »Der Regen hat nachgelassen«, sagt Konrad, der neben ihr durchs Dunkel stolpert.

Seine Taschenlampe malt einen diffusen Lichtkreis über seinen Kopf. Sieht aus wie ein Heiligenschein, denkt Paula und kann ein Grinsen nicht unterdrücken. Konrad missdeutet es prompt: »Jetz ham wirs bald geschafft. Wenn von oben nichts mehr runterkommt, fällt der Wasserstand schnell.«

Franz fährt vier Ladungen kiesgefüllter Kartoffelsäcke vom Steinbruch zum Schloss, zwanzig Stück. Dann kommt die Entwarnung.

»Könnts heimgehen, Leut«, gibt der Feuerwehrkommandant ziemlich erschöpft die erhoffte Parole aus. »Beim Schloss is abgedichtet, und in der letzten halben Stund is der Wasserstand drei Zentimeter zurückgangen.«

»Noch niemals vorher hat einer was davon gehört«, regt sich Amalie am späten Abend auf, »dass der Schlossbach übergangen wär.«

»Die Sintflut is auch bloß einmal kommen«, murmelt Max schläfrig.

»Adesto nobis, Domine Deus noster«, antwortet ihm Amalie.

Paula setzt sich an die Herdseite. Sie ist viel zu müde und vor allem viel zu durchgefroren, um jetzt in die feuchte Dachkammer hinaufzugehen. Ein Stündchen rasten, sagt sie sich, da in dem warmen Eck, dann gehts schon wieder.

»Alles, was Haxen hat, hupft seit Stunden um das Vierlbeck-Gfras rum. Und der Herr Feuerwehrkommandant sorgt persönlich dafür, dass es ihr nicht feucht reingeht, der Kräutl-Lies. Grad als ob schad wär um der ihre Bruchbude.« Erna Spanagls Stimme schreckt Paula aus dem Halbschlaf.

Grantig is sie, die Mutter, begreift Paula, weil sie ganz allein war bei der Stallarbeit.

Erna Spanagl lässt darüber niemanden im Zweifel: »Sämtliche Simmet und Spanagl rennen im Dorf umeinander. Dass mir vielleicht ein Gviechert im Stall ham, wo was zum Fressen braucht und wo gmolken wern muss, da dran denkt überhaupts keiner.«

Paula drückt sich tiefer ins warme Eck und macht die Augen wieder zu. Nein, heute bringt sie kein Quäntchen Mitgefühl mehr auf. Kein noch so kleines Krümelchen Mitgefühl für die Kümmernisse der Erna Spanagl, der zweifellos in den vergangenen Jahren übel mitgespielt wurde. Denn, sagt sich Paula mit einem Mal aufmüpfig, wir anderen müssen auch damit zurechtkommen, warum sollten wir also der Mutter dauernd den Kopf hinhalten, damit sie drauf rumhacken kann?

Es hatte sie alle ganz schön gebeutelt vor eineinhalb Jahren, im April '74. Denn in der Karwoche, just am Gründonnerstag, war Alois Spanagl gegen elf Uhr vormittags nach zwei Weißwürsten und drei Halben Bier in den Armen seiner Dorfmetzgerin zusammengebrochen. Sie rief den Notarzt.

Als der Krankenwagen in die Dorfstraße einbog, liefen sämtliche Außenstettener hinter dem heulenden Martinshorn und dem blinkenden Blaulicht her. Keiner hatte was Wichtigeres zu tun. Wer bisher noch nicht gewusst hatte, wo der Spanagl seine freie Zeit verbrachte, der konnte sich jetzt mit eigenen Augen davon überzeugen. Und wer nahe genug herankam, konnte deutlich erkennen, was der Spanagl unter dem dünnen Laken vom Roten Kreuz anhatte, nämlich nichts.

Die Dorfmetzgerin begleitete ihren Liebhaber im Krankenwagen und hielt seine Hand. In der Klinik heftete sie sich an sein Rollbett und ließ es nicht mehr los, bis sie ein kräftiger Pfleger ziemlich grob abschüttelte. Alois Spanagl verschwand in der Intensivstation. Da lag er dann hinter einer dicken Glasscheibe. Für die Dorfmetzgerin war diese Glasscheibe unüberwindlicher als der Eiserne Vorhang. Für Erna Spanagl war sie durchlässig und trotzdem ein Ärgernis.

Dass Alois Spanagl den Karfreitag nicht überlebte, weil den Gerinnseln in seiner Herzkranzarterie nicht beizukommen war, dämmte die Anzüglichkeiten und die Spötteleien der Dörfler nicht im Mindesten ein. Einige feixten sogar noch in die Grube hinein, während sie Weihwasser auf Alois Spanagls Sarg regnen ließen. Auch Paula wurde nicht verschont. Elvira Patter schloss am Friedhof zu ihr auf: »Derbarmst mir schon recht, Paula, an so einer Schand, da tragt man sein Leben lang.«

Endlich sagte der Pfarrer »Amen«, damit die Trauergäste ins Wirtshaus eilen konnten. Alle mampften Schweinebraten und Knödel. Paula sah ihnen zu. Als sich die Patters nach dem dritten Verdauungsschnaps von Paula verabschiedeten, rang sich Elvira gerade mal drei Krokodilstränen ab. Es *waren* Krokodilstränen, kein Zweifel, Paula sah die heuchlerischen Schwaden, die vor Elvira herwehten, ganz deutlich.

»Ja und der Miri«, weinte Elvira, »der tuts ganz furchtbar leid, dass sie nicht mitkommen hat können. Aber das weißt ja, die Miri war für den Ausbildungskurs fest angemeldet, da hätt sie nicht einfach wegbleiben können.«

Paula hatte nur still genickt, sie wusste inzwischen gut genug, dass sich Mira rücksichtslos abseilte, wenn sie irgendwo nicht dabei sein wollte.

Mira interessiert sich nur für sich und scheißt auf alle anderen! Paula schreckt auf und stößt sich den Kopf an der Herdkante. Wie kann sie bloß so garstig über Mira und ihre Eltern denken. Die Patters haben sie doch jahrelang zum Skifahren, zum Wandern und sogar auf eine Bootsfahrt mitgenommen.

»Schon«, flüstert eine Stimme in ihrem Kopf, »aber du warst immer das hässliche Entchen neben der glänzenden Mira.« Paula reibt sich die Stirn, um die Stimme zu vertreiben. Seit Jahren hatte niemand mehr unbefugt in ihrem Kopf gesprochen. Warum jetzt auf einmal?

»Weil du dazulernen musst, Paula, lernen, lernen –«, flüstern ihre Gedanken.

Gut, sagt sich Paula, aber auch meine Meinung zählt. Und sie beginnt zu widersprechen:

Es tut doch nichts zur Sache, denkt sie ungestüm, dass mich Mira durch die Bank in den Schatten stellt. Ich gönn ihr jeden Triumph, jedes neue Paar Ski, jedes schicke Kleid. Ausschlaggebend ist, dass mich die Patters so oft zum Mitkommen eingeladen haben, und das war sehr, sehr großmütig von ihnen.

»War es Großmut oder Selbstgefälligkeit?«, fragt die Stimme frech und fährt unverfroren fort: »Vielleicht wollte Elvira nur Miras blonde Locken mit deinem farb- und trostlosen Strähnhaar in Kontrast bringen, um Mira herausleuchten zu sehen. Zahnspangenbegradigtes Lächeln neben schiefzahnigem Grinsen. Ausgefeilte Slalomschwünge mit wohlgerundeten Waden neben kantigem Wedeln mit Steckenhaxen.«

Und wenn, denkt Paula matt, ich war Miras beste Freundin.

»War«, die Stimme keckert belustigt, »du hast also selbst schon gemerkt, dass Bootsfahrten und Wandertouren der Vergangenheit angehören. Und im Übrigen, Mira legt keinen Wert auf Freunde, Mira will Sklaven.«

Paula seufzt leise. Die Stimme peinigt sie. Die Kante des Hockers, auf dem sie sitzt, drückt unangenehm in ihre Kniekehlen. »Ich steh jetzt auf, geh in meine Dachkammer hinauf und leg mich ins Bett«, murmelt sie und bleibt sitzen.

Die Stimme lacht. »Mira hat Ambitionen«, verkündet sie, »Pläne, in denen Paula nicht vorkommt.«

Paula nickt: Mira hat mehr Freizeit als ich, mehr Ehrgeiz, und das Skifahren liegt ihr halt im Blut. Warum soll sie sich von mir oder sonst jemandem aufhalten lassen?

»Ihre eigene Überheblichkeit wird Mira eines Tages lahmlegen«, sagt die Stimme, und Paula denkt: Mühlhiasl-Geschwätz.

Die Stimme schweigt. »Eingeschnappt«, flüstert Paula erleichtert und versucht sich in eine bequemere Stellung zu ruckeln, vergeblich. Und da spricht auch die Stimme wieder: »Die Patters glauben wohl, Mira könne jeden aus dem Feld schlagen, nachdem sie Ede am Schlossberg davongefahren ist.«

»Halt den Rand«, zischt Paula wütend, weil die Stimme recht hat.

Im Winter '71 meldete Ludwig Patter seine Mira zu verschiedenen Skirennen an. Vor dem ersten Start machte Elvira mit Zeige- und Mittelfinger bereits das V-Zeichen. Nach dem achten Rennen mussten die Patters mit Bestürzung feststellen, dass Mira, anonym im Kollektiv der Rennläufer, jeden Glanz verlor und unter »Ferner liefen« gehandelt wurde. Immerhin brachten ihr die Starts ein paar Kontakte ein, sodass sie sich in verschiedene Ausbildungskurse für Skiübungsleiter drängeln konnte. Unter dem Euphemismus »Ehrenamtliche Jugendarbeit im Skisport« schlug Mira fortan in jedem Winter etliche dienstfreie Tage heraus, bevorzugt in der Zeit vor Weihnachten, wenn es im Postbetrieb hektisch zu werden drohte.

»Paula.« Etwas rüttelt an ihrem Arm. Sie reißt erschrocken die Augen auf. Großvater Max steht vor ihr: »Komm, Paula, setz dich aufs Sofa, da is es grad so warm, aber viel bequemer. Musst ja fix und fertig sein nach derer Tortur im Steinbruch.«

Paula stemmt sich hoch, macht drei Schritte und kuschelt sich in die Sofaecke. Ihre Gedanken treiben zum Sommer '71 zurück.

Im Juni wurden die Anwärter für den mittleren Postdienst aus der Verteilerzentrale letztendlich an die Postschalter geschleust. Drei Monate später schrieben sie ihre Abschlussprüfungen. Paulas Antworten auf sämtliche Prüfungsfragen wurden mit »sehr gut« bewertet. Das hatten die Postpersonaloberräte nicht anders erwartet. Sie stimmten schon länger darin überein, dass Paulas Fähigkeiten am Postkundenschalter vergeudet wären, und beorderten sie in das Vorzimmer des

Postoberamtsrates als dessen Sekretärin. Paula bekam Schreibtisch, Stuhl und Telefonapparat zugewiesen und hatte von Stund an die postinterne Korrespondenz zu bearbeiten und Anrufe für den Postoberrat entgegenzunehmen.

Mira knallte indessen diverse Postwertzeichen, meist in Form von ordinären Briefmarken, auf den Schaltertresen, ihren erschreckten Kunden direkt vor die Nase. Sobald der eingeschüchterte Kunde mit nasser Zunge oder feuchtem Schwämmchen die ergatterte Marke auf seinem Brief fixiert hatte, hackte Mira mit einem Poststempel unwirsch darauf ein.

Ab und zu saßen sie sich mittags in der Kantine miesepetrig gegenüber. Paula war verdrossen, weil sie den Postrat verabscheute, der sich beim Diktieren mit schmierigen Fingern an Paulas Schultern festsaugte. Mira war übellaunig, weil sie jede Form der Unterbrechung ihrer Freizeitaktivitäten hasste.

Es kam das Olympiajahr '72. Allen schlechten Platzierungen zum Trotz hoffte Luwe Patter immer noch, Mira könne eine zweite Rosi Mittermaier werden. Er fuhr mit ihr von einem Trainingslager ins andere.

»Aber da war keiner, der sie bewunderte«, meldet sich auf einmal die Stimme in Paulas Kopf wieder zu Wort, »und deshalb hat sie sich die Paula noch mal aufgewärmt.«

Ja, gibt Paula widerstrebend zu, so war es.

Plötzlich, an einem Freitagmittag, erbot sich Mira, missmutig im Kabeljau stochernd, Paula in einem der Ausbildungskurse für Skilehrer unterzubringen.

»Die Prüfung für den Fachübungsleiter«, sagte Mira, »die schaffst du locker. Und dann kannst du den ganzen Winter lang überall umsonst Lift fahren, und Ski kriegst du vom Verband. Und für jeden Wochenendkurs, den du hältst, gibts einen Fünfziger.«

Das hört sich gar nicht schlecht an, fand Paula und unterschrieb das Anmeldeformular.

»Mira trug das Skilehrerabzeichen schon auf ihrem Anorak, Paula aber nicht«, sagt die Stimme. »Endlich hatte sie wieder einen Bewunderer auf dem Skihang.«

Paula widerspricht ihr nicht.

Aber nach einigen Monaten bekam auch Paula die Plakette. Es gefiel ihr, mit zehn Kindern im Rücken, von denen das erste in der Schlange Paulas Knie umklammerte, quer über den Skihang zu pflügen. Was Paula nicht gefiel, das waren die Kollegen.

»Sie waren alles Killys!«, lacht die Stimme voller Spott.

Nein, das waren sie nicht, aber sie taten so. Paula wollte nicht so tun, als wäre sie Killy.

In der folgenden Saison gab Paula kurz nach Weihnachten dem Verband die Skier zurück, holte ihre alten aus der Scheune, schnallte die Felle an und stieg auf den Klausenstein, um bei der Abfahrt eine einsame Spur in den Schnee zu ziehen. Sie hatte ihre Sachen für die Skiwochenenden ohnehin immer mit einem schlechten Gewissen unter den gekränkten Blicken von Erna Spanagl gepackt und, bereits startbereit, ihr Gezeter über sich ergehen lassen müssen: »Die daheim wissen nimmer ein und aus vor lauter Arbeit, aber das interessiert ja das Fräulein Paula nicht. Das Fräulein Paula fährt zum Skifahrn, das feine Fräulein hats nicht nötig, dass sie daheim mit hinlangt.«

Paula hatte sich angewöhnt, sich während Ernas Tiraden selbst gut zuzureden. Sie versicherte sich, dass sie im Sommer sowieso jede freie Minute auf dem Hof mithalf, dass im Winter Franz und Erna Spanagl gut einmal ein Wochenende allein zurechtkämen, Großmutter nicht zu vergessen, die im Haus noch kräftig hinlangte, und dass sie, Paula, doch wohl Anspruch auf ein wenig Freizeit hätte.

Wegen Ernas ständiger Vorhaltungen hatte Paula kurzzeitig mit dem Gedanken gespielt, in Hohenstetten ein kleines Apartment ganz für sich allein zu mieten. Sie hatte sogar in einem Wohnblock hinter dem Ursulinenkloster eine Neunundzwanzig-Quadratmeter-Wohnung mit Kochnische und Bad besichtigt. Nicht dass sie nicht erschwinglich gewesen wäre, diese – von Ellas Plunder und Ernas Aufträgen unangefochtene – Bleibe im vierten Stock. Nachdem Paula als Postinspektor z.A. in eine solide Besoldungsgruppe vorgedrungen war, hätte sie die Mietkosten dafür leicht aufbringen können.

Aber wäre es nicht egoistisch und anmaßend, sagte sich Paula, die Feierabende lesend auf dem Sofa zu vertun, während die Spanagl-Simmets in Klausenstetten zwischen Stall und Milchkammer pendelten und Max womöglich den Schusterhammer, der ihm ohnehin schon schwer in der Hand lag, im Stich lassen musste, weil in jedem Eck ein paar Hände fehlten? Auch wenn Paula der Meinung war, dass Franz statt Zündschlüssel und Schaltknüppel einmal eine primitive Heugabel anfassen könnte und dass Ella statt zu Mascarastift und Puderquaste zum Melkeimer greifen sollte, was half das? Sie taten es nicht. Heugabel und Melkeimer blieben an den Großeltern hängen, was Paula den ganzen Spaß an ihrer Lektüre vergällen würde.

Zudem würde Erna Spanagl es Paula niemals verzeihen, wenn sie ein gutes Drittel ihres postalen Gehaltes einer Wohnungsbaugesellschaft in den Rachen stopfte, statt es weiterhin auf die Anrichte in der Simmet-Spanagl-Küche zu legen.

Somit verwarf Paula den Gedanken, in der Stadt Asyl zu suchen, und die Skikurse in Sankt Englmar warf sie hinterher. Das Frühjahr '74 brachte sie mit Kartoffelstecken, Bödenscheuern und Sigis Rechenaufgaben hin.

2.

»MAX!« Paula öffnet die Augen, Edes Stimme, unverkennbar. »Max, hast du noch den alten Kahn und die zwei Paddel in deinem Stadel?«

»Müsst noch da sein, das Zeug«, antwortet Max. »Möchst ausprobiern, ob der Kahn schwimmt um halb elf bei der Nacht?«

»Ich bräucht ein Boot für einen Rettungseinsatz«, erklärt Ede.

»Was is denn jetz wieder gschehn?«, fragt Max alarmiert. Paula spitzt die Ohren.

»Na ja«, meint Ede, »die Katz vom alten Semau, die sitzt aufm Ahornbaum, und drumrum stehts Wasser fast einen Meter tief. Ich muss die Katz aus der Seenot retten.«

Paula versteckt ihr Gesicht in der Armbeuge, damit sie keiner grinsen sieht.

»Ede«, sagt Max ernst, »morgen früh is das Wasser abglaufen, und dann kommt die Katz ganz von allein von dem Baum runter. Sie marschiert über die Wies, springt beim Semau zum Küchenfenster rein und schleckt die Milch, wo er ihr jeden Tag hinstellt. Wird nicht das erste Mal sein, dass sie auf einem Baum übernachtet.«

»Aber im Moment«, widerspricht ihm Ede, »jetz grad in dem Moment, is sie in akuter Seenot, und ich hol sie raus.«

Max schüttelt den Kopf und gibt sich geschlagen: »Wennst unbedingt meinst, dann paddelst halt über die Wies und kraxelst auf den Baum, und dann kannst ja die Katz mal fragen, ob sie mit dir mitgehn will.«

Ede stürmt bereits zur Tür: »Dank schön, Max, ich find den Kahn schon.«

Amals Stimme bringt ihn abrupt zum Stehen: »Müssts ihr nicht die Futterkartoffeln umschichten? Bei euch is doch heut Nachmittag das Wasser im Keller gstanden.«

»Die Mutter und die Jele sind gleich fertig«, ruft Ede über die Schulter zurück und wetzt nach draußen.

»Da wird die Lene wieder eine Freud haben«, seufzt Amalie. Indessen hat Max das Fenster geöffnet und ruft nun in die Dunkelheit:

»Ede, nimm dir einen Strick mit, damit du den Kahn anbinden kannst. Sonst schwimmt er dir davon, und du hockst samt der Katz bis morgen früh auf dem Baum oben.« Keine Antwort. Max schließt das Fenster und murmelt: »Damischer Jahrgang, damischer – ich geh ins Bett.«

Paula drückt sich tiefer in die Sofaecke. Ein Viertelstündchen noch, denkt sie, driftet wieder ins Frühjahr '74 zurück und bleibt in der Karwoche hängen. Am Karfreitag hatte Alois Spanagl hinter der Glasscheibe der Intensivstation den letzten Atemzug getan. Für den Osterdienstag war seine Beerdigung angesetzt.

Die Trauergäste, die Alois Spanagl auf seinem letzten Gang begleitet und sich danach im Wirtshaus versammelt hatten, verliefen sich nach den üblichen zwei Stunden. Nur die Kameraden der FFW hielten sich eisern an ihren Halbegläsern fest. Max hatte sie zum Leichenschmaus einladen müssen, weil sie nicht vom Grab gewichen waren, bis der letzte Klausenstettener sein Schäufelchen voll Erde auf den Sarg geworfen hatte. Sie standen eine gute Stunde lang stramm, und diese Ehrenbezeigung galt Max, ihrem unvergessenen Kommandanten, nicht dessen verblichenem Schwiegersohn, so viel war klar. Denn Alois Spanagl konnte zu Lebzeiten eine Feuerspritze nicht von einer Melkmaschine unterscheiden.

Den Kameraden schmeckte das Bier an diesem Osterdienstag. Schnell verdunstete aus ihren Köpfen, weshalb sie volle Gläser hatten. Um den Spanagl, den Hallodri, trauerte sowieso keiner von ihnen. Sie kannten ihn ja kaum, wussten bloß, dass er ein Hurenbock gewesen war und in seinem ganzen Leben nichts Ordentliches geleistet hatte. Heute verdankten sie ihm Freibier ohne Limit. »Dann weichen wir ihn halt ein, den Spanagl, prost, Kameraden.«

Prost, prost und noch mal prost. Sie begannen, sich Witze zu erzählen, ordinäre Witze.

Im Halbschlaf, dort im warmen Sofaeck, erinnert sich Paula, wie sich Ede Schredereders helles Gelächter zwei Oktaven über das der anderen schwang. Wie es doppelt so lang andauerte und noch zwei-, dreimal aufflackerte, nachdem die Pointe schon längst kalt war.

Es war der Schredereder Lene überhaupt nicht recht gewesen, dass sich Ede zum aktiven Dienst bei der Feuerwehr gemeldet hatte: »Lieber kehrt er Ruß und Dreck zamm bei andere Leut«, hatte Lene gewettert, »als dass er auf dem eigenen Hof einen Heugabelstiel anlangt. Mir ham schon so viel Geld in den Fuhrpark von der Feuerwehr reingsteckt, da muss das nicht auch noch sein, dass der Ede alles stehn und liegen lässt, kaum dass er die Sirene hört.« Direkt verbieten konnte ihm die Lene den Beitritt zum aktiven Dienst nicht. Wie hätte sie denn dagestanden vor den Klausenstettenern, sie, die Fahnenmutter der Feuerwehr?

Was aber Lene ihrem Sohn im Frühwinter '74 rigoros untersagte – und dabei interessierte es sie nicht die Bohne, dass er bald volljährig sein würde –, war der depperte Skizirkus, wie sie Miras Hobby nannte. Lenes Interdikt nützte gar nichts. Sie konnte Ede nicht einsperren, und deshalb hopste er, sobald Mira mit dem kleinen Finger schnippte, in Luwes VW und verbrachte den Tag mit ihr auf der Skipiste. Wenn Mira allerdings übers Wochenende verreiste, nach Großarl oder nach Ischgl, dann musste Ede die Sache abschreiben. Und Lene musste ihn erst recht abschreiben. Am Samstag trödelte er herum, brachte noch weniger zustande als sonst, und am Sonntag schnallte er sich die Felle an seine Ski und watete den Klausenstein hinauf, wo er an einem Januarsonntag '75 erstmals auf

Paula traf, die, einen Brotkanten in der Backe, gerade ihre Skibindung in Abfahrtsstellung brachte.

Ihre Abfahrten im Tiefschnee des Klausenstein waren ein einziger Jubelschrei. Bei Bruchharsch waren sie mörderisch: Die Stahlkanten brachen durch die dünne Eisschicht, und die Ski blieben im darunterliegenden Pulverschnee stecken. Das Gesetz der Trägheit riss Paula und Ede gleichermaßen um. Ihre Nasen schrammten die Eisschicht entlang, ihre Waden wurden schmerzhaft lang gezogen.

Meist blieb Paula Sieger, wenn sie sich bei der Abfahrt einen Wettkampf lieferten, weil sich Ede einfach nicht merken konnte, dass im unteren Drittel – genau in der Mulde, in der das Dach vom Doktorhaus sichtbar wurde – ein breiter Graben den Hang zweiteilte. Es kostete den Sieg und, falls die Bindung auslöste, eine gute Viertelstunde für die Skibergung, wenn man vergaß, diesen Graben leicht schräg anzufahren und die Geschwindigkeit dem Gelände genau anzupassen. Wer zu schnell war, bohrte seine Skispitzen in die Gegenböschung, wer zu langsam war, versackte im Graben.

Paula überkommt ein Lächeln in ihrer Sofaecke, als ihr einfällt, wie sie in der Schusterwerkstatt Tourenskier gebastelt haben, sie und der Großvater. Max, stracks auf die siebzig zusteuernd, suchte die Schusterwerkstatt nur noch sporadisch auf und nie für lange. Im Spätherbst '74 machte er Paulas wegen eine Ausnahme.

Die Abfahrtsski von Völkl taugten nicht für einen langen Aufstieg, weil sie viel zu starr waren. Und, was noch bedeutend mehr ins Gewicht fiel, sie hatten die falsche Bindung. Beim Aufstieg mit Skiern muss die Ferse Bewegungsfreiheit haben. Bei der Abfahrt darf sie festsitzen.

Paula tauschte bei Völkl ihre Abfahrtsski gegen zwei alte Holzbrettl ohne Bindung aus den Fünfzigern, und Max kramte aus einer Schachtel mit Restbeständen von Schuhschnallen und Zierknöpfen eine Kandahar-Zugbindung aus dem letzten Krieg hervor. Die Montage dauerte gut zwei Stunden, aber dann saß die Bindung perfekt. Sie hielt den Schuh samt Ferse, wenn sie eingehakt war, sie gab der Ferse Spiel, wenn man den hinteren Riemen aus zwei Ösen löste. Zu Paulas großem Erstaunen brachte Max auch Steigfelle zum Vorschein: »Die Gebirgsjäger ham sowas ghabt im Krieg! Die da hat mir mal einer angeboten in der schlechten Zeit. Der hat gmeint, so Felle wärn doch ganz bärig für einen Besatz auf Stiefel drauf, und für ein kleines Sackl Kartoffeln tät er mir sie lassen. Dreißig Jahr lang sinds jetz in der ausrangierten Kredenz drin gwesen, bis heut.« Max grinste und schnitt die Felle auf die richtige Länge zu. Dann nietete er am hinteren Ende einen flachen Haken an und nähte vorne eine Gummilasche auf. Nun konnte Paula ihren Skiern die Felle anprobieren: Sie zog die Lasche über die Skispitze, spannte das Fell und hängte am Skiende den Haken ein. Sie passten.

Zwei volle Stunden allein mit Max in der Schusterwerkstatt, seine Geschicklichkeit und sein Interesse nur für sie reserviert, das hatte es für Paula noch nie gegeben. Sie nutzte die Zeit. Max' Geschichten und Max' Ansichten waren Paula wichtig. Alles, was Max sagte, schien ihr ehrlich, wahr und recht. Max war keiner, der ohne nachzudenken mit der Herde brüllte. Max war einer, der weiß sagte, wenn er weiß sah, selbst wenn ganz Klausenstetten schwarz skandierte.

»Motta Alfredo, Milano, Italia, Fanny ECD«, entzifferte Paula auf einem Lederrest aus dem untersten Kredenzfach.

»Geh, zeig.« Max befühlte das geschmeidige Stück. »Fast noch wie neu, und so elegant, beige mit Streublümchen. Das is aus den Fünfzigern. Tanzschuh für die Semau-Töchter hab ich draus gmacht! Wie ham jetz die immer gsagt zu dem Muster: Mil... mil...«

»Millefleurs«, half Paula aus.

»Jawohl, genauso hams gsagt. Das Gschau hams kriegt mit die Schuh, die Semau-Madeln. Ihre Mutter, die Frau vom Karl, hat sich auch solche bestellt. Die hams in München beim Filmball anghabt, wo damals eine Eintrittskarten mehr kost hat als wie fünf Paar Holzhauerstiefel. Die Semau-Madeln«, Max lachte, »die ham nix auslassen, die zwei, wollten hoch hinaus. Im Dorf hats denen überhaupt nicht passt. Keine Ruh hams geben, bis ihnen der Karl in München eine Wohnung kauft hat. Da sinds dann weg, und nimmer sinds herkommen auf Klausenstetten. Die Frau Semau is eine Zeit lang hin- und hergfahren, aber lang hats nicht dauert, da is sie auch für ganz in München blieben. Hab ich meine Ruh, hat der Karl da gsagt, is auch was wert.«

Max ölte eine Federspirale im Zughebel der Bindung und kam wieder aufs Schusterhandwerk zu sprechen: »Nach dem Krieg wars bald aus mit dem Schuhmachen. Auf einmal hats Schuh vom Fließband geben. Gegen eine Maschin kommst halt nicht an mit der Handarbeit. Aber, das sag ich dir, weniger is die Arbeit in der Werkstatt deswegen überhaupt nicht worden. Die Tür hams mir eingrannt, weil bei die Fabrikschuh ständig Näht aufplatzt sind, und die Absätz warn schon schief glaufen, wennst so einen Schuh bloß ein einzigs Mal zum Kirchgehn anzogen hast. Hat halt alles sein Für und Wider.«

Max massierte Hirschtalg in den Lederriemen der Bindung und fuhr fort: »Damals bin ich mit dem Repariern nimmer nachkommen, und da hab ich mir dacht, ich sollt mir einen Gselln anlernen. Wann war das jetz gleich, wo ich den Toni eingstellt hab?«

Max überlegte und knetete das Leder. »In dem Jahr, wo der Churchill zurücktreten is, wars, '55, ja genau. Da wollt ich den Vierlbeck Toni anlernen, den Bruder von der Kräuter-Liesl. Der Toni war fünfzehn Jahr alt, grad richtig für einen Schusterlehrbub. Und ich hab mir dacht, probierst es mit ihm. Aber komisch is das schon, die Vierlbeck-Buben, die ham wirklich zwei linke Händ, und da hams noch lauter Daumen dran. Die sind keine Unrechten, gwiss nicht, aber den Toni, Paula, den hab ich wieder wegtan, weil der mir mehr verpfuscht hat als wie gholfen.«

Max fädelte den Riemen durch die Halterung am Ski. »Furchtbar zwider is mir das gwesen, wie ichs der Liesl ihrer Mutter sagen hab müssen. Noch heut seh ich sie vor mir, wie sie mich damals angschaut hat. Du bist auch so einer, hat sie sich dacht, der wo die Vierlbeck nicht hochkommen lasst, mit Gewalt nicht. Dabei hätt ichs dem Buben wirklich gut gemeint. Aber Hornochs, der ich war, hab ich den Vierlbeck damit das Wasser noch mehr abgraben. Das kannst dir gar nicht vorstellen, Paula, wie sich wieder alle das Maul zerrissen ham. Dass die Vierlbeck ein Gsocks sind, hats gheißen, für das wo die Luft zu schad is zum Einschnaufen.«

Paula konnte sich gut ausmalen, welche Rolle Großmutter Amalie in dieser speziellen Rufmordkampagne gegen die Vierlbecks gespielt hatte. Sie konnte Amalies Worte deutlich hören: »Die Vierlbeck sind immer schon Dreckschleudern gwesen, Kräuter hin, Kräuter her. Recht ham die Klausenstettener ghabt, wie sie die Vierlbeck-Hebamm davongjagt ham in den Zwanzigern, die wo das halbe Dorf ausgrott hat, weil sie das Kindbettfieber von Haus zu Haus tragen hat mit ihre grindigen Händ, und da hat dann kein Kraut mehr gholfen dagegen.«

»Aber das sag ich dir, Paula«, redete Max indessen weiter und klopfte nebenbei den Fellrand geschmeidig, »meinen letzten Schusternagel tät ich dafür verwetten, dass es was gibt, was die Vierlbeck-Buben richtig gut können. Sie ham bloß noch nicht rausgfunden, was. Die Vierlbeck-Frauen dagegen, die kennen ihre Begabung schon seit Jahrhunderten. Die ham ein Wissen, an das kann keiner von uns hin, gar keiner. Wenn wir die Vierlbeck-Kräutlerinnen nicht gehabt hätten in der frühen Zeit, wer weiß, obs das Dorf noch gäb.«

Max sah seiner Enkelin in die Augen: »Hört sich verrückt an, aber das Wissen der Kräuterfrauen ist der eigentliche Grund, warum die Vierlbeck im Dorf so schlecht angschrieben sind.« Er wedelte mit dem Schusterhammer vor Paulas Pickelnase: »Sie kennen Geheimnisse! Sie wissen Sachen über den einen und andern, wo der selber ganz schnell vergessen hat.«

Er legte den Hammer beiseite und reichte Paula das Fell. Sie spannte es auf den Ski. »Nimm den Selch«, sagte Max währenddessen, »den Herrn Oberlehrer, der tät die Kräuter-Liesl am liebsten auf dem Scheiterhaufen brennen sehn. Und warum? Weil er sie gut zehn Jahr lang jede Woch in sein Haus bestellt hat. Mal hat sie dem Konrad die Platzwunden zuschmieren müssen mit ihrer Brennnesselsalben, mal dem Selch seiner Frau ein Kräutersackl auf die Blutergüss legen. Die Kräuter-Liesl hat jedes Mal in Ordnung bracht, was der Selch angricht ghabt hat, und sie hat den Mund ghalten. Ihr war nämlich klar, dass es keinem was nützt, wenn sie ihn anzeigt. Darum hat ja der Selch auch nie den Doktor Hartmann gholt, wenn er wieder mal zugschlagen ghabt hat. Denn *der* hätt ihn anzeigt, und dann wär der Selch mitsamt sein Tatzensteckerl ganz schnell weg gwesen vom Lehrerpult. Und der Konrad und seine Mutter wärn dagstanden ohne was. Der Hartmann hätt die zwei nicht durchgfüttert.«

Paulas Tourenausrüstung war fertig, und Max trollte sich in die Küche aufs Sofa, das Lene Schredereder zu drei Vierteln einnahm: »Was wirst denn du so emsig macheln, da draußen in der Werkstatt?«

»Der find immer was zum Murksen«, kam es von Amalie, bevor Max auch nur den Mund aufbrachte. »Aber das hat jetz ein End, dass jeder mit seine ausgfransten Latschen daherkommt, und der Max, der richts umsonst, weil er eh in der Rente is.«

»Willst ihm die Händ auf den Buckel binden?«, tätschelte Lene Max' schwieligen Daumen. Das konnte Amalie überhaupt nicht haben, und als Retourkutsche zeigte sie Lene, wer diejenige mit Bildung war: »Angelus Domini descendit de caelo et dixit!« Was der Engel nach Amalies Meinung zum Thema Ruhestand zu sagen hatte, musste sie in deutscher Sprache vorbringen, weil dieser Text in der Liturgie nicht vorgesehen war: »Die Schusterwerkstatt kommt weg! Lene, mir baun um! Mitten in der Nacht is der Erna der Gedanke kommen, als wie wenn ihn ihr der Engel des Herrn eingeben hätt. Für die Werkstatt vom Max, die wo er eh nimmer braucht, kriegen wir ein großes Wohnzimmer, der Max und ich. Und weil das so groß gar nicht sein muss, kriegen wir ein extra Bad und ein Klo.«

Lene schaute angemessen beeindruckt drein und begann wieder zu tätscheln: »Wird dir guttun, Max, dir und der Amalie, wenns euer eigenes Reich habts.«

Amalie reichte ihr eine halbe Mohnschnecke, damit sie die Finger von Max ließ.

»Was wird denn nachher aus dem ganzen Werkzeug vom Max?«, fragte Lene mit vollem Mund.

»Für die Stanzmaschin und die Maschin zum Lederspannen und für das, was mir halt sonst noch aufheben wollen von dem Graffel, da hat der Franz im Stadel ein Eck ausgräumt. Brauchen wird das keiner mehr, aber zum Wegtun is es auch zu schad.«

Lene nickte: »Im Stadel liegts gut.«

»Wir kriegen ein Wohnzimmer mit Panoramafenster und ein Bad mit Brausekabine«, brüstete sich Amalie. »Gleich im Frühjahr packen wirs an.«

»Kann man sich da stundenlang überhaupt nimmer rühren, wenn man fünf oder sechs Sandsackl zum Schlossbach runtertragen hat?«, schnappt Erna Spanagl zur Sofaecke hin, wo sich Paula mühsam in die Gegenwart zurückhievt.

»Den ganzen Wirbel«, blafft die Spanaglin, »den hätts überhaupt nicht braucht. Der Schlossbach, der steht nicht höher wie sonst auch. Aber Leut gibts, die können einfach keine Ruh geben, bis nicht alles rebellisch gmacht is.«

Paula schaut sich erstaunt um: Lässt sich Max das bieten? Außer Erna ist niemand zu sehen. Max und Amalie sind längst zu Bett gegangen. Auch die Mutter ist im Nachthemd und hält ein Glas Wasser in der Hand. Sie hatte sich wohl ebenfalls schon schlafen gelegt und ist jetzt in die Küche zurückgekommen, um eine Kopfschmerztablette zu schlucken.

Es muss auf Mitternacht zugehen, denkt Paula. Höchste Zeit, endlich in die Dachkammer hinaufzusteigen. Sie steht auf, schüttelt die Sofakissen in Form und wendet sich zur Tür. Aber Paula kommt nicht weit. Erna will die Gunst der Stunde nutzen, um noch ein Quantum Bosheit loszuwerden. Vielleicht hofft sie, damit ihren Kopfschmerzen mehr beizukommen als mit einer Tablette.

»Und morgen«, keift die Spanaglin, steht groß in der Zeitung, dass die Freiwillige Feuerwehr ganz Klausenstetten vor dem Untergang bewahrt hat, als ob der Ellerschwang Otto persönlich die Sintflut aufghalten hätt.«

Paula lässt sich wieder aufs Sofa sinken. Ihre Mutter belfert unbeirrt weiter: »Und übermorgen, da stehts dann in der Chronik, was sie für Helden sind, die von –«

Erna Spanagls Worte rauschen an Paulas Ohren vorbei, als würde sie der Schlossbach weiter und weiter spülen. Sie schreckt erst wieder auf, als Ernas Ton plötzlich von giftig zu hämisch wechselt: »Wenigstens habts die Gummistiefel nicht umsonst rausgholt, die könnts morgen brauchen auf dem Weg in die Kirch. Ein Paar weiße wärn recht, für die Braut, die Satinpatscherl wirds ihr nämlich aufweichen, und die Kranzeljungfrauen werden braune Sprenkler kriegen aufs gelbe Röckerl.« Und damit fegt Erna Spanagl aus der Küche.

Paula bettet den Kopf aufs eben aufgeschüttelte Kissen, döst wieder ein und träumt sich etliche Monate zurück.

3.

MITTE APRIL '75, als Alois Spanagl bereits ein ganzes Jahr unter der Erde lag, am Schlossberg die Buschwindröschen wieder blühten und Paula ihre Skier gereinigt und geölt, in einem Kartoffelsack eingeschlagen, auf dem Heuboden verstaut hatte, fuhr Mira an einem Freitagnachmittag in ihrem VW-Käfer am Schredereder-Hof vor. Sie trug einen modernen Skianzug und eine Sonnenbrille. Von Miras Skiständer blinkte die neue Silvretta-Tourenbindung.

Paula bog mit einer Schubkarre voll abgeschlagenem Wandputz aus der Schusterwerkstatt auf den Schredereder-Hof ein. Sie wollte den Schutt als Füllmaterial in die ausgefahrene Traktorspur kippen.

Mira winkte blasiert in Richtung Klausenstein, der grün herüberleuchtete: »Is nix mehr mit den Touren am Hausbergl.«

»Und wo tust du hin?«, fragte Paula.

»Saisonabschlussfahrt! Skitour auf den Similaun für die Ehrenamtlichen vom Skiclub.«

»Nicht übel! Und ein Wetterl habts euch ausgsucht!« Paula wischte sich mit dem Arbeitshandschuh einen Mörtelstreifen quer über die Stirn.

Als sie Mira und den VW wieder in den Blick bekam, blinkte ein zweites Paar Silvretta 400 vom Skiständer, und Ede liebäugelte mit dem Fahrersitz.

»Da wird ihm der Schnabel sauber bleiben«, prognostizierte Paula und schmunzelt ein Vierteljahr später in ihrer Sofaecke darüber, wie Ede unwirsch auf den Beifahrersitz zitiert wurde.

Paula glaubte zuerst, sie hätte es Ede zu verdanken, dass Mira in der kommenden Woche in ihrem Amtsvorzimmer auftauchte.

Den gemeinsamen miesepetrigen Mittagessen waren in der letzten Zeit gleichermaßen einsame gefolgt, weil Mira von einem Tag auf den anderen und ohne ein Wort darüber zu verlieren, keinen Fuß mehr in die Kantine gesetzt hatte. Außer einem »Servus« im Korridor hatten sie wochenlang kaum ein Wort zueinander gesagt.

Einmal, an einem Samstag, waren sie zufällig in der Geschäftsstraße von Hohenstetten zusammengetroffen. Sie gingen ein paar Schritte gemeinsam, dann blieb Mira bei Samson-Sport stehen. Sie vergaß Paula, betrat den Laden und schnupperte wie ein Hund auf Hasenfährte an den Regalen entlang. Paula folgte ihr und streunte ein Weilchen zwischen Anoraks und Flanellhemden herum, weil sie nicht ohne Abschiedswort verschwinden wollte wie ein Geist in der Flasche. Sie stöberte dort und da und legte im Kopf eine Liste von Dingen an, die ausgesprochen zweckdienlich wären, so wie die Teleskop-Skistöcke, die Mira soeben in engere Wahl zog. Für Paulas Budget kamen sie nicht infrage, denn ihr Gehalt floss gut zur Hälfte in den Simmet-Hof, und von der anderen Hälfte beanspruchte der Bausparvertrag, den sie bei Wüstenrot abgeschlossen hatte, einen erklecklichen Anteil.

Paula überlegte, ob sie nicht doch einfach gehen sollte. Aber das ließ ihr Taktgefühl nicht zu.

Wozu soll ich bleiben?, kämpfte Paula dagegen an. Was könnte ich mit Mira bereden, wenn die sich endlich von den Skistöcken loseist und den Laden verlässt?

Sie suchte zwischen den Schafwoll-Fäustlingen nach einem gemeinsamen Interessensfädchen, um daran anzuknüpfen. Aber sie konnte keines finden, weil Mira tagein, tagaus ihren Passionen nachjagte und Paula ihren Obliegenheiten. Wie ließe sich beides vereinen?

Hinter den Isomatten fragte sich Paula dann, wie in aller Welt Mira so viele dienstfreie Tage herausschlagen konnte und wie in aller Welt es sein konnte, dass Elvira nicht nur Miras

Wäsche wusch und bügelte, ihr Zimmer putzte und ihr Bett bezog, sondern auch noch Miras VW-Käfer sauber saugte, den Luwe zuvor schaumgebadet hatte.

Inzwischen hatte Mira einen der Verkäufer in ein Gespräch über verschiedene Skiwachssorten verwickelt. Da ging Paula ihrer Wege.

An dem Apriltag ’75, an dem Mira plötzlich in Paulas Büro stand, klopfte sie mit spitzem Zeigefinger auf den Stapel Personalakten, den Paula soeben für den Oberamtsrat vorbereitet hatte. Paula zuckte zusammen. Miras Fingernagel traf punktgenau auf das P von Patter, denn Miras Personalakte lag ganz obenauf. Unter dem Aktendeckel befand sich eine Beurteilung, die Miras längst fällige Beförderung noch eine Weile hinauszögern würde.

Aber Mira schenkte dem Grünkartonierten unter ihrem Fingernagel keinen einzigen Blick: »Nächstes Wochenende fahrn wir ins Sellrain auf die Fotscher Skihütte, den Wildkopf wollen wir machen, könnst mitfahrn.«

»Wer – äh, fährt?«, gurgelte es aus Paula heraus.

Mira pochte ungeduldig auf geduldige Pappe: »Na ich halt und der Ede.«

»Aha«, stotterte Paula und »Ah ja«, bis es Mira reichte.

»Also am Freitag in der Früh um halb sechs.« Die Tür schnappte zu, und Paula füllte für den kommenden Freitag ein Urlaubsgesuch aus.

Von da an fuhren sie jedes Wochenende. Ab Mitte Mai gondelten Ludwig und Elvira Patter in ihrem Opel samt Wohnwagenanhänger hinter dem VW-Käfer her. Im Tal und an den Südhängen trockneten die Wanderwege, und die Patters konnten ihre Ferngläser auf die Spuren ihrer Miri im Tiefschnee heften.

»Also ein Talent fürs Skifahren musst du schon haben, Paula«, räumte Elvira kopfschüttelnd ein, »dass du die steilen Häng da überhaupt runterkommst mit deinem selberbastelten Krempel. Aber ehrlich gsagt, Paula, mir sind froh, dass du überhaupt eine Ausrüstung hast für die Skitouren und dass du mitkannst mit die zwei! Wir, wir hätten die nämlich nicht allein miteinander fortfahren lassen. Das wär überhaupt nicht in Frage kommen, weil sich das nicht ghört, da sin wir nämlich altmodisch.«

Für die zweite Maihälfte suchte Luwe die schneesicheren Nordabfahrten der österreichischen Alpen aus den Skitourenführern heraus. Im Juni blieben ihnen noch ein, zwei steile Schatten-Kare im Wilden Kaiser, wo an den Südflanken bereits die Kletterer ihre Seile einhängten. Dann war es endgültig vorbei mit dem Schnee und mit Lenes Langmut: »Ein einziges Mal noch wenn der Ede die Ski auf das Auto schnallt heuer«, ergrimmte sie sich in der Simmet-Spanagl-Küche, und Paula sperrte die Ohren auf vor dem Spülbecken, »dann kann er drinbleiben in die Berg, dann braucht er sich überhaupt nimmer sehn lassen auf dem Hof, der Vagabund. Die Jele mit ihre zwei Bodscherl am Rockzipfel, die is eine ganze Woch lang beim Kartoffelstecken draußen gewesen, weil der zukünftige Hofherr an seine Ausrüstung hinbiezeln muss, dass gwiss alles gricht is fürs Wochenende.«

»Da hast dir ein Früchterl herzogen.« Amal kannte keine Gnade. »Sag einmal, warum gibst denn nicht doch der Jele den Hof, solangst es noch in der Hand hast?«

»Geh, Amal«, Lene wirkte geradezu angewidert, »das ham wir jetz schon oft gnug beredet. Der Bub hat nix glernt, der braucht das Sach.«

»Flectamus genua«, sagte Amalie, »Demut und Hingabe an die Wege des Herrn.«

»Hart is das für einen Menschen«, kam es da von Max, »wenn er nicht hinkann, wos ihn hinzieht. Sein Leben lang reißts ihn da zwischen dem Wollen und dem Müssen hin und her, und das kost ihn seine ganze Kraft.«

»Max«, Lene setzte zu diesem ominösen Tätscheln an, das ihr von Amalie einen verbalen Arschtritt eintragen würde:

»Max, sollst eh recht haben, aber von dem, da wo es den Ede hinzieht, da kann man nicht leben. Brauchst es gar nicht in Mund nehmen, das Wort«, fuhr sie Max in die Rede, bevor er einen Ton herausbrachte, »ein Bauer vom Schredereder-Hof frettet sich nicht als ein Skilehrer dahin, basta.«

»Schuster, bleib bei deinen Leisten«, gab ihr Amalie recht und holte dann aus: »Manchmal fragt man sich bei einem Kind, obs nicht gscheiter gwesen wär, man hätt die Nachgeburt aufzogen.«

»Mühlhiasl?«, flüsterte Sigi im Hereinkommen in Paulas Ohr.

»Volksmund«, blinzelte sie zurück und grinste.

Max funkelte seine Frau an, als bei Lene plötzlich Tränen strömten.

Diese Tränen waren keine angemessene Antwort auf Amalies Spitze. Deshalb wussten die Simmets und Spanagls in der Küche sofort, dass Lene noch etwas weit Schlimmeres bedrückte als ein missratener Ede.

»Ja, Lenerl«, täschelte Max nun seinerseits, was ihm ein klobiges Buchenscheit auf den Filzpantoffel eintrug, in dem die Zehen des rechten Fußes steckten. Er schluckte einen Fluch, tätschelte weiter und klaubte Silbe für Silbe aus Lene heraus: »Wo sie so gutmütig is, die Jele, und der schlagt sie. Wer hätt denn so was denkt von dem Konrad, so still, wie der immer war.«

Paula spürt nach all den Wochen noch, wie ihr bei Lenes Worten der Topfdeckel aus der Hand fiel und ins fettige Spülwasser zurückklatschte.

Die Vereinigung der beiden E unterschiedlicher Herkunft, mit der alle schon so lang gerechnet hatten, war im September '72 von Pfarrer Rose gesegnet, gesalbt und gebilligt worden.

Tags zuvor hatte Konrad die Folterkammer geräumt. Käfige, Stricke und blutbefleckte Bretter verbrannte er, die Werkzeuge warf er in den Schlossbach, wo sie nach und nach von der Vierlbeck-Brut herausgefischt wurden. Er verteilte einen Eimer voll Asche auf dem Fußboden des Kabuffs und wirbelte die Flocken mit einem Besen auf, bis alles staubig und längst verlassen aussah.

Im folgenden März entband Jele ein Siebenmonatskind, das erstaunlich gut ausgewachsen war. In den Siebzigern war so etwas keine Affäre mehr, und Lene hätte darüber kein Wort verlieren müssen. Sie brachte es aber glatt fertig, zu behaupten, das Kind selbst hätte sich den Monat März ausgesucht, weil er den glückbringenden E näher steht als der April oder der Mai – in der gesprochenen Sprache jedenfalls.

»Miserere nobis, Erbarmen«, sagte Amalie.

Paula hatte Jele eine Woche nach der Entbindung aus dem Krankenhaus abgeholt, weil es sich Konrad nicht leisten konnte, seinem Turm rückständiger Steuerbescheide weitere fünfzehn Zentimeter hinzuwachsen zu lassen.

Auch Ede hatte keine Zeit für seine Schwester. Er war dabei, den gesamten Fuhrpark der Schredereders auf das Ellerschwang-Anwesen zu bringen, wo Otto – wie in jedem Frühjahr – das Abschmieren und allerlei sonstige Wartungshandgriffe besorgte, von denen Ede keine Ahnung hatte.

Als Lene bei den Ellerschwangs anrief, Jele sei abzuholen, sagte Ede, der gerade bei Ottos Mutter in der Küche Schmalznudeln verdrückte, er könne schließlich nicht alles stehen und liegen lassen. Jele müsse halt warten, bis Konrad Dienstschluss habe.

Das waren ja ganz neue Töne aus Edes Mund. Lene gab sich denn auch einen seligen Moment lang der Illusion hin, er könnte sich Knall auf Fall von einem Skikasperl in einen Hofherrn verwandelt haben. Sie wollte diese heilsame Metamorphose keinesfalls stören, besann sich neu und rief Paula im Postamt an.

Paula füllte einen Urlaubsschein – Dringlichkeitsstufe I – aus, radelte zum Finanzamt und kutschierte mit Konrads

Ford vor das Krankenhausportal. Sie brachte Jele und ihr Kindchen zum Schredereder-Hof und trug das kleine Ernstl die Treppe zu Jeles Wohnung hinauf.

Weil Paula sowieso für den Rest des Tages freihatte, machte sie gleich noch das Fläschchen für das Ernstl. Als Ernstl ausgetrunken und aufgestoßen hatte, packte sie das Kind in frische Windeln und wiegte es her und hin, damit es einschlief und Jele sich nicht schon in den ersten Minuten abhetzen musste.

Vielleicht war es Ernstls zufriedenes Glucksen und Schmatzen nach dem Fläschchen, vielleicht sein wohliges Räkeln beim Hin-und-Her-Schaukeln, das Paula am nächsten Tag nach Feierabend wieder an den Stubenwagen trieb.

Keine zwei Wochen später war Paula süchtig nach Ernstl. Jele überließ ihn ihr gern, allerdings nur so lange, bis Konrads Schlüsselbund an der Tür schepperte.

Paula hatte in den vergangenen Jahren hart daran gearbeitet, sich diesen Spleen mit den Luftspiegelungen auszutreiben: »Schallwellen und Radiowellen kann man nachweisen, Röntgenstrahlen und sogar Gammastrahlung kann man im Experiment sichtbar machen, das steht in jedem Physikbuch«, sagte sie sich immer wieder vor. »Gemütsstrahlen, Wesensstrahlen, Stimmungsstrahlen oder so was gibt es nicht. Darüber steht nirgendwo was, das ist pure Einbildung.« Und mit der Zeit hatte sich Paula angewöhnt, durch das bunte Flimmern um die Köpfe und Körper anderer Leute einfach hindurchzusehen. Je höher die Intensität der dubiosen Schwingungen jedoch war, desto schwerer fiel es Paula, sie zu ignorieren.

Gerade bei Jele sprang Paula ins Auge, dass die ehemals elastische Geleehülle, die Jele wie ein Polster umgeben hatte, starr und spröde geworden war. Jeles Hülle zeigte sich jetzt so brüchig wie die spätwinterliche Eisschicht auf dem Wassergrand.

Das machte Paula zu schaffen. Es bewog sie, einen intensiven Blick auf Konrad zu werfen. War das Feuer in seinem Inneren wieder aufgeflammt? Richtete es Schaden an? Auf welche Weise?

Paula nahm Konrad ins Visier und spürte ein Nichts, ein Vakuum, eine Leere. Konrad schien tot, er war eine Mumie, ein Leichnam. Diese Totenstarre gefiel Paula noch weniger, als ihr ein Schadenfeuer gefallen hätte. Es kam ihr in den Sinn, wie sie sich bereits vor Jahren über Konrads verschwundene Aura gewundert hatte. Seltsam, dachte sie, alles Lebendige strahlt Energie ab, die man sehen kann. Wo ist Konrads Aura? Kann es sein, dass er sie verbirgt? Wie ist das möglich? Das Phänomen machte ihr Angst. Sie beschloss, Jele im Auge zu behalten und über Ernstl zu wachen.

Ende '74 kam Herbertl zur Welt.

Da gewöhnte sich Paula an, das Ernstl nach Dienstschluss in einen Fellsack zu packen und auf einem Bockschlitten mit Rückenlehne den Schlossberg hinaufzuziehen. Bei der Abfahrt blieben sie meistens stecken, weil keiner mehr den Schnee zu einer Piste eintrat, so wie Ede vor Jahren.

Gut ein halbes Jahr später, als Lene diese unselige Botschaft in die Simmet-Spanagl-Küche schluchzte, der Topfdeckel in die Spüle rutschte und Amalie »Ab homine iniquo et doloso erue me« in den Raum spie, ging Paula auf, weshalb Jeles Schutzpanzer so rissig geworden war: Diese Verwüstung war Konrads Werk.

»Ein Wunder wärs nicht«, seufzte Max Simmet und tätschelte forciert, »wo doch der Konrad seiner Lebtag lang mehr Schläg kriegt hat, als er jemals zählen hätt können. Lenerl«, und er fuhr mit dem vermaledeiten Tätscheln fort, »Lenerl, der Konrad, der braucht einen Nervenarzt, der muss behandelt werden, bevor das schlimmer und schlimmer wird. Noch dazu, wo die kleinen Bodscherl da sind, die wo sich nicht wehren können.«

»Als wenn sich die Jele wehren tät«, erbitterte sich Lene, »die tät sich totschlagen lassen, ohne einen einzigen Muckser.«

Es blieb kein Geheimnis, dass Lene und sogar Max in der folgenden Woche ein ernstes Wort mit Konrad redeten.

Lene sprach mit ihm über das Klatschen und Poltern des Nachts im Hause Schredereder, das, so meinte sie, nur einen einzigen Schluss zuließ. Aber Konrad stritt rundweg ab, seine Hand jemals gegen Jele erhoben zu haben, und damit nahm er Lene den Wind aus den Segeln. Sie wusste nicht weiter, also lief sie wieder in die Simmet-Küche hinüber und schwor Max und Amalie und wenig später auch Erna Spanagl und deren Kindern, dass sie beim nächsten verdächtigen Geräusch bedenkenlos durch Schlüssellöcher spähen würde.

So weit sollte es nicht kommen, weil Paula resolut handelte, als sie herausfand, dass Konrad das Ernstl geschlagen hatte.

Am Tag nach dem Hochwasser, dem Hochzeitstag seiner Tochter, sorgt Ludwig Patter persönlich dafür, dass seine Miri nicht einen einzigen Spritzer abbekommt. Er zirkelt den geliehenen Mercedes mit dem Rosennest auf der Motorhaube so nah an die granitene Kirchenstiege, dass die Braut das sehnige Füßchen auf die zweitoberste Stufe setzen kann, mitten hinein in raschelnde Rosenblätter, von Elvira eigenhändig dorthin gestreut.

Ede wartet vor dem Ziborium, gar nicht mehr sicher, ob wirklich er gemeint ist, ob nicht doch ein anderer hier stehen soll, die Braut zu erwarten.

»Es gibt Madeln, die sind in einer Hosen einfach besser aufgehoben als wie in einem Rock.« Elvira flüstert es laut genug für sämtliche Ohren in den ersten fünf Kirchenstuhlreihen, als die zwei Brautjungfrauen den Mittelgang hinunterschreiten.

Sogar dem längst verblichenen unbekannten Seelenhirten im Glassarkophag am Seitenaltar ist klar, dass Elvira nicht von

Ella Simmet spricht, denn Ella sieht nicht so aus, als hätte man ein gelbes Taftkleid über zwei Zaunlatten gestülpt, die diese Art von Fessel ziemlich übel nehmen, sich bockig spreizen und im Geraschel verheddern. Paula schon.

Das eine Ja geht vorbei und dann das andere. Goldringe zwängen sich über Fingerknöchel. Der Pfarrer segnet Mira und Ede, Brauteltern und Bräutigameltern, Brautjungfrauen und – Es dauert lang, bis er alle Segenswürdigen aufgezählt hat. Zum Schluss schüttelt er dem Brautpaar die Hände.

Paula würgt unter den letzten Weihrauchschwaden und reiht sich mit Ella zum Rückzug ein. Ella presst ihr Blumenbouquet krampfhaft an die Hüfte, was Paula verwundert, bis sie hinter Margaritenköpfen die aufgeplatzte Naht erspäht.

Die Ella nimmt aber rasant zu in der letzten Zeit, geht es ihr durch den Kopf, während die Hochzeitsgäste das Kirchenschiff verlassen.

An den Flügeln des Brautpaares erwarten die Brautjungfrauen den Ansturm der Gratulanten. Die Braut wird geküsst und langwierig geherzt, der Bräutigam bekommt einen Schlag auf die Schulter oder eine feste Umarmung, je nachdem.

Paulas Augen heften sich indessen auf Ellas rundlichen Bauch, und langsam empfängt dieser befremdliche Sinn, der Paula schon immer zu eigen ist und dem kein Organ die Daseinsberechtigung verschafft, eine Veränderung in Ellas Aura. Die Braut hat noch längst nicht alle Hände geschüttelt, als Paula bewusst wird, dass wohl eher Ella einen Ehemann nötig hätte. Sie lässt ihre Sensoren eine Weile um die Schwester kreisen, aber auch die verraten ihr nicht, wer als Vater von Ellas Kind infrage käme.

»Spera in Deo«, rät Amalie der flennenden Lene, die mehr auf Max' Tätscheln aus ist als auf lateinische Sprüche.

»Wenn das bloß gut geht!«, schluchzt Lene, »Zwei, die nix im Sinn ham mit der Arbeit. Zwei, die dem lieben Gott den Tag stehlen und sich nix aus nix machen.«

»Jetz tu dich nicht so runter, Lenerl«, unter Max' tätschelnden Händen fließen die Tränen gleich spärlicher, »mit jedem Jahr, wo die älter werdn, treibts denen ein paar Flausen mehr aus, und wenn dann Kinder da sind, dann sind die Skihäng gleich vergessen.«

»Mei, da wennst recht hättst.« Lene schnäuzt die restliche Nässe ins bestickte Taschentuch. »Sie is ja eh keine schlechte Partie. Die machen schon was her, die Patter. Der Herr Stationsvorsteher hat sich auch um alles kümmert, wirklich. Aber ob die Mira das Zeug zu einer Bäuerin hat? Wohl is mir da nicht.«

»Quia tu es, Deus, fortitudo mea«, nervt Amalie, um Max von Lene abzulenken.

Max ist ebenfalls nicht wohl bei dem Gedanken an Ede und Mira als neue Herrschaft über den Schredereder-Hof, das sieht Paula mit herkömmlichen Sinnesorganen.

Wie wird es enden?, fragt sich Paula. Mira und Ede verbindet nichts anderes als eine Doppelspur zu schneebedeckten Gipfeln. Sie sind beide arbeitsscheue Nichtsnutze, die von heute auf morgen einen Hof bewirtschaften sollen.

Paula muss auf einmal grinsen: Mathematisch gesehen könnte es allerdings klappen, denn minus mal minus gibt plus, so hat es uns Mater Pia gelehrt.

Die barmherzige Lüge, Zeit würde Mira und Ede die Flausen austreiben, die er Lene eben aufgetischt hatte, zerrt sichtbar an Max' Gewissensfasern, als er, der FFW-Ehrenkommandant von Klausenstetten, »Wasser marsch« befielt. Das Kommando läuft ihm auch deshalb zuwider, weil das Schlossbach-Wasser am gestrigen Tag das Dorf schlimmer bedroht hat als sämtliche Brände der Vergangenheit zusammen. Aber Brauch ist Brauch, und zu kurz kommen soll keiner, und deshalb darf Feuerwehrmann Ede Schredereder mit seiner Angetrauten unter einem 3,5-Bar-Spritzwasserbogen hindurch dem Hochzeitsmahl entgegenschreiten.

»Setz dich wieder hin an den Brauttisch und trink einen Schoppen, ich bring die zwei schon heim.« Paula packt das Herbertl in den Kinderwagen und setzt sich das Ernstl auf die linke Hüfte. Sie biegt hinter dem Dorfwirt soeben auf die Hauptstraße ein, als Jeles »Wa-art« sie stocken lässt. In einem müden Trab schließt Jele zu Paula auf, nimmt ihr das Ernstl ab und schaut weg.

»Is es dem Konrad nicht recht?«, fragt Paula.

Jele schüttelt den Kopf, weil ihr die hinuntergeschluckten Tränen die Stimme ersäuft haben, und will damit sagen: »Es ist ihm überhaupt nicht recht.«

Die Hauptstraße zieht sich heute länger als sonst, mit all den Pfützen und den verbackenen Lehmbatzen unter den dünnsohligen Pumps.

»Jetz gibst mir das Ernstl, und du schiebst den Kinderwagen, der Bub wird dir zu schwer auf die lange Streck.« Paula hebt das Kind aus Jeles Armbeuge. Sie schaut es prüfend an und sagt: »Komisch, der Bub tut heut überhaupt keinen Muckser, brüt der eine Krankheit aus?« Mit der freien Hand will sie dem Ernstl Stirn und Backen befühlen, aber das Kind zuckt zurück.

Paulas Arm bleibt in der Luft hängen, ihr Fuß erstarrt über der Pfütze: »Wenn du jetz immer noch nix machst, Jele, dann zeig *ich* ihn an.«

»Was denn, hm? Was glaubst denn du, was ich tun könnt? Gar nix kann ich tun!«, bricht es da aus Jele heraus.

»Auf der Stelle schraub ich dir ein Vorhängeschloss an die Wohnungstür«, entscheidet Paula kurzum. »Wennst willst, bleib ich über Nacht, und morgen gehst zum Rechtsanwalt, der sagt dirs schon, was du tun musst. Wir leben nimmer im Mittelalter, Jele, wenn man das auch meinen könnt bei uns in Klausenstetten.«

Teil V

1.

»1. März 1980, 16.00 Uhr. Einsatz der FFW bei der Turnhalle Klausenstetten. Einsturzgefahr wegen Schneelast.«
So steht in der Chronik vermerkt, was die Klausenstettener an diesem Tag bewegte.

»ZWEI LEITERN HER! Eine an die Ostseiten, die andere drüben rüber! Fünf Mann aufs Dach, zwei an die Spreizbalken, dass da nix wegrutscht! Der Franz soll den Laster fahrn, der Sigi den Unimog! Und kippts den ganzen Schnee in Steinbruch rein, da liegt er gut, bis ihn die Maisonn frisst.«

Otto Ellerschwang, seit einigen Jahren gleichermaßen als FFW-Kommandant, Ein-Mann-Stoßtrupp und Organisationskoryphäe bewährt, pickelt auf den Eiswulst ein, der starrsinnig den Straßenrand unter dem Turnhallendach verbarrikadiert, wo die Laster stehen müssten, um den Schnee vom Dach aufzufangen.

»Die schaufeln wie die Feuerwehr«, witzelt Max, als Franz zum dritten Mal mit einem Lastwagen voll Schnee am Simmet-Anwesen vorbeidonnert. »Und dich ziehts in die Berg?«, nickt er Paula zu, die mangels Schusterwerkstatt ihre Skier auf der Stiege draußen im Flur wachst. Sie hat sich erfolgreich um Amalies ausrangiertes Bügeleisen beworben und bügelt eine hauchdünne Wachsschicht nach der anderen auf den verkratzten Belag.

»Packst es heuer wieder öfter an, wo du dir eine nagelneue Bindung zuglegt hast?«

»Hätt ich nix dagegen.« Paula poliert das Gebügelte.

In den vergangenen fünf Jahren, seit Mira mit Ede verheiratet ist und keinen Beschützer für ihre Unschuld mehr nötig hat, kam Paula nur noch sporadisch in den Genuss einer Gebirgsfahrt zusammen mit den beiden. Gleich im ersten Winter nach der Hochzeit konnte Paula jeden Samstagmorgen aus Jeles Badezimmerfenster hinter dem VW-Käfer mit den rückwärtig aufgeschnallten Skiern herschauen. Es fiel kaum ins Gewicht, dass Paula wieder einmal ausgebootet war, weil sie ohnedies das Herbertl wickeln und dem Ernstl die Hose zuknöpfen musste. Und das waren nur die ersten zwei einer zehnstündigen Kette von Handgriffen.

Als Paula an Miras Hochzeitstag Jeles Wohnungstür mit einem Vorhängeschloss gegen den prügelnden Konrad gesichert hatte, musste sie Jele gar nicht ansehen, um zu wissen, dass Jeles zitternde Finger schon beim ersten Tritt Konrads gegen die Tür aufschließen würden. Also blieb Paula für die Nacht, und nicht nur für die eine. Drei Tage lang geschah gar nichts. Paula trieb es ins Freie. Sie verbarrikadierte Jele mit den Kindern in der Wohnung und lief zum Steinbruch hinunter, den Schlossberg hinauf, um das Feuerwehrhaus herum. Beim Rückweg kam sie an dem zugenagelten Eingang der Steinzeithöhle vorbei.

Dort hockte Konrad. Paula hockte sich daneben, und Konrad fing an zu reden, genau gesagt er fing an zu betteln. Aber Paula hatte sich tags zuvor lange mit einer Sozialpädagogin aus dem Frauenhaus unterhalten, und deshalb biss Konrad auf Granit.

»Keine fünf Minuten ohne Therapie«, sagte Paula.

Konrad trollte sich.

Eine Woche später schlug Konrad das Fenster vom Vorratskeller ein. Er arbeitete sich über die Äpfelkisten und die Kartoffelschütten zur Treppe. Zehn Minuten später tauchte er im Erdgeschoss auf, wo Mira und Ede ihre Wohnung hatten. Hier traf ihn Mira und winkte ihn durch: »Zu mir willst du nicht, oder?«

Damit verschaffte sie Konrad freie Bahn, und er tappte den nächsten Treppenabsatz hinauf. Kurz vor seinem Ziel, an der

Verbindungstür, durch die man vom Haus aus direkt in Jeles Anbau gelangt, prallte er an Lenes ausladenden Busen. Lene kam gerade von oben, sie hatte zugunsten von Ede und Mira ihren eigenen Hausstand unters Dach verlegt.

Lenes Busen wogte noch, als sie in der Simmet-Spanagl-Küche Bericht erstattete: »Rausgschmissen hab ich ihn, eigenhändig. Schaust nicht gleich, dass du weiterkommst, hab ich ihn angschnauzt, du rührst mir die Buben nicht an und die Jele auch nicht!«

»Ja, und die Mira hat ihn durchlassen?« Amalie musste das Gehörte ein-, zweimal wiederkäuen, bis sie es verdauen konnte.

»Amalie«, stöhnte Lene, »der Mira, der is alles wurscht, was vorgeht bei uns. Ich hab sie grad in ihrer Wohnung verschwinden sehn, wie ich dem Konrad dreingrannt bin. Erst eine Viertelstund später, wo ich den Konrad schon draußen ghabt hab, is sie wieder auftaucht. Sie hat die Haustür aufgsperrt, weil der Luwe und die Elvira hergfahren sind. Jetz schaun sich alle drei den Riesenslalom auf dem Fernseher an – das flimmert durch die Fensterscheibe durch.«

»Hat der Konrad was gsagt?«, kam Max wieder auf das eigentliche Problem zu sprechen.

Lene wogte von Neuem: »Ich hab den doch gar nicht zu Wort kommen lassen, weil die vom Jugendamt, die ham mir das eingschärft, dass ich mich bloß nicht einwickeln lassen soll. Das is nämlich grad das Verreckte mit dem Konrad. Der kann so salbungsvoll daherreden, grad so wie ein Pfarrer, und wenn er dich drankriegt hat mit sein Geseier, dann hast verspielt. Dem Konrad, sagen die vom Jugendamt, dem darf man überhaupt nicht trauen. Nicht mal selber darf sich der trauen, der Konrad. Der meint das nämlich ganz ehrlich, was er sagt! Aber er hats nicht in der Hand, was er tut. Und da kann er gar nix dafür, weil ihm einfach die Sicherung durchbrennt.«

»Die Rippenbrüch, die von der Jele, sind die wieder zammgwachsen?«, fragte Amalie dazwischen.

»Ja, wird schon wieder. Dafür hätts heut beinah mich erwischt: Ich schrei dem Konrad grad noch nach, dass wir einen richterlichen Beschluss ham, der wo ihm eindeutig verbietet, ins Haus zu kommen, da dreht sich der Haderlump um und hebt die Faust!«

»Adiutorium nostrum in nomine Domini«, brach es bei Lenes Schilderung der Ereignisse aus Amalie heraus.

Angesichts Konrads Faust konnte Lene natürlich nicht warten, bis Gott Zeit zu ihrer Verteidigung fand. Sie griff sich ein vergessenes Haselnussstöckchen aus dem Schirmständer heraus, und genau so wie einst Oberlehrer Selch auf Kinderhände zielte Lene nun auf Konrads Faust, die eben auf sie heruntersausen wollte.

Lene schwor den Simmets Stein und Bein, dass sie in der Aufregung Konrads Faust mit dem Stöckchen überhaupt nicht getroffen habe.

»Bloß das Zischen von dem Steckerl in der Luft«, sagte Lene, »hat den Konrad wie von Furien gehetzt aus dem Haus getrieben, über den Hof rüber und die Straß runter.«

Paula ließ das Kellerfenster am selben Abend von Otto Ellerschwang neu verglasen, weil Ede sagte, für solche Kinkerlitzchen hätte er keine Zeit, und Mira blaffte, ein Keller gehöre sowieso gut durchlüftet.

Kurz vor dem Jahreswechsel '75/76 machte Konrad einen letzten Versuch, bei seiner Familie einzudringen, und da fiel er Max Simmet in die Hände. Max hatte sich an diesem Nachmittag im Fernsehen einen Bericht über den Anschlag auf das Hauptquartier der OPEC in Wien angeschaut. Er war in Gedanken noch bei den Opfern, den Geiseln und bei den Terroristen, als er mit einem Henkelkorb voller Zimtnudeln auf den Schredereder-Hof zuschlurfte. Zimtnudeln bekam in der ganzen Gemeinde niemand so locker hin wie Amalie. Das löste im Laufe zunehmenden Wohlstandes einen regelrechten Ansturm auf Amalies Hefegebäck aus. Just an diesem Tag hatte Lene zwanzig Stück anlässlich Herbertls erstem Geburtstag bestellt, und Amalie scheuchte Max deswegen vom Fernsehstuhl auf: »Da, das bringst jetz deinem Lenerl, und heimzu machst einen großen Umweg, weil der Dr. Stern sagt, deine Blutfette schreien nach mehr Bewegung. So viel gelbe Rüben kann ich gar nicht herschnitzeln, dass das helfen tät, wennst den Hintern überhaupt nicht mehr in die Höh bringst – Müßiggang ist aller Laster Anfang, das hat schon der Mühlhiasl gsagt.«

Max stiefelte also, ein wenig triefäugig vom elektronischen Geflimmer, ums Hauseck beim Schredereder-Hof und stand plötzlich Brust an Brust mit Konrad, der das Herbertl in der Armbeuge sitzen hatte. Es bleibt für immer dahingestellt, wer sich im Augenblick mehr erschreckte. Aber es sieht ganz danach aus, als hätten Max' Neuronen schneller auf Betrieb geschaltet.

»Ich habs richtig vor mir gesehn, wie das passieren hat können«, schilderte Max Stunden später, was ihm in diesen Sekunden durch den Kopf fuhr: »Die Lene is beim Kaffeetischrichten, die Jele noch schnell um eine Milch in der Kühlkammer, der Ede zu weitest weg von da, wo ihn einer brauchen könnt, und die Buben ham keine Aufsicht nicht und schlupfen rein und raus wie die Kellermäus.«

Paula, die stets am zuverlässigsten über die Buben wachte, saß noch im Postamt, es war ja erst Viertel nach zwei. Wieso hatte eigentlich Konrad schon Feierabend? Herbertls Geburtstag musste ihn von seinem Bürostuhl weg und auf den Hof getrieben haben. Möglicherweise krabbelte ihm das Herbertl direkt vor die Füße, und er brauchte es nur aufzuklauben.

Wo will denn der Konrad hin mit dem Bub? Im selben Augenblick, in dem ihm die Frage in den Sinn kam, tat sie Max als belanglos ab. Egal, was Konrad wollte, er musste daran gehindert werden. Und Max war im Moment der Einzige, der das konnte. Max plus zwanzig Zimtnudeln schnitten Konrad den Weg ab.

»Geh her, Herbertl«, sagte Max, »geh zum Max auf den Arm.«

Das Herbertl quäkte und strampelte, erfreut über dieses doppelte Angebot an Fürsorge. Konrad spannte den Bub fester unter den Bizeps. Max fiel ein verzagtes Flattern an: Selbst wenn er mit seinen knapp siebzig Jahren dem viel jüngeren Konrad gewachsen wäre, Konrad hatte die Geisel.

Max behauptete später, kein noch so wildes Schadenfeuer hätte ihn jemals so eine Ohnmacht fühlen lassen wie Konrads Geiselnahme auf dem Schredereder-Hof.

Die einzige Zuchtrute, die Konrad zur Räson bringen würde, erkannte Max in seiner vertrackten Situation, war Oberlehrer Selch, der vermutlich im Augenblick sein Mittagsschläfchen hielt.

Aber jetzt ist der Selch aufgestanden, entschied er und pokerte: Max peilte scharf über Konrads rechte Schulter, winkte frenetisch mit der Linken und brüllte lauthals: »Der Herr Selch, habe die Ehre, Grüß Ihnen, schauns her, das Enkerl is auch da.«

Möglicherweise wäre Konrad gar nicht darauf hereingefallen, wenn nicht im selben Moment schwere Schritte auf Kies geknirscht hätten.

Auf Konrads Reaktion allerdings war Max nicht im Mindesten gefasst. Vielleicht wären Max' Hände hurtig genug vorgeschnellt, wenn Konrad das Herbertl nur fallen gelassen hätte, aber Konrad warf das Herbertl weg, in hohem Bogen in den Schneehaufen neben der Haustür.

Die schroffe Landung auf dem festgefrorenen Schnee brachte dem Herbertl zwei gebrochene Beine ein, was das Laufenlernen für das Kind um ein gutes Jahr verzögern sollte.

In den folgenden Wochen kauten Lene und Amalie mit der Ausdauer ausgehungerter Straßenköter auf dem Geschehenen herum. Sie bombardierten sich gegenseitig mit Abertausenden von »Wenn«, die mit ebenso vielen »Dann« samt beigeselltem Konjunktiv vereinigt wurden.

»Ich kanns nimmer hören«, winkte Max resigniert ab, als er eines Nachmittags draußen am Wassergrand bei Paula hängen blieb, neben einer ganzen Batterie lehmverkrusteter Gummistiefel, die »mal irgendwer waschen muss«, wie Erna Spanagl den Auftrag an Paula formuliert hatte.

»Dabei geht mir die Gschicht selber nimmer aus dem Kopf«, gab er zu. »Am gscheitesten wärs gwesen, ich hätt mich gleich mit dem Konrad in die Psychiatrische einweisen lassen.« Dann tappte er weiter in Richtung Scheune, und Paula sagte zu einem gelben Gummistiefel: »Der Großvater kommt schon noch dahinter, dass die ganze Sach ein großes Glück im Unglück gwesen is, weil dadurch der Konrad dahin kommen is, wo er hingehört. Und das is das Allerwichtigste. Das Herbertl hat zwei gebrochene Füß, schlimm, aber es is halt der Preis dafür. Die Brüche wachsen sauber zamm, sagt Doktor Stern, na also. Hätt der Großvater nicht eingriffen, wer weiß, was passiert wär. Von gar nix bis Mord und Totschlag hätt alles sein können. Deswegen muss es uns recht sein, so wies is.«

Exakt zu dem gleichen Schluss gelangten Wochen später auch Lene und Amalie, die zeitliche Verzögerung kam einfach daher, dass sie jede nur mögliche Variation durchspielen mussten.

Einen vollen Nachmittag hielten sie sich mit Miras Rolle in der Geschichte auf. Es hatte sich nach gründlichen Nachforschungen nämlich herausgestellt, dass Mira zum kritischen Zeitpunkt in Skistiefeln auf knirschendem Kies her und hin stapfte. Samson-Sport hatte ihr drei Paar neuester Modelle zur Auswahl überlassen, und Mira testete Passform, Halt und Sitz und das Betragen des Materials bei der Auf- und Abbewegung.

Hatte nun, debattierten Lene und Amalie, der Himmel oder der Teufel Mira auf den Kies geschickt? Hätte Konrad das Herbertl ohne Schritte im Ohr weggeschmissen oder nicht? Wenn nicht, hätte er es dann entführt und ertränkt – miserere nobis – oder hätte er es sanft in Max Hände gelegt – Deo gratias?

Zu guter Letzt begannen Amalie und Lene auf den E herumzureiten: Das Selch-E war kein Glücks-E, und warum nicht? Es war ein Fremd-E, ein Eindringling, im Innersten keinen Deut besser als ein A oder I – dona nobis pacem.

2.

WIEDER DONNERT FRANZ mit einer Ladung Schnee auf dem Lastwagen die Hauptstraße hinunter. Die achte? Die zehnte? Paula verstaut das Skiwachs in einer Holzschatulle.

»Ah, die Frau Nachbarin vom Schredereder-Hof beehrt uns zum Skibügeln«, spuckt Erna Spanagl aus der Küchentür. »Die Gred ghört gschrubbt. Aber wenn wir nicht grad Kindsmagd spieln da drüben«, sie wirft einen scharfen Blick auf die andere Straßenseite, »dann fahrn wir scheints auf Urlaub.«

»Bin bloß Samstag und Sonntag weg.« Paula bettet die gewachsten Flächen ordentlich aufeinander und fixiert das Skipaar mit Gummischnallen zu einer kompakten Einheit.

»Warum spritzt sie eigentlich ihr Gift immer bloß auf mich drauf?« Die Frage ist Paula herausgerutscht, bevor ihr bewusst wird, dass der Großvater immer noch am Treppengeländer lehnt.

Er nickt wissend. »Das Leben schlägt zu, und jeder haut auf seine Weis zurück!«

»Und haargenau auf den, der am allerwenigsten dafürkann«, präzisiert Paula.

»Weißt, Madl«, sagt Max, »ich alter Hornochs hab auch gemeint, dass die Erna ein bissl fröhlicher werden könnt, wo der Alois – na ja, das war halt nicht leicht mit ihm. Aber es is eher umgekehrt kommen.«

»Schaut ganz so aus«, murmelt Paula. »Ja, dann geh ich wieder rüber, auf die Buben aufschaun, damit die Jele im Stall helfen kann.«

Paula verstaut die Skier in der Scheune. Draußen hört sie plötzlich Franz und Sigi vorbeitrampeln. Die Rettungsaktion zugunsten der Turnhalle scheint beendet. Sigi lacht laut, und in Paula steigt ein Lächeln auf, das aber gleich wieder verschwindet. Warum is sie bloß so unzufrieden, die Mutter, fragt sie sich, es is eh alles nach ihrem Kopf gangen. Der Franz is der

Hofherr und kein schlechter dazu. Er hat eine Frau, die den Besitz zammhält, und er versteht sich mit dem Sigi. Was will sie denn noch, die Mutter?

Zwei Jahre zuvor hatte Franz eine der Töchter vom Engelwirt aus Hohenstetten geheiratet.

Hilde Simmet, geborene Engel, hat einen Überbiss wie Roger Rabbit, aber was macht das schon, Franz ist schließlich nicht Alain Delon. Maßgebend ist, dass Hilde arbeiten kann wie ein Pferd, und das schier Tag und Nacht.

Gleich im ersten Jahr haben sich Franz und Hilde Hasenzahn vom Engelwirt Hildes Erbteil auszahlen lassen. Von dem Geld pflanzten sie weithin sichtbar – spitzgiebelig, mit Sprossenfenstern und Erker versehen – einen Neubau an die Stelle, an der jahrzehntelang der alte Ahornbaum stand. Hilde hat dem Ahorn persönlich die Zweige abgehackt und sie zusammengeschnürt. Die Zweigbündel legte sie zum Trocknen in die Sonne. Im kommenden Winter würden sie im Kachelofen Funken sprühen. Der Ahornstamm hingegen sollte als Bank den Ofen umrunden.

Paula hat, bevor der Ahorn fiel, drei Blätter gerettet und in ihrem Naturlexikon flach gepresst.

Wegen des schmucken Neubaus macht der Spanagl-Hof jetzt viel mehr her als der von den Schredereders oder sonst einem im Dorf. Erna Spanagl hätte dem lieben Gott danken und ihn ansonsten einen guten Mann sein lassen können. Aber nein, es trieb sie um, mit finsterer Miene und giftiger Zunge.

Die Sach mit der Ella halt, sagt sich Paula beim Schließen des Scheunentors, die Sach is der Mutter damals bös eingschossen. Sie kann sich noch immer nicht dreinschicken.

Knapp eine Woche nach Miras Hochzeit hatte Ella die Bombe platzen lassen, beim Sonntagnachmittagskaffee. Paula war zufällig dabei. Gewöhnlich drückt sie sich vor diesen lauen Zusammenkünften. Kaffee verträgt sie ohnehin nicht.

Paula hat keine Ahnung mehr, was sie an diesem Oktobertag in der Simmet-Stube hielt. Vielleicht war es Max, der seine Meinung über Bruno Kreisky, den neuen österreichischen Bundeskanzler, zum Besten gab.

Auf einmal stand ein Käsekuchen auf dem Tisch, und der sah gut aus.

»Ich krieg ein Kind«, sagte Ella beiläufig, nachdem sie zwei Stück davon gegessen hatte. Sie erntete für die Neuigkeit zuerst kaum mehr als ein paar interessierte Ohs. Keiner war groß verwundert, denn Ella hielt sich nachts nur noch selten in der Dachkammer auf. Sie nahm sich ein drittes Stück Kuchen und machte keine Anstalten, der Familie Weiteres mitzuteilen. Dieser Affront ließ Erna beleidigt die Lippen zusammenpressen. Amalie konnte nicht nachfragen, weil sie gerade einen großen Brocken von ihrem Kuchenstück in den Mund geschaufelt hatte. Amalie hätte nicht einmal »Paff« sagen können.

Max sprang ein: »Hats einen Vater, das Haserl?«

»Den hats!«

Wieso kam das bloß so trotzig, konnte sich Paula gerade noch fragen, bevor Ella auftrumpfte: »Und mir heiraten, der Werner und ich!«

»Ein Vierlbeck! Improperium exspectavit cor meum, et miseriam.« Amalie hatte den Kuchenbrocken inzwischen hinuntergeschluckt.

»Bei uns wohnt der nicht.« Ernas knochiger Zeigefinger pochte auf das Wachstischtuch.

»Die Buben von der Kräuter-Liesl«, sagte Max, »das sind überhaupt keine Unrechten.«

»Was arbeitet denn der?«, stieß Amalie zum Kernpunkt vor.

Ella machte den Mund nicht auf.

»Bei uns da können mir den nicht brauchen«, sagte Franz.

Seit diesem Oktobertag '75 hat Paula das Dachzimmer ganz für sich, und damit schien es auf das Vierfache gewachsen zu sein. Überhaupt hat sich das Haus mit der Zeit in die Länge und Breite gestreckt: Bereits '74 hatte Alois Spanagl das Wohnzimmerchen geräumt und war auf den Friedhof gezogen. Ende '75 stellte Amalie ihr gutes Kaffeeservice in eine Vitrine, die den Platz der Stanzmaschine in Max' ehemaliger Werkstatt einnahm. Kurz davor war Ella weggelaufen, mit drei Kleiderkisten und zwei Schminkkoffern. Im Herbst '78 packte Franz diverse Stapel des Magazins »Landtechnik« in eine Kiste und brachte sie in das eigene Haus. Das gute Dutzend Rennwagenmodelle holte er zwei Tage später.

Was hält eigentlich Paula noch hier? Das Finanzamt lässt ihr jeden Monat von ihrem Gehalt als Post-Hauptsekretärin genug Geld für einen eigenen Hausstand übrig, denn Paula ist in den vergangenen Jahren mit großen Schritten die Besoldungsleiter hinaufgeklettert. Den Oberpostrat ließ sie '77, nachdem sie die ersten Ausgaben von »Emma« in die Hände bekommen hatte, samt seinen klebrigen Fingern und seiner postinternen Korrespondenz ohne Vorzimmerdame sitzen. Von Alice Schwarzer stimuliert, schickte sie kurzerhand ein Versetzungsgesuch an die Oberpostdirektion. Dort war es kein Geheimnis, wie perfekt Paula all die Jahre gearbeitet hatte. Sie wurde umgehend in die Postgirostelle – gehobene Tätigkeit für Postbedienstete – befördert, und das brachte ihr die Unabhängigkeit von Postamtsräten und ein höheres Gehalt. Weil sich Jele Mühe gibt, Paulas Steuererklärung vorteilhaft zurechtzuschneidern, könnte sich Paula zur eigenen Wohnung einen eigenen Kleinwagen und regelmäßige Ausflüge in die Berge leisten.

Was Paula in der Spanagl-Dachstube hält, das sind Jeles Buben.

»Ich kanns dir gar nicht oft genug sagen«, tätschelte Lene vor einigen Wochen erst Max' Hand, »wie froh wir um eure Paula sind, wo doch die Jele wenigstens halbtags im Finanzamt arbeiten muss, dass sie über die Runden kommt. Das Einkommen vom Konrad fällt ja jetz weg. Wär eh gscheiter, sie täten ihn behalten in der Irrenanstalt.«

Max nickte zustimmend und tätschelte zurück. Da fuhr Lene fort: »Eure Paula, die is für die Buben ein besserer Vater, als wie der Konrad jemals war, das kannst mir glauben!«

Paula sieht den Großvater heute noch vor sich, wie er bei diesen gut gemeinten Worten zusammenzuckte. Sie weiß, dass er anfing, nachzurechnen, und schnell zu dem richtigen Ergebnis kam, Paula müsse schon auf die dreißig zugehen. Und sie ahnt, dass er sich plötzlich Sorgen machte, weil sie sich für Männer so wenig interessiert wie für Faltenröcke, Stöckelschuhe und Glanz-Lippenstift.

Emmagesteuert und mit entsprechenden Erfahrungen gefüttert, ist Paula die letzten Jahre über in eine inzwischen fest verankerte Misogamie hineingewachsen.

Die Schmach einer Erna Spanagl, das Dulden einer Jele Selch, die Gleichgültigkeit einer Mira Schredereder hätten auch weniger Sensible als Paula abschrecken können.

Nie und nirgends hat Paula ein Paar erlebt, dessen Ehe sie als freundschaftlich gegenseitiges Unterstützen hätte bezeichnen können. Der Bund fürs Leben manifestierte sich in der Regel als ein feindseliges Prügel-vor-die-Füße-Werfen. Sogar bei Max und Amalie erweist sich das obligatorische Miteinander als eingefleischtes Hickhack.

Es offenbart sich tagtäglich von Neuem, was Jele für einen guten Tausch machte, als sich Paula Konrads Pflichten annahm, denn Paula kümmert sich liebevoll um Ernstl und Herbertl. Und wenn Ede über allem Dort und Da seinen eigenen Stall vergisst, kümmert sich Paula auch um das Schredereder-Vieh. Mira ist meistens unsichtbar, was aber keine Rolle spielt, weil sie Stall und Scheune sowieso nicht betritt.

Paula legt Hand an, wenn die Melkmaschine nicht anspringt und Lene schon flennend den alten Melkschemel hervorzerrt, und Paula greift ein, wenn Jele das Grünfutter über die Rinderköpfe regnen lässt wie einen Aprilschauer.

Kommendes Wochenende hat Paula frei. Die Ski stehen in der Scheune bereit, der Rucksack ist gepackt. Paula wird mit Ede und Mira im Kaisergebirge auf Skitour gehen, und Max hat bereits angekündigt, er wolle an Paulas Stelle auf dem Schredereder-Hof ein wenig hinlangen: »Gscheit reden kann ich auf alle Fälle, wenn ich schon sonst nichts mehr zerreiß.«

Amalie hegte wohl den Verdacht, dass Max doch noch mehr zuwege brächte als reden, und deshalb beeilte sie sich zu sagen: »Ich geh mit, dem Ernstl und dem Herbertl das Essen richten«, was im Klartext hieß, dass sie übermäßiges Getätschel unterbinden wollte.

»Paula, gleich um halb sechs in der Früh packen wirs.« Ede hüpft, die Leiter ignorierend, vom Heuboden herunter, hopst und tänzelt übers Gredpflaster wie ein Springbock in der Brunft.

»Tu nix übertreiben, Miri, und dass du mich gleich anrufst, wenn ihr wieder da seids!« Elviras Stimme dringt aus dem Hausflur, und dann erscheint sie selbst in der Tür: »Mei, die Paula«, und mit Blick auf zwei frisch gewaschene Bubenanoraks, die Paula gerade an die Wäscheleine klammert: »Und immer im Gschirr. Wennst dirs du nicht verdient hast, die zwei Tag Urlaub.«

Elviras Stimme schmilzt auf einmal dahin wie Honig auf der Herdplatte und stinkt genauso: »Wer könnt die Tag besser aufschauen auf die Miri wie unsere Paula, wo ihr zwei doch fast wie Gschwister seids.«

Paula wittert Ungewöhnliches und verharrt. Sie hört Ludwig Patter über die Gred poltern und dann wieder Elviras Honigstimme: »Luwe, wetten möcht ich, dass unsere Paula Taufpatin wird.«

Teil VI

1.

»7. Februar 1985. Trauerfeier für Max Simmet, den Ehrenkommandanten der ffw Klausenstetten.«
Schwarze Balken umrahmen den Eintrag in der Chronik.

»... LEGE ICH DIESEN KRANZ nieder am Grabe unseres Ehrenkommandanten Max Simmet, der die FFW Klausenstetten von 1936 an bis ins Jahr '66 geführt hat. Max, ruhe in Frieden.« Otto Ellerschwang senkt gerberabestücktes Tannengrün auf angehäufte schwarze Erde.

Ede Schredereder kippt den Fahnenschaft um fünfundvierzig Grad, sodass sich die Fahne abschiednehmend vor dem Sarg verneigt.

Was gäb ich alles drum, brütet Paula, wenn ich nicht mit ins Wirtshaus müsst nach der Beerdigung. Aber da gibts keine Gnad, seufzt sie insgeheim und schickt sich ins schier Unerträgliche.

Sie lässt die Großmutter unterhaken, die unter ihrem dicken Mantel Schluchzer beuteln: »Hat er ihm den Achtzigsten nimmer gönnt, der Herrgott.« Amalie zerrt ein triefendes Taschentuch aus dem Ärmel. »Aber da dürfen mir gar nicht hadern, wo er einen so schönen Tod ghabt hat. Schlaft auf die Nacht ein und wacht in der Früh einfach nimmer auf, wer tät sich so einen Tod nicht wünschen.«

Sie schnieft ein paar Schritte lang, bis ihr noch mehr Erfreuliches in den Sinn kommt: »So eine honorige Leich! Introibo ad altare Dei! Und wie am Schluss die Fahn grüßt hat, wie bei einem Staatsbegräbnis. Würdig hat er das gmacht, der Ede. Der is jetz ernst worden, der Bub, von sein ganzen Unglück.«

Paula platziert Amalie am Wirtshaustisch zwischen Erna und Franz. Sie selbst schließt am Tischende zu Hilde auf.

Prima Platz, ganz prima, Paula atmet erleichtert aus, vor lauter Gaffen und Wichteln wird die Hilde keine Zeit haben, auf mich einzuschwatzen, und auf der linken Seite hab ich die Wand, die sagt nix.

Im Nebenzimmer toben die Feuerwehrmänner: »Sumpfen wir ihn ein, unsern Max, den wo wir nie vergessen werden.«

Paula vermutet, dass schon vor der Kirche der Flachmann kreiste – zum Aufwärmen halt.

»Ede, stoß an und merks dir: Hundert Jahr hängts nicht auf eine Seiten«, tönt es aus dem Nebenzimmer.

»Und fünf Jahre sinds bald«, rechnet Paula, »wenn man mit dem Geburtstag von der kleinen Rene anfängt.

Am Todestag von Sadat, dem 6. Oktober '81, statt eine Woche früher im E-strotzenden September, hatte Mira ein Mädchen entbunden. Paula durfte es zur Taufe tragen, und als der Pfarrer vor dem Taufbecken fragte: »Wie soll dieses Kind heißen?«, musste Paula sagen: »Verena.«

Lene schrie wochenlang Zeter und Mordio wegen des A: »Wurscht is mir das, ob dem Ede die Seinige dran glaubt oder nicht! Das gibts nicht in unserer Familie, in tausend Jahr und noch länger hats das nicht geben. Und jeder hat sich bisher dran ghalten. So ein hoher Beamter könnt keiner wern, und der Luwe gleich gar nicht, dass es da eine Ausnahm gäb.«

Kaum hatte ihr Ede den für seine Tochter gewählten Namen gesagt, verlieh die Wut Lene eine nie gekannte Kraft und Wendigkeit. Sie erwischte Ede, der schlüpfrig und schnell wie eine Eidechse zu entkommen versuchte, am Kragen: »*Deine* verdammte Schuldigkeit is es, dass das Kind einen Namen kriegt, wie er Brauch is bei uns.«

Es war bedauernswert, wie sich Ede wand, wie er zappelte. Was sollte er tun? Keiner konnte Mira von irgendetwas abbringen, und Ede schon gar nicht.

»Sind doch eh so viel E in dem Namen, und das A, das verschlucken mir einfach«, sagte er.

»Wicht!«, schrie Lene. »Waschlappen, so springt man nicht um mit der Familienehr!«

»Misereatur vestri omnipotens Deus«, flehte Amalie, als Lene die ganze Schandbarkeit zu den Simmets trug.

Dabei war es ein enormer Glücksfall, denkt Paula auf ihrem Platz zwischen Hilde und der Wand, dass sich Mira dieses modische »Verena« mit immerhin zwei E ausgesucht hatte. Denn Mira, dessen ist sich Paula sicher, hätte vor keiner »Tamara« oder »Sabrina« oder sonst einem Missgriff zurückgeschreckt.

So oder so, es war nichts zu machen, ab dem 3. Oktober '81 stand das A im Taufschein.

Paula kam nie dahinter, ob es heimtückisch war oder nur gedankenlos, dass Lene von Stund an ihr jüngstes Enkelkind Rene nannte.

Es war so süß, das Mädel, und so brav, alle fanden das. Sogar Max zwitscherte in den Kinderwagen hinein, wenn dieser auf der Gred draußen stand. Rene sollte viel frische Luft bekommen, fand Mira. Der Kinderwagen stand oft stundenlang draußen, und Mira sah sporadisch nach, ob Rene noch drin war. Ab Dezember mussten an den meisten Wochenenden Elvira und Luwe das Kind betreuen, ab und zu auch Lene, weil Mira lieber in die Skistiefel schlüpfte als in die Mutterrolle.

Vier oder fünf Monate war Rene alt, als Paula zum ersten Mal von den Faxen hörte, mit denen das Kind seine Zuschauer angeblich bis zum Totlachen unterhielt:

»Liegt ganz still da und schaut dich an, als täts nachdenken, die Rene«, beschrieb Lene den Simmets das Schauspiel, »auf einmal macht sie sich ganz steif und starr, wie ein Brettl, dann kommen ganz von selber die Ärmchen in die Höh, bis die Handerln beieinander sind, und dann machts noch einen Nicker mit dem Kinn. Wie ein Araber beim Morgengebet, sagt die Mira immer und kriegt sich nimmer vor Lachen. Lustig is schon, aber ich weiß nicht recht, von die Unsrigen hat das keins gmacht.«

»Jedes Balg hat einen andern Fimmel«, winkte Erna Spanagl müde ab: »Der Franz, der hat immer in sein Kissen reinbissen. Wie er schon Zähn ghabt hat, hat er oft ganze Triangeln rausgfetzt im Schlaf. Der Doktor, der Hartmann war das damals noch, der hat mir dann ein Saftl geben fürn Franz, dass er ruhiger schlaft. Und mit der Zeit is es von selber weggangen, das Stoffbeißen.«

Es dauerte noch etliche Wochen, bis Paula eine von Renes inzwischen berühmten Zirkusnummern miterleben sollte. Nie war vorherzusagen, wann sich Rene zu einer Darbietung entschließen würde. Statistisch gesehen folgte auf eine Serie von drei bis vier Aufführungen Theaterpause.

Paula hätte auch an diesem Tag Renes Vorstellung versäumt, wäre sie nicht für Max eingesprungen, der sich nicht vom Fernsehapparat loseisen konnte. Er hing an den Nachrichten, weil es in Bonn gerade heftig brodelte und Max' eigener Tatendrang nur noch fürs Zusehen reichte und für sonst nichts mehr. In der Hauptstadt hatten die Parlamentarier Helmut Schmidt soeben das Vertrauen ausgesprochen, da ging es auch schon den Ministern Lambsdorff und Matthöfer an den Kragen, während die gewerkschaftseigene »Neue Heimat« quer durch einen Bestechungsskandal gebeutelt wurde. Drei gute Gründe, das Ohr an den Lautsprecher zu halten und Amalie ihren Zimtnudeln zu überlassen.

»Die da sind für die Lene«, teilte Amalie ein gutes Dutzend ab, »die musst jetz gleich rübertragen, Max, weils die Lene braucht, wenn um drei der Frauenbund kommt zum Kaffee.«

Max tat, als hätte er Amalie nicht gehört, und bevor Amalie das passende liturgische Wort fand, erbot sich Paula, die Zimtnudeln auf den Schredereder-Hof zu bringen. Sie hörte Mira schon lachen, als sie mit ihrem Korb die Straße überquerte: »Schnell, Paula, schau her, wie sies wieder kann.«

Vom Stall her kam Jele des Wegs. Sie tippte sich augenrollend mitten auf die Stirn, spähte aber in den Kinderwagen.

Mira hielt sich die Seiten: »Weil das nicht zum Schreien is.«

Paula war bei Gott zum Schreien.

Das hier ist kein Witz, durchzuckte es sie schmerzhaft. Sie spürte Panik aufsteigen und konnte ihre Angst nur damit begründen, dass sie von dem Kind während der unheimlichen Prozedur kein Lebenszeichen empfing. »Das, das musst dem Kinderarzt sagen«, würgte Paula.

Mira lachte laut, aber Jele nickte bedächtig.

Ohnehin schweigsam unter der starr gewordenen Geleehaut, hatte Jele in den vergangenen Jahren nicht ein einziges Wort mit Mira gesprochen. Die steife Hülle hielt sie permanent auf Abstand, sogar zu ihren Kindern.

Paulas Besorgnis, durch Jele erhärtet, hatte Mira den Spaß verdorben. »Wir drehn eine Runde«, schnappte sie und schob mit Kind und Wagen davon.

2.

DIE TRAUERGÄSTE haben sich über ihren Schweinebraten hergemacht. »Also ich versteh dich nicht, Paula«, mampft Hilde Hasenzahn, »nix geht über ein Wammerl mit einer reschen Kruste.«

Paula hat soeben von der Wirtin einen Teller voll Gemüse und Nudeln in Empfang genommen, spießt ein Stück Blumenkohl auf und reist wieder drei Jahre durch die Zeit zurück.

Im April '82, zur Zeit des Falkland-Konflikts, bekam Herbertl die Masern. Keiner hätt sich träumen lassen, sinniert Paula am Wirtshaustisch, dass das ein Segen war.

Dr. Stern kam drei- oder viermal ins Haus, weil das Herbertl mehr fieberte, als es sollte. Immer wenn der Kinderwagen mit Rene darin auf der Gred draußen stand, machte Dr. Stern davor kurz halt, blies ein »Ffff«, wartete drei Atemzüge und stupste dann ans Verdeck: »Seegang bei Windstärke drei«, grinste er dazu.

»Siebenunddreißigfünf, Herr Doktor, seit gestern«, erstattete ihm Paula am vierten Tag Bericht, weil Jele hinter dem Ernstl her war, der gerade im Windschatten des Veterinärs im Stall verschwand. Bette sollte besamt werden. Ede war nirgends in Sicht, und das Ernstl war doch erst neun.

»Herbertl«, sagte Dr. Stern, »du wirst uns wieder, das weiß ich gwiss, da brauch ich nimmer herkommen.«

Er verabschiedete sich, ging hinunter und querte die Gred. Eben wollte er Renes Wagen wieder anstupsen, da blieb ihm die Hand über dem Verdeck hängen.

»Hat sie das öfter?«, keuchte er Paula an, die ihn begleitet hatte, aber eilig zurück zum Herbertl strebte.

»Ich glaub schon.« Paulas Mund stand noch halb offen, da stapfte Dr. Stern bereits auf Miras Wohnungstür zu.

»Kein Wort glaub ich ihm, dem Quatschkopf.« Mira riss Rene aus dem Wagen und verfrachtete sie in die Tragetasche.

Mit einem Überweisungsschein zur neurologischen Klinik wedelte sie vor Paulas Nase hin und her: »Kannst mich du fahren? Der Ede is mit dem Auto zum Otto rauf, Zündung einstellen.«

Paula ließ Jeles Wagen an.

»Frau Schredereder«, sagte der Neurologe zu Mira und Paula, die neben ihr saß, denn Paula wollte ganz genau wissen, wie die Diagnose lautete, »ihr Kind leidet an einer genuinen Form der Epilepsie.«

Er schnitt Mira das Wort ab, als sie einwenden wollte, dass Renes kleine Pantomime kein epileptischer Anfall sein könne.

»Säuglinge krampfen nicht nach dem bekannten Muster«, klärte er sie auf, »weil die Gehirnzellen noch nicht ausgereift sind. ›Haut-mal‹-Anfälle, schlimme Anfälle also, stellen sich erst später ein. Aber glauben Sie mir, Frau Schredereder, bei jeder Attacke, die Ihr Kind jetzt durchmacht, sterben aufgrund Sauerstoffmangels Gehirnzellen ab, weil beim Krampfen die Atmung blockiert ist.«

Er sprach nicht weiter, aber Mira schien ohnehin zu dämmern, was das zu bedeuten hatte. »Dann muss es eben aufhören«, sagte sie.

Der Neurologe nickte und schlug vor, Rene zwei, drei Tage in der Klinik zu behalten. Tests sollten gemacht und eine Therapie sollte eingeleitet werden.

Paula brachte Mira nach Hause, wendete den Wagen und fuhr wieder zurück in die Stadt. Sie parkte vor der Bibliothek und ging hinein, weil sie mehr wissen wollte, am liebsten alles.

»Spitze Wellen mit hoher Amplitude im Elektro-Enzephalogramm haben bewiesen, dass Rene Epileptikerin ist. Die Krankheit bildet ihre typischen Symptome im Säuglingsalter noch nicht aus.« So viel wusste Paula bis jetzt. Sie suchte Bücher und Fachzeitschriften heraus, häufte sie aufs Lesepult, blätterte hier und suchte da. Die Ausbeute war nicht sehr groß. Was Mira so zum Lachen gebracht hatte, nannte sich BNS-Syndrom.

»Blitz – Nick – Salaam«, las Paula, ein erstaunlich anschaulicher medizinischer Name, fand sie. Er beschreibt ganz genau, was Rene macht: erstarren, nicken, Hände falten und wieder nicken, wie beim arabischen Friedensgruß.

Wie kommts bloß zu so einer Krankheit?, fragte sich Paula und schlug Seite für Seite einschlägiger Literatur um.

»Tja«, gab der Verfasser einer Art Glosse zu, »da tappen wir ziemlich im Dunkeln. Schwer zu erforschen, eine Krankheit, die derart viele Variationen und Formen zeigt. Eine Krankheit, die zwar ausgiebig beschrieben ist, aber meist so subjektiv, dass es sachlich überhaupt nichts hergibt. Niemand weiß bisher, warum im Ammonshorn oder in der Molekularschicht des Kleinhirns Zellen verhärten und dadurch Krampfanfälle verursachen. Keine Mikrobe ist im Spiel, die sich in Affen und Mäusen züchten ließe, um herauszufinden, wie ihr beizukommen wäre.«

An der Wurzel ist das Übel nicht zu packen, wurde Paula schnell klar. Aber der Neurologe hatte von einer Therapie gesprochen, das sollte doch bedeuten, er konnte irgendetwas *tun*. Sie suchte unter dem Stichwort »Therapie« und wurde sofort fündig: »Man muss die Krampfbereitschaft der Nervenzellen herabsetzen«, stand da, »und dadurch kann man das Hauptsymptom der Epilepsie, die Anfälle, unterbinden.« Paula blätterte weiter und erfuhr, wer Nervenzellen vom Krampfen abhalten kann: die Barbiturate, natürlich, das treffliche Luminal und das gute alte Brom, das A.-J. Balard 1826 aus einem Kübel voll Meerwasser herausfilterte und »Bromos« taufte, weil es so unglaublich stank.

»Bromipin, die Addition von Bromsalz und Sesamöl, besänftigt das Zentralnervensystem. Was will man mehr?«, fragte der Verfasser des Artikels.

Man könnte eine ganze Menge mehr wollen, dachte Paula. Eine Therapie, beispielsweise, die sich nicht darin erschöpft, das Hirn des Patienten lahmzulegen. Sie las noch diese und jene Veröffentlichung und musste sich am Ende eingestehen: Es gibt keine bessere Behandlung.

Paula schluckt das letzte Karottenscheibchen und tunkt die Gemüsesoße mit einem Stück Brot auf. »Danke«, flüstert sie niemand Bestimmtem zu, »das hat sehr gut geschmeckt.«

Hilde Hasenzahn löffelt bereits den Nachtisch: Eisbecher mit Kirschen, Schokostreuseln und Sahne. Paula lehnt das Dessert ab, nimmt stattdessen eine Tasse Kräutertee. Traurig legt sie den matschigen Teebeutel auf den Unterteller. Tot, denkt sie, die Kräuter, die Liesl verwendet, leben.

Paula fällt ein, wie sie vier Wochen nach der Diagnose »Epilepsie«, die Rene aus einem normalen Dasein in die widerspenstige Welt der Behinderten katapultierte, an Liesls hinfällige Tür auf der anderen Schlossbachseite klopfte: »Liesl, meinst du, es gäb in der Natur was, das der Rene helfen könnt? Seit sie aus dem Krankenhaus heimkommen is, schläft sie Tag und Nacht. Die Medikamente, die ihr der Neurologe verordnet hat, machen sie so müd. Und, Liesl, wennst auch noch einen Baldrian hättst für die Lene.«

»Ich bring der Lene morgen einen Baldrian«, nickte Liesl, »und dann unterhalt ich mich ein bissl mit ihr. Wird höchste Zeit, dass sie mit dem Gezeter und Getue aufhört. Was soll denn das noch nützen, jetz, wo es schon da is, das A mitsamt der Krankheit.«

»Geh, Liesl«, Paula konnte nicht glauben, was sie eben gehört hatte, »du meinst doch nicht im Ernst, dass das A Schuld hat?«

Liesl blieb stumm.

»Schau her«, versuchte Paula zu erklären, »die Klinikärzte haben rausgefunden, dass es sich bei der Krankheit von der

Rene um eine ererbte Fallsucht handelt. In der Ellerschwang-Familie hat es schon immer Epileptiker gegeben, und damals, als die Else Schredereder einen Ellerschwang geheiratet hat, is die Veranlagung dazu halt bei den Schredereder eingschleppt worden. Das A kann nix dafür. Der Onkel vom Hans Ellerschwang soll seinerzeit so schwere Anfälle ghabt ham, dass ihm der Schaum vorm Mund gstanden is. Hast du den noch gekannt, Liesl?«

Liesl schüttelte den Kopf: »Da bin ich erst drei oder vier Jahr alt gwesen, wie sie den Martin wegbracht ham. Aber über seine Anfälle is viel gredet worden«, gab sie zu.

»Siehst«, ereiferte sich Paula, »und wegen dem Martin weiß man, dass die Krankheit in der Familie liegt, und jetzt is sie halt wieder mal ausbrochen bei einem.«

»Einem mit einem A«, fügte Liesl nahtlos an, und Paula blieb der Mund offen stehen.

»Erklärst mir, was du meinst?«, brachte Paula nach dreimaligem Schlucken heraus.

»Hast schon mal was von der Magie der Zahlen ghört?«, fragte Liesl zurück.

Paulas Antwort erschöpfte sich in einem ratlosen Kopfschütteln. Da rückte ihr Liesl einen Stuhl zurecht, schenkte ihr Tee ein und sagte: »Die Numerologie ist eine sehr alte Wissenschaft. Sie geht auf die Babylonier und die Ägypter zurück. Die haben früher eine ganze Menge aus einem Geburtsdatum herauslesen können. Ihre Weisheit is längst verloren gegangen. Aber sogar Pythagoras, der mit dem Dreieck, hat später mal gsagt, dass Zahlen nicht bloß zum Rechnen gut sind.«

Weil Paula nur dumm dahockte und nichts zu sagen wusste, stand Liesl auf und kramte in einer morschen Truhe herum. Mit einem speckigen Schulheft kam sie an den Tisch zurück: »Ich zeig dir was! Es is nämlich so, dass die Vierlbeckinnen ein kleines Zipfelchen von den alten Überlieferungen gerettet haben. Aus dem Geburtsdatum können wir herauslesen, was ein

Mensch für Talente hat und was für Fehler. Mein Bub, der Werner, zum Beispiel, der wo ja jetz dein Schwager is, der hat keinen einzigen Vierer in sein Geburtsdatum, und wie unpraktisch und ungschickt der ist, das wissen wir alle. Ganz genauso is es bei seinem Onkel Toni, mein Bruder, der wo auch mit keinem Vierer geboren is. Aber«, Liesl pausierte für eine kurze Kontrolle, ob Paulas Spannung in vorgesehenem Maße stieg, »aber der Werner is im August geboren, dem achten Monat. Der Achter steht für einen künstlerisch begabten Menschen! Was sagst jetz? Hast die neue Kassette schon?«

Paula hatte weder die neue noch eine der Vorläuferinnen. Sie hatte allerdings mitbekommen, wie beliebt die volkstümliche Musik der Schlossbergbuam inzwischen war.

Beliebt und begehrt sind sie, die Liedchen, die Werner einen nagelneuen Passat eingespielt haben, aber was haben sie mit Kunst zu tun?, überlegte Paula gerade, als Liesl fortfuhr: »Glaub mirs, die Schlossbergbuam, die sehn mir bald im Fernseher.«

Paula nickte schlapp, und Liesl kam auf die Zahlen zurück: »Das Geburtsdatum vom Werner gibt nicht viel her. Wir ham bloß einen täppischen Künstler. Na ja, so einer kommt nicht weit. Aber es gibt einen Ausweg aus dem Dilemma: Durch deinen Namen kannst du dir Zahlenwerte zu eigen machen, die dir abgehn, denn jeder Buchstabe vom Alphabet ist einer Zahl zugeordnet. Wenn du also gern einen Fünfer hättst, der dafür sorgt, dass du anpacken kannst, mit Kraft und Ehrgeiz, dann brauchst du ein E in deinem Namen. Dem Werner hab ich gleich zwei E mitgeben auf sein Weg. Und siehst, wie sie aufgangen is, die Rechnung!«

Paula sah es. Werners Karriere war erstaunlich und begann am Tag seiner Hochzeit mit Ella.

Max Simmet hatte über Erna Spanagls »Mit dem Gfras setz ich mich nicht an einen Tisch«-Gezeter hinweg beim Dorfwirt den großen Saal bestellt, und das halbe Dorf war gekommen. Etliche hundertmarkscheinträchtige Kuverts stapelten sich auf dem Brauttisch. Bett, Schrank, Tisch, Wickelkommode, der gesamte Hausstand würde sich aus diesem Schenkgeld materialisieren. Es war geborgtes Geld, rückzahlbar bei der Hochzeitsfeier des heute Gebenden.

Als die Vierlbecks zum Schenken an den Brauttisch traten, ernteten sie Hohngelächter. Liesl hob das Glas zum Trinkspruch und sagte seelenruhig allen ins Gesicht, was diese angesichts des Brautpaares, des Pfarrers und Max Simmets nur zu tuscheln wagten: »Die Vierlbeck ham nichts, und sie ham noch nie was ghabt! Drum stehn wir hier mit leeren Händen vor der Braut.«

In das plötzliche Schweigen hinein machte sie dann die überraschende Ankündigung: »Mitbracht ham wir ihr aber trotzdem was.«

Werner, der Bräutigam, stand auf, gesellte sich zu Liesl und seinen Geschwistern und summte einen Ton. Sie sangen: »Mädel, ruck, ruck, ruck an meine grüne Seite.« Der Hohn ihrer Zuhörer schlug in Wohlwollen um. Nach »Rosenstock, Holderblüh« gab es Beifallsstürme. Die Klausenstettener verlangten eine Zugabe nach der anderen.

Es ging auf Mitternacht hin, als die Vierlbecks »Guten Abend, gut Nacht« anstimmten. Max Simmet, und nicht nur er, wischte sich eine Träne von der Backe. »Confitebor tibi in cithara.« Amalie schnäuzte sich herzhaft.

»Jetz schau nicht drein, als wenn dir die Hühner das Brot weggstohlen hätten«, sagte Max zu Erna Spanagl. »Freu dich, dass die Ella in so eine gesellige Familie einheirat. Wie heißts so schön: Wo man singt, da lass dich ruhig nieder, böse Menschen haben keine Lieder.«

In den frühen Morgenstunden verlangten die noch übrigen, reichlich angeheiterten Hochzeitsgäste lauthals nach der »Vogelhochzeit«, und dann wollten sie den »Bierwalzer« hören. »Drunt in der Lobau«, forderten sie und »Trink, Brüderlein, trink«. Sie gaben keine Ruhe, bis die Vierlbecks mit dem Lied »Muss i denn zum Städtele hinaus« den Saal verließen.

Damit wurde Ellas Hochzeitsfeier zum Debüt der Schlossbergbuam.

»Und jetzt schaun wir, was das A angerichtet hat bei der Verena.« Liesl scheuchte Paula aus ihren Gedanken: »Für das A steht ein Einser, das wär an und für sich gar nicht so schlecht, aber wenns du die zwei E und das A zammzählst – du darfst nur die Selbstlaute hernehmen –, dann kommt elf raus!

Die Elf, die bringt das Unglück! Die macht dich verletzlich und wirbelt dich von einem Elend ins andere, weil die Elf nicht weiß, wo sie hingehört. Das ist nämlich so«, holte Liesl noch weiter aus, denn sie registrierte Paulas Neugier: »Wenn die Selbstlaute im Namen zusammengezählt mehr als zehn ergeben, dann muss man davon die Quersumme nehmen, sodass man immer eine Zahl zwischen eins und neun hat.

Also bei dir zum Beispiel, da kommt sowieso bloß fünf raus, aber bei mir, da kommt für Lieselotta, das ist mein Taufname, sechsundzwanzig raus, und noch mal zusammengezählt gibt das dann acht.

»Ich hab keine Ahnung, Paula«, gab Liesl zu, »warum die Elf aus der Reih tanzt und so ein Unglücksbringer is, anstatt dass sie brav zu einem Zweier wird, wie man meinen sollt. Jedenfalls sind die Schredereder überhaupt nicht ungschickt, wenn sie bloß E reinlassen in den Namen, weil dann die Quersumme nie elf geben kann, egal ob man den Vornamen für sich nimmt oder den Nachnamen mit dazu.«

»Wie«, hatte Paula verwirrt gestottert, »kommt denn jeder Vokal zu seiner Zahl?«

Liesl schrieb das Alphabet auf einen Zettel: »Es ist ganz einfach. Du fängst bei A an und zählst durch. Du zählst bis neun, dann fängst du wieder von vorne an. *Jeder* Buchstabe kriegt eine Zahl, auch wenn nachher bloß die Selbstlaute gerechnet werden.«

Paula sah sich die Zahlenreihe unter den Buchstaben an. Das A fraternisierte mit der Eins, das E mit der Fünf, das I mit der Neun, das O mit der Sechs und das U mit der Drei.

»Die Lene hätt der Mira das auseinandersetzen sollen«, sagte sie zu Liesl, als ihr klar wurde, wie ernst es die Vierlbeckin mit der Zahlenmagie nahm. Und insgeheim fügte sie hinzu: Genutzt hätte es wahrscheinlich nichts.

»Paula«, Liesl pochte auf ihr speckiges Schulheft, »das Wissen von der Zahlenmagie, das is den Schredereder schon vor gut hundert Jahr verloren gangen! Bloß die Mutter-gottselig von der Else, die wo 1889 einen Vierlbeck geheiratet hat, die hat noch was gwusst davon. Das hab ich von der Else selber erfahrn. So ein, zwei Jahr, bevor sie gstorben is, hat die Else mal zu mir gsagt: Liesl, hat sie gsagt, fast zum Krüppl hat er mich gschlagen, der Eller, aber recht hab ich doch ghabt. Der Schicklgruber-Bankert war ein Scheusal. Die Mutter-gottselig hats aus dem seinen Namen rausglesen, dass er allen das Unglück bringt. Und deine Großmutter, Liesl, die hat ihr zeigt, wies geht.«

Sie sah Paula eindringlich an und fuhr fort: »Ich hab probiert, ob ich aus dem Namen Adolf Hitler auch was rausfinden kann. Also, zusammengezählt machen die Buchstaben in der Quersumme *drei*, und das bedeutet, der Mensch is scharfzüngig und organisiert gern. Aber weiter bin ich nicht kommen mit meiner Weisheit. Die Großmutter muss viel mehr rausglesen ham, sonst hätt sich die Else nicht so sicher sein können. Oder war der Hitler gar nicht gmeint?«

Diese Frage konnte ihr Paula nicht beantworten und im Moment auch keine andere, denn Paula war irritiert, konfus und betroffen. Liesl sah es.

»Weißt was«, sagte sie, »das Heft da, das nimmst dir mit für ein paar Tag und schaust es in aller Ruhe an. Bis du es mir zurückbringst, hab ich ein Teekraut für die Rene hergricht und eine Salben. Derer Elf, der rücken mir mit dem Herrgott seiner Apotheken auf den Pelz.«

3.

HILDE HASENZAHN saugt mit einem Strohhalm geräuschvoll ein Restchen Likör aus dem sonst leeren Eisbecherglas. Paula schreckt auf, sieht ihr zu und hofft, der vernehmliche Schlürfton würde den Aufbruch einläuten.

Pech gehabt, gesteht sie sich einen Moment später ein, denn Hilde bestellt jetzt Kaffee und ein Gläschen Weinbrand dazu.

Paula nimmt einen Schluck Wasser und treibt wieder davon.

Seit Rene konstant schlief, hatte Mira jegliches Interesse an ihrem Kind verloren. Vormittags saß sie wieder hinter dem Postschalter, ohne die geringste Aussicht, jemals zur Oberpostsekretärin und damit in die nächsthöhere Gehaltsklasse befördert zu werden. Zu den ständigen Dienstbefreiungsanträgen waren mit den Jahren etliche dubiose Krankmeldungen gekommen, was Mira außerhalb der beschirmenden Hand des öffentlichen Dienstes längst vom beruflichen Hocker gefegt hätte.

Elvira und Luwe schliefen mindestens sechs Nächte pro Woche in Miras Wohnzimmer. Paula konnte auf dem Schredereder-Grundstück keinen Schritt mehr tun, ohne von Elvira eingespannt zu werden: »Mei, Paula, weilst grad da bist, schaust auf die Rene, schlaft eh. Eine Illustrierte muss ich mir grad holen, eine, wo alles genau drinsteht über das Unglück. Die Grace Kelly, die Patricia von Monaco, die is tot, hast es mitkriegt?«

Paula hatte nicht, wann auch!

Man schrieb September ’82: Ernstl war knapp zehn Jahre alt, Herbertl fast acht. Keiner der beiden brachte ohne Aufsicht einen vernünftigen Eintrag ins Hausheft fertig. Und für all die unliebsamen Sitzungen über fleckigen Schulbüchern musste Ernstl in Stall oder Scheune, Herbertl auf dem Fußballfeld eingefangen werden.

Seit gut sieben Jahren kümmerte sich nun Paula schon um die Buben, um ihre Noten, ihren Haarschnitt, ihre Fahrräder, ihre Blessuren. Konrad saß seit diesen sieben Jahren in der Psychiatrie ein, neuerdings sogar in der Geschlossenen, weil er in schöner Regelmäßigkeit seine Pfleger angefallen hatte.

Paula war noch nie auf den Gedanken gekommen, sie könnte das Ernstl und das Herbertl von heute auf morgen sich selbst, Jele und Lene überlassen. Aber Lene wollte sichergehen, und deshalb hatte sie im Sommer zuvor Paula ein Versprechen abgenommen.

Es war an ihrem fünfundsechzigsten Geburtstag, als Lene die Schlinge legte, und Paula hätte sich möglicherweise irgendwie herauswinden können, hätte Max nicht beipflichtend mal Paulas Linke, mal Lenes Rechte getätschelt.

Die Geburtstagstorte und die Zimtnudeln waren längst verspeist, da kam Lene auf einmal neben Paula zu sitzen und praktizierte ein blaues Samtschatüllchen in Paulas Schoß: »Schau nur rein, Paula, da ist ganz was Seltenes drin. Wir, wir Schredereder, ham sogar zwei davon.«

Paula beäugte verdutzt einen durchsichtig-braunen Bernsteintropfen, der an einem Goldkettchen hing.

»Schau nur genau hin.« Lene schwenkte das Tröpfchen ins Licht, sodass Paula den Einschluss erkennen konnte.

Muss ein Insekt sein, eine Urmotte oder so etwas, dachte Paula.

Das Tierchen war winzig, und es hatte seine Flügel ausgebreitet, die aussahen wie klitzekleine Ahornblättchen. Paula starrte es an.

»Hab ich mir doch dacht, dass es dir gfällt«, lachte Lene. »Wo du doch immer und immer in dem alten Ahornbaum gsessen bist. Sommer für Sommer, bis ihn der Franz weggschoben hat mit sein Bulldog.«

Paula kannte den zweiten Bernsteinanhänger, von dem Lene gesprochen hatte. Jele trug ihn sonntags zu ihren guten Sachen. In Jeles Bernsteintropfen war ein zierliches Spinnentierchen in einer Art Luftblase gefangen.

»Meine Mutter hat gsagt – und sie selber hats als Kind von meiner Großmutter-gottselig ghört«, erklärte Lene, »dass die Harztropferl aus einem uralten Geheimgang stammen, der wo verschütt is. Weißt es noch, Paula, meine Mutter war grad ein Jahr tot, da is, nach dem Brand '63, der Gang da draußen auftaucht.« Sie deutete mit dem Daumen über die Schulter in Richtung Scheune, dorthin, wo das gelbe Schild »Betreten verboten« hing. »Von da müssens herkommen, die Anhängsel.«

Während die Trauergäste bei Max' Leichentrunk immer fröhlicher werden, befühlt Paula den glatten Stein auf ihrem schwarzen Pullover.

»Der soll dir gehören«, hatte Lene auf jener Geburtstagsfeier vor drei Jahren bestimmt. »Als Dank dafür, dass du immer da gwesen bist für die Jele und ihre Kinder.« Und nach einer kleinen Pause fügte sie fast beschämt hinzu: »Den Hof, den könnten wir ohne dich auch nimmer halten.«

Paula war damals regelrecht ergriffen gewesen. Sie musste hart schlucken, weil ihr eine derartige Anerkennung widerfuhr und weil ihr Lene sage und schreibe die Hälfte des Schredereder'schen Familienschmuckes vermachte. Das war der Moment, in dem Max tätschelte und Lene das Eisen schmiedete: »Paula, gell, du versprichst mirs in die Hand, dass du uns nicht im Stich lasst. Ein paar Jahr noch, dann ist der Ernstl so weit, dass er den Hof übernehmen kann!«

Mindestens acht, rechnete Paulas Verstand und regte an, den Bernstein sofort zurückzugeben.

»Der Ernstl«, fuhr Lene indessen fort, »das is ein Bauer, wo unser Ede nie werden könnt!«

Das musste Paula zugeben.

»Der Ernstl hats im Blut«, redete Lene weiter, »von der Viehzucht, da versteht der Lauser jetzt schon mehr als wie sein Onkel.«

Das wiederum war keine große Leistung, fand Paula.

Aber im Prinzip hatte Lene recht, und weil Max so stimulierend nickte und abwechslungsweise über Paulas linke Hand und Lenes rechte streichelte, schlug Paula ein und verpfändete damit ihre mittleren Jahre an die Schredereder'schen Rindviecher.

Dieses Fait accompli, von Max abgesegnet, von Amalie mit einem »In nomine patris« kommentiert, was besagte, dass sie sich nicht einmischen wollte, wurde von Erna Spanagl blindwütig unter Beschuss genommen. Und Paula ahnte auch, warum, denn sie hatte das Getuschel – nein, gehört hatte sie es nicht, aber gespürt. Erna und Franz und Hilde Hasenzahn waren auf den Schredereder-Hof aus, da war sich Paula sicher. Sie konnte sich ausmalen, wie Erna Spanagl ihren Sohn aufgeheizt hatte: »Das dauert nimmer lang, bis der das Handtuch werfen muss, der Ede, der Holzkopf. Und dann tust ihm einen Gefallen damit, wennst ihm seine Habe auslöst, bevor sie untern Hammer kommt. Die Jele und die Lene, die können die Wirtschaft nicht über Wasser halten, und die andere da, dem Ede die Seinige, die arbeitet dir sowieso in die Händ.«

Es sollte doch mit dem Teufel zugehen, wenn ausgerechnet Ede Dummian das Pleitenjahr '82 überstehen würde. Dieses Jahr, in dem Pelikanfüller ausschließlich rote Zahlen schrieben und die kühle Bauknecht-Blonde vom Reklameplakat ihre Rüschenschürze ablegen musste.

Es ging tatsächlich mit dem Teufel zu, und der hatte sich mit Paula gegen Erna, Franz und Hilde Spanagl verbündet. Paula fiel durch ihren Einsatz auf dem Schredereder-Hof dem eigenen Bruder in den Rücken, pfui!

Knapp sechzehntausend Konkurse wurden im Jahre '82 bundesweit abgewickelt, es hätte sie leicht treffen können, die Schredereders. Aber Ede konnte den Hof halten.

4.

HILDE HASENZAHN hat den Weinbrand längst ausgetrunken und bestellt soeben einen zweiten. Sie redet auf Otto Ellerschwang ein, der vor ein paar Minuten an den Tisch gekommen ist. Eigentlich kam er, um sich zu verabschieden und sich für die Einladung zum Leichenschmaus zu bedanken. Aber Hilde zog ihn neben sich auf die Bank, und nun sitzt er da und muss ihr zuhören. Paula hingegen macht die Ohren dicht und schickt ihre Gedanken wieder ein paar Jährchen zurück.

Es war im Winter '83/84, als Paula merkte, wie ein spürbarer Wind des Wandels zu säuseln begann.

Luwe saß stundenlang mutterseelenallein vor dem Fernsehapparat und bewachte die olympische Flamme. Mira war selten zu Hause. Elvira kochte meist nur schnell einen Grießbrei für Rene und wandte sich wieder ihren Illustrierten zu. Ede hörte auf zu lachen.

Eines Nachmittags, Anfang Januar, half ihm Paula, die Milchkammer sauber zu machen, und dabei sprang ihr regelrecht in die Augen, wie sehr sich Edes Aura verändert hatte. Das kunterbunte Dahineilen lustiger kleiner Wellen wurde von garstigen Interferenzen heimgesucht. Edes Gemütswellen sackten beharrlich in tiefe Täler hinein und schienen dort zu versanden. So muss Trübsal aussehen, wenn man sie in Sinuskurven übertragen könnte, dachte Paula.

Es war greifbar: Ein trübseliger Ede, der nur noch halbherzig die Skistiefel schnürte, konnte Mira gestohlen bleiben. Paula registrierte bald ohne Überraschung, dass sich Mira bei einigen Aktiven vom Hohenstettener Skiclub anwanzte, die in den Achtzigern schon das probten, was die AOK in den Neunzigern unter dem Motto »fit for fun« anpreisen sollte. Nachdem dann Mitte Januar Neuschnee gefallen war, konnte man Mira nur noch selten zu Hause antreffen.

Im Februar zog Ede an manchen Sonntagnachmittagen eine einsame Skispur über den Klausenstein. Zuweilen bemerkte er, dass schon jemand vor ihm da gewesen war. Ede tippte auf Paula. Es wurde März, bis ihm auffiel, dass es fast immer zwei Spuren waren, die sich den Hang hinunterschlängelten. Er prüfte die Aufstiegsspur und fand, dass sie von zwei Paar Skiern ausgetreten war. Ede rätselte im Stillen ein wenig an dem Phänomen herum, aber nicht sehr intensiv, das war nicht seine Art. Eines Sonntags traf er dann mit Paula und Jele zusammen.

Paula muss heute noch grinsen, wenn sie daran denkt, wie Jele dreinschaute, als ihr Paula zum ersten Mal den Vorschlag machte, mit auf den Klausenstein zu kommen.

»Probiers halt«, hatte Paula gelockt, »tut dir gut, die frische Luft.« Jeles Ausreden blies sie weg wie Flusen.

Diverse Modelle ausgedienter Tourenausrüstungen von Mira lagerten im Keller, damit wäre Jele schnell ausstaffiert, meinte Paula. Ernstl und Herbertl standen mit den Spielfiguren von »Masters of the Universe« im Ring, das sollte dauern.

»Also«, sagte Paula, »was spricht dagegen?«

Jele ging kopfschüttelnd mit, weil Paula normalerweise richtiglag, wenn sie etwas befürwortete. Und Paula hatte recht, voll und ganz. Der Ausflug tat Jele gut. Er machte ihre Geleehaut wieder frischer und elastischer. So kam es, dass Paula und Jele von da an regelmäßig am Sonntagnachmittag zwei Spuren in den Schnee auf dem Rücken des Klausenstein pflügten.

Als ihnen Ede an einem Märzsonntag entgegenkam – er war beim Aufstieg, Paula und Jele fuhren talwärts –, da erschien für einen Moment das Schalkblinzeln in seinen Augen, und Paula sah in seiner Aura einen Anflug des witzig-zappeligen Flimmerns, das ihn früher immer umgab.

»Jele«, bleckte er, »wenn der Sterngiebel in Sicht kommt, dann musst bremsen, sonst ham wir dich nicht ausgraben bis zum Melken.«

Mitte März meldete sich Mira nicht nur für ein Wochenende, sondern gleich für die ganze Woche bei der Familie ab. Sie gondelte mit ihrer Clique fit and funny ins Ötztal, denn Anfang Mai wollte Mira eine Skitour zum Gipfel des Montblanc machen, und dafür musste sie trainieren.

Am Sonntag dieser Woche schloss sich Ede seiner Schwester und Paula auf ihrer Tour auf den Klausenstein an. Sie gingen gemeinsam, alle drei, teilten sich auf dem Gipfel einen Energieriegel und fuhren dann über die letzten bereits durchweichten Schneefelder hinunter. An diesem Tag lachte Jele. Sie lachte, als Ede über den Graben sprang und in einem Heidelbeerstrauch landete.

Paula umklammert den Bernstein, als könne er die Zeit zurückdrehen und Jele noch mal zum Lachen bringen. Sie drückt sich noch näher an die Mauer, verschmilzt fast mit der Tapete, damit Hilde Hasenzahn bloß nicht auf die Idee kommt, sie in ihren Gedanken zu stören. Jetzt, nachdem es Otto Ellerschwang gelungen ist, sich loszueisen und schleunigst zu verschwinden.

Nach der Tour zu dritt beschlossen Ede, Paula und Jele, im Schlosscafé einzukehren. Der neue Pächter von Burg Sand hatte die Remise in ein Nostalgiecafé verwandelt. Mitten im Raum war die offene Kutsche vom alten Semau platziert, über den Kutschbock wucherten geschlitzte Philodendronblätter.

Über den alten Semau wucherte seit zwei Jahren der Knöterich vom Kirchhof. Dieses Kletterzeug war einfach nicht auszurotten. Es hatte auf einer Höhe von sechs Metern den Gekreuzigten auf seinem Hügel umgarnt, war über die Friedhofsmauer zum Leichenschauhaus gekrochen, hatte dort die

Dachziegel angehoben und wuchs von der Decke herunter wie Luftschlangen auf die erstarrten Toten zu. Der Mesner riss die Schlingen erbittert aus dem Gebälk, wodurch er erst recht verstärktes Wachstum provozierte. Ein rüder Seitenarm hatte sich über eine Thujenreihe zur Semau-Gruft durchgeschlagen, den Granitstein umzingelt, die Grabplatte mit dem Kiesweg vernetzt und machte sich nun rüstig und ungehindert von treusorgenden Hinterbliebenen auf den Weg zum Simmet-Spanagl-Grab.

Semaus Erben hatten die Burg samt Park und Stallungen an das Gastronomie- und Hotelgewerbe verpachtet und sich dazu nicht einmal blicken lassen. Das Burghotel lebte hauptsächlich vom jährlichen Urologenkongress.

Paula hatte sich wohlig in den dunklen Samt des Polsterstuhls gedrückt und Klausner Sandtorte spezial bestellt. Sie schmeckt jetzt noch den Eierlikör auf der Zunge, der das »spezial« rechtfertigen sollte, und spürt noch die Behaglichkeit, die ihr Sicherheit vorspiegelte.

Es hatte sich doch alles einigermaßen eingerenkt, oder etwa nicht? Konrad war nicht mehr zu fürchten, weil interniert. Für Ernstl und Herbertl würden Paula, Lene und Jele mit vereinten Kräften den Hof erhalten, wobei, so schien es neuerdings, selbst Ede mit im Bunde war, wenn auch bei ihm mit herkömmlicher Instabilität zu rechnen war.

Sogar mit der kleinen Rene hat es das Schicksal noch gut gemeint, hatte Paula in der samtverbrämten Remise geradezu euphorisch gedacht. Brom und Thymian haben es vereint geschafft, bei Rene nicht einen einzigen »Grand-mal«-Anfall aufkommen zu lassen. Renes Absencen hie und da werden medizinisch unter »Petit-mal« eingereiht, was doch wortwörtlich besagt, dass sie nur ein kleines Übel sind.

Neben Hilde Hasenzahn auf der Wirtshausbank seufzt Paula tief auf und hält gleich darauf erschreckt die Luft an. Sie schielt zur Schwägerin hinüber. Ist Hilde wegen des Seufzers auf sie aufmerksam geworden?

Paula kann sich beruhigt zurücklehnen. Hilde hat Dr. Stern im Visier, der an den Tisch gekommen ist, um zum Abschied ein paar Worte mit Amalie zu reden.

Im Frühling '84, an diesem Sonntagnachmittag bei Kaffee und Kuchen in der Burgremise, sinniert Paula weiter, hab ich doch glatt gemeint, das Leben würde jetzt halbwegs normal weitergehen, für Rene, für Jele, für Ernstl und Herbertl, irgendwie auch für Ede.

Rene hatte gelernt zu krabbeln, später auch zu laufen, in Zeitlupe zwar und mit Pausen, in denen sie aussah, als würde sie über ihre letzten Schritte meditieren.

Vor vier Monaten, an ihrem dritten Geburtstag, hatte Rene juchzend den Schaumstoffball aufgefangen, den Paula ihr zuwarf. Und bald darauf hatte sie eine Reihe ganz schneller Schritte hintereinander geschafft und war wie der Blitz von der Gred zu Stalltür geschossen.

Der Behandlungserfolg war größtenteils Dr. Stern zu verdanken. Mit mehr Intuition als sturer Verhältnismäßigkeitsrechnung (Kilogramm-Rene-Gewicht zu Milligramm-Bromsalz-Gabe) hatte er Rene um die Stromschnellen der »Grand-mal«-Anfälle herumgeschifft, ohne das Kind im Sumpf des Dauertiefschlafes dümpeln zu lassen.

Dieselbe Findigkeit ermöglichte es ihm auch, Max trotz all der Zimtnudeln und saftigen Wammerlscheiben an vorprogrammierten Infarkten vorbeizusteuern – bis vorgestern.

Was Paula dem Doktor am höchsten anrechnet, ist, dass er sich weder zu fein noch zu gescheit war, zu Renes Gunsten ein lohnendes Konsortium mit der Kräuter-Liesl einzugehen. Oft bereiteten der Doktor und die Kräuterfrau sogar gemeinsam Liesls Labkraut-Mistel-Tränke zu, fügten die Bromsalzdosis nach Dr. Sterns neuesten Resultaten hinzu und wandten die Mixtur heilbringend an. Dr. Stern bezeichnete die Zusammenarbeit mit Liesl grinsend als das »Stern-Vierlbeck-Symposium über die Komprehension von chemischen und pflanzlichen Ingredienzien zur Konsolidierung des Epilepsiepatienten in einem Optimalstatus.« Sowohl er als auch Liesl luden Paula zu ihren Treffen ein. Paula nahm dankend an, erschien rechtzeitig, hörte zu und lernte. Sie blieb meist noch, nachdem sich Dr. Stern bereits verabschiedet hatte, und so kam es, dass sie mitten in die pharmazeutische Hinterlassenschaft einer Hildegard von Bingen strudelte, überarbeitet und vorgetragen von Liesl Vierlbeck.

Heute, an Max' Begräbnistag, geht Paula auf, dass Liesl damals schon geplant haben musste, das Vierlbeck'sche Kräuterwissen an Paula weiterzugeben.

Unter dem Vorwand, sie, die unbedarfte Kräuter-Liesl, brauche dringend Paulas – wenigstens körperliche – Präsenz, wenn sie mit einem akademischen Herrn disputieren müsse, hatte sie Paula ursprünglich zu den Zusammenkünften gebeten. Sie hatte eine Gelegenheit gesucht, herauszufinden, ob sich Paula für das Heilen mit Kräutern entflammen ließe.

Im vergangenen Herbst war Liesl dann mit ihrem Anliegen herausgerückt. »Deine Schwester, die Ella«, begann sie das Gespräch, »das is schon die Rechte für meinen Werner. Sie hält ihm die Stange und schaut auf ihn. Jeden Tag freuts mich, wenn ich seh, wie gut die zwei dastehn. Der Ella is es zu verdanken, dass die Vierlbeck auf einmal wer sind. In ganz Bayern sinds schon berühmt, die Schlossbergbuam. Die Ella, sagt der Werner immer, das ist unsere Managerin. Das kanns, die Ella, sagt er, von einem zum anderen hüpfen und jeden um den Finger wickeln.«

»Das glaub ich, dass die Ella das kann«, grinste Paula zustimmend.

Liesl nickte, setzte Wasser auf, scharrte dort und da, und Paula wartete, weil sie an Liesls Energielinien sah, dass die Schlossbergbuam bloß die Einleitung für irgendetwas Folgenschweres waren, und schon kam es: »Das Kräuterwissen von den Vierlbeck-Frauen, das wär aber nicht gut aufghoben bei der Ella. Ich glaub nicht mal, dass was ankommen tät bei ihr, selbst wenn ich mir noch so große Mühe gäb mit dem Erklären und Herzeigen und Vormachen.« Sie versäumte zu erwähnen, dass Ella als Schwiegertochter für das Vierlbeck-Erbe ohnehin nur zweite Wahl wäre, denn traditionell sollte das Vermächtnis in die Hände einer Vierlbeck-Tochter gelegt werden. Doch dieses Band war grausam zerrissen worden. Liesls Zwillingsmädchen waren fünfzehnjährig im aufgemotzten Manta eines liederlichen Sohnes vom Inhaber des Samson-Sport-Ladens in den Tod gerast.

Ende '75 war das, erinnert sich Paula, keine drei Wochen später ist das Anschnallen dann Pflicht worden. Ein Gurt hätte den Mädchen vielleicht das Leben gerettet.

Liesl hatte sie begraben müssen, die Töchter und Erbinnen des Kräuterwissens. Paula ahnte, was kommen würde. Sie saß ganz still und wartete. Liesl sagte feierlich: »Paula, ich tät mir wünschen, dass ich an *dich* alles weitergeben darf, was ich weiß. Viel ist es nicht mehr, weil du eh schon eine Menge mitkriegt hast. Und, Paula, ich wüsst keine, die mir lieber wär für das Vierlbeck-Erbe.«

Mit fragend-ängstlichem Gesichtsausdruck hielt Liesl den Atem an. Als ob Paula das Angebot auch nur eine Sekunde lang als Zumutung empfunden hätte! Seit Monaten saugte sie bei jedem Stern-Vierlbeck-Konvent die Merkmale und Wirkungsweisen aller Arten von Heilmitteln in sich auf wie Amalies Zimtnudeln das Butterschmalz. Paula hatte sich inzwischen sogar eine Kartei angelegt mit Querverweisen, spezifizierenden Randbemerkungen und Fußnoten, die sie akribisch optimierte. Ganz nebenbei hatte sich Paula auch in die Numerologie hineingerechnet, hatte sämtliche Vornamen ihrer Verwandten und Bekannten numerologisch untersucht. Dabei kam ihr eines Tages auch René Schredereder in den Sinn. Es war doch wohl nicht die verhängnisvolle Elf, die den Poliomyelitis-Viren einen Weg durch Renés Nervenbahnen ebnete, um Lenes Erstgeborenen zu erwürgen? Oder doch?

Wenn man, postulierte Paula, das Wort »René« phonetisch betrachtet, müsste es mit einem Ö in der Mitte geschrieben werden. Richtet sich also der Einfluss der Zahlen nach dem Klang des Namens, dann habe ich eine Fünf für ein E und eine Sechs für ein O, weil Ö nicht vorgesehen ist und deshalb zusammengesetzt werden muss. Fünf plus sechs ergibt die verbrecherische Elf. Bingo, oder, nein, doch nicht, weil das E mit dem Akzent noch dazugezählt werden muss. Und wie, bitte, zählt ein E mit Akzent?

Ein Schmarrn ist das, wenn man sich in Spitzfindigkeiten verzettelt, rief sie sich sogleich zur Ordnung. Das wär grad so, als tät ein Schuster den Fuß nach dem Leder zuschneiden.

Trotzdem, sie konnte sich nicht befreien. Die Elf gab keine Ruhe. Paula sah sie in Konrads Stuhllehne geritzt, damals in der Volksschule, als er in der Bank vor ihr saß, und sie sah die Elf als zwei Kleckse aus Karamellpudding auf Miras Platz im Speisesaal der Ursulinen.

»Wem«, fragte Paula bei Liesl nach, »bringt denn die Elf eigentlich mehr Unglück, dem, der sie im Namen trägt, oder seinen Angehörigen?«

»Ach, Paula«, meinte Liesl, »alles hängt zusammen, alles ist verbunden, nichts lässt sich losgelöst betrachten.«

Das sah Paula ein und suchte bei Konrad die Elf. Sechs für ein O, eins für ein A, macht sieben, und selbst als sie das E von Selch noch hinzufügte, kam dreizehn und als Quersumme vier heraus.

»Alles Mist«, fluchte Paula, und im selben Moment schoss ihr Konrads Geburtsdatum in den Sinn: 1.3.52! Elf!

»Mist«, fluchte sie wieder, denn das war ihr nun auch nicht recht. Ließ es sich denn nicht immer so drehen, dass irgendwann elf herauskam?

Sie versuchte es mit Mira, scheiterte beim Namen, beim Geburtsdatum, sogar beim Hochzeitsdatum. Bevor sie wusste, ob sie nun zufrieden sein sollte, fiel ihr ein, dass Miras Taufname Miranda war. I steht für neun, A für eins und noch mal A für eins, Mist!

Es gibt, überlegte Paula an diesem Spätherbsttag '84, als sie in Liesls Küche saß und soeben als Erbin des Vierlbeck-Vermögens eingesetzt worden war, Abertausende von Einflüssen, die unser Schicksal bestimmen.

Da sind als Erstes die Sterne. Ja, beinah so alt wie die Menschheit ist die Astrologie. Die Sumerer haben den Sonnenweg entlang der Sterne in zwölf Teile eingeteilt, und sie haben uns die zwölf Tierkreiszeichen vermacht. Wie könnten wir uns erdreisten, uraltes Wissen um Aszendenten, Konjunktionen und Sternenkonstellationen als Aberglauben und Humbug abzutun? Genauso wenig dürfen wir die Macht des Mondes unterschätzen, trug sich Paula im Stillen selbst vor. Ein Mond, der periodisch die Wassermassen von allen Ozeanen umverteilt, was muss er für eine gewaltige Wirkung auf einen Menschenkörper haben? Einen Körper, der zum größten Teil aus Wasser besteht – dreißig Liter Zellwasser, hatte Dr. Stern gesagt, Gelenkflüssigkeit, Blut, Liquor und so weiter.

So spekulierte Paula von oben nach unten, vom Firmament zum Erdmittelpunkt. Sie kam auf die Geomantik, in die sie sich vertiefen wollte, sobald sie die notwendige Literatur darüber hätte, und sie kam auf die Energieströme in allem Lebendigen, die sie oft so deutlich sehen konnte.

Das Flimmern und Züngeln ist neuerdings sogar fotografiert worden, dachte Paula, Semyon Kirilian hat die Aura auf seinen Lichtbildern sichtbar gemacht, und er hat sie »Corona« genannt.

Paula kam noch auf dies und das, bis ihr aufging, dass Liesl immer noch bei eingeschränkter Atmung auf eine Antwort wartete. Sie stand auf und umarmte die Frau, die ihr das wertvollste Geschenk gemacht hatte, das Paula je bekommen würde.

Die Initiationsriten für die neue Kräuterfrau von Klausenstetten, früher ehrfurchtsvoll Sagefemme genannt, zentralisierten sich in einer prosaischen Tasse Kräutertee ohne Zucker und gipfelten in der Übergabe einer Kräuterfibel aus Paracelsus' Zeiten. Auf dem abgewetzten Einband des zerfledderten Büchleins konnte Paula ein stilisiertes Ginkgoblatt ausmachen.

Im Laufe der folgenden Wochen ergänzte Paula ihre Kartei anhand der Fibel, um diese dann sorgsam einzuhüllen und sicher zu verstauen.

Die Trauergäste verlaufen sich allmählich, die letzten schalen Bierneigerl rinnen durch die Kehlen der Feuerwehrmänner.

Paula muss sitzen bleiben (weil Hilde Hasenzahn auf ihrem Platz klebt wie eine Fliege am Siruptopf), und sie erinnert sich, wie stolz sie am vergangenen Nikolaustag war, als Herbertl seine Erkältung mit Paulas Lindenblütentee schier über Nacht herausschwitzte, wie ihm Paulas Wadenwickel das Fieber austrieben ohne ein einziges Paracetamol.

Und jetzt ist es tot, das Herbertl.

Paula steigen Tränen auf und quellen eigenmächtig heraus.

»Is ja gut.« Hilde rückt von Paula ab, als hätte Paula Pockenpusteln statt Tränen auf den Backen. »Wir wissen doch eh, dass du dich immer so gehabt hast mit dem Max«, und dann sagt Hilde eine Spur freundlicher: »Jetz können wir gleich gehn, die Feuerwehr hat gnug.«

Paula nickt bloß und presst sich an einen rupfenen Wandteppich.

5.

WAS NUR ALLES IN GOTTES NAMEN hatte knapp vor Weihnachten zusammengeholfen, das Herbertl hinzumorden? An die hundertmal in den seither vergangenen zwei Monaten hat Paula minutiös vor sich aufgerollt, was an diesem 13. Dezember 1984 geschah. Einmal mehr ruft sie sich jetzt ins Gedächtnis, was jeder tat und sagte und wollte:

Paula wollte eigentlich an diesem Tag Urlaub nehmen, weil Jele einerseits für die Buben Weihnachtsgeschenke besorgen musste, andererseits sich aber etliche Backbleche in ihrer Küche stapelten, vollgereiht mit Mürbeteigkränzchen, die noch mit Marmelade bestrichen, zusammengeklebt und mit Glasur überzogen werden mussten. Das hätte Paula übernehmen können.

Paulas Urlaubsantrag wurde kurzerhand abgelehnt. Kurz vor Weihnachten, wenn Millionen von Segenswünschen durchs Land schwirren, gibt es bei der Post keinen freien Tag zum bloßen Vergnügen, basta.

Paula deckte also wie üblich um fünf die Schreibmaschine zu und hielt auf dem Heimweg beim Edekageschäft an. Sie hatte an diesem Tag eine lange Einkaufsliste in der Tasche. Gleich neben dem Eingang war ein Orangenberg aufgeschichtet, und Paula klaubte zehn Stück davon in ihren Korb. Das war schätzungsweise der Zeitpunkt, als sie in den Stall gingen, Lene, Jele und Ernstl. Herbertl zuckelte hinterdrein und wurde von Elvira aufgehalten: »Nimm die Rene mit, Herbertl, die möcht mit zu den Kuhmuh«, rief sie aus dem Türspalt, schubste Rene schnell hinaus und schlug die Tür gleich wieder zu, damit kein kaltes Lüftchen in ihre warme Stube dringen konnte. Die anderen verschwanden gerade im Stall.

Elvira und Luwe setzten sich zu »Sport extra« vor den Fernseher. Mira hatte sich vier Kilo Bleigewichte umgehängt und trabte die beleuchtete Hauptstraße entlang, weil die Feldwege längst im Dunkel lagen. Ede holte vom Raiffeisen-Lagerhaus eine Ladung Kraftfutter.

Rene machte ein paar Schritte auf Herbertl zu, blieb aber dann bei der ersten zugefrorenen Pfütze hängen und versuchte, das Eis einzutreten. Als das nicht ging, schlidderte sie kreuz und quer auf der tellergroßen Eisfläche herum und fand es recht spaßig.

Herbertl ging in die Knie und öffnete die Arme in der Hoffnung, die Aussicht, durch die Luft kreiseln zu dürfen, würde Rene von ihrer Eisbahn herunterholen. Herbertls Rechnung ging auf. Rene tippelte stracks auf ihn zu. Sie hatte schon die halbe Strecke geschafft, da wurde sie abgelenkt wie ein Eisenspänchen vom Magnetfeld.

Es war der erste strenge Frost des Jahres, der die grob zusammengeschlagenen Latten aus ihren rostigen Angeln an der Steinzeithöhle gehoben hatte. Dadurch fand der Bretterverschlag linksseitig keinen Halt mehr und klaffte ein ganzes Stück weit auf. Rene sah es und schwenkte abrupt aus ihrer vorgefassten Bahn in Richtung des unbekannten und deshalb lockenden Terrains. Sie musste in die Höhle hineingeschossen sein, bevor Herbertl überhaupt merkte, dass seine Arme leer bleiben würden.

Paula weiß nur zu gut, wie kraftvoll die Dunkelheit in dem Gang schon nach den ersten paar Schritten zuschlägt. Rene war aber, den Blutspuren nach, erst nach fünf oder sechs Metern zum Stehen gekommen. Ihre Schreie veranlassten Herbertl, blindlings in die Höhle zu tapsen. Als er Rene zu fassen bekam, war es bereits zu spät.

Es konnte nur diese massive, alles verschlingende Dunkelheit gewesen sein, meinte Paula, und Dr. Stern gab ihr recht, dieses dichte Schwarz, das bei Rene den »Grand-mal«-Anfall auslöste.

Weder Dr. Stern noch – später – der Gerichtsmediziner wussten ganz genau zu sagen, wie sich der Rest abgespielt hatte. Dr. Stern vermutete, dass Herbertl versucht hatte, Rene festzuhalten, während sie krampfte. Dabei musste Herbertls Handgelenk in dieser Stockdunkelheit zwischen Renes konvulsivisch zubeißende Kiefer geraten sein. Jedenfalls biss Rene in Herbertls Pulsarterie.

Die Polizeibeamten maßen alles aus und berechneten, dass Herbertl Rene noch dreieinhalb Meter weit zum Höhlenausgang gezogen hatte. Vermutlich erst, nachdem der Anfall vorbei war und Rene schlaff dalag. Dann brach Herbertl zusammen.

Erstaunlich war, dass Rene – etwas später wohl – selbst ein Stück in Richtung Ausgang robbte, bevor sie einschlief.

Mira kam gegen sechs von ihrem Trainingslauf zurück und befreite sich just neben der offenen Höhle von ihren Bleigewichten. Sie entdeckte Rene durch Zufall, weil die Scheinwerfer von Edes altem Opel direkt in den Eingang leuchten, während er die Futtersäcke auslud.

Mira zog Rene heraus, wischte ihr mit einem Tempotaschentuch das Blut aus dem Gesicht, gab der Brettertür einen Tritt, sodass sie zufiel und sich in den Angeln verkeilte, und brachte Rene ins Haus.

Sie hätte keine große Affäre aus der Sache gemacht, sagte Mira später vor der Polizei aus, weil es häufig vorkam, dass Rene beim Spielen einschlief.

Auf gefrorenem Boden im Höhleneingang?

Nun, Mira hatte doch Rene unversehrt gefunden, weshalb sich also Sorgen machen?

Und das Blut?

Das hatte Mira für Dreck gehalten. Das Blut war doch ganz schwarz.

Es ging auf sieben Uhr, als Jele auffiel, dass Herbertl fehlte. Sie schwärmten alle aus, Jele, Paula, Ernstl, und riefen nach Herbertl. Später fragten sie Mira. Die hatte das Herbertl nicht gesehen, und woher zum Teufel sollte sie eine Ahnung haben, wo der Pimpf steckte?

Es wurde halb acht. Paulas Knie begannen zu zittern, und von Jele kamen Laute wie leises Klirren.

Sie dachten gemeinsam darüber nach, wann und wo der Herbertl zuletzt in Sicht gewesen war. Ernstl meinte gehört zu haben, dass Elvira »Herbertl« gerufen hatte, als sie auf dem Weg in den Stall gewesen waren.

Paula ging noch mal in Miras Wohnung und fragte, ob Herbertl mit Rene gespielt hätte. Elvira nickte zerstreut. »Und wann hat er die Rene zurückgebracht?«, verlangte Paula zu wissen.

»Gar nicht«, sagte Mira.

»Aha. – Und wo is die Rene?«

»Die schläft.«

»Aha. – Und wie is sie heimkommen?«

»Am Höhleneingang gefunden.«

Paula raste hinaus, kam aber sofort zurück, weil ihr klar wurde, dass sie eine Taschenlampe brauchen würde. Sie rannte die Treppe hinauf, um sich eine zu holen. Paula hatte Jele im Genick, als sie den Bretterverschlag aufstemmte.

Hätte, pocht es seitdem in den Köpfen, hätte der Herbertl um halb sieben noch gelebt, um sieben? Dr. Stern behauptete, er wüsste es nicht. Aber Paula sah ihm an, dass sie den lebendigen Herbertl nur um ein paar Minuten verfehlt hatten.

Aus dem winzigen Riss in der Arterie war das Blut nur gesickert, keinesfalls geströmt, und deshalb musste Herbertl noch lange Zeit, wenn auch bewusstlos, so doch am Leben gewesen sein.

Dr. Stern gab, gleich nachdem er Herbertl zugedeckt hatte, Jele seinen ganzen Vorrat an Veronal. Paula sorgte dafür, dass sie die Höchstdosis schluckte, bevor sie zu Scherben zerspringen konnte. Dann erst rief Dr. Stern die Polizei an, und etwas später klopfte er bei Mira und bestand darauf, Rene zu untersuchen. Er diagnostizierte den »Grand-mal«-Anfall. Bis nach Mitternacht versuchte Dr. Stern gemeinsam mit den Polizisten, den ungefähren Hergang des Unglücks zu rekonstruieren. Allmählich schälte sich heraus, was geschehen sein musste. Die Polizeibeamten zogen kopfschüttelnd ab. Dr. Stern wandte sich an Mira und teilte ihr mit, dass einem »Grand-mal«-Anfall schnell ein zweiter folgen könne und dass er Rene unter ärztlicher Beobachtung haben wolle.

Mira hatte überhaupt nichts dagegen einzuwenden.

»In der Klinik ist Rene gut aufgehoben«, sagte sie zu Ede, »weil ich in der kommenden Woche sowieso im Kaunertal beim Skilaufen bin.«

Erstaunlicherweise baute sich Ede daraufhin in voller Größe vor Mira auf. Er musste leicht die Fersen anheben, um seine Augen auf Höhe der ihren zu bringen: »Wennst du fahrst, übermorgen, dann brauchst du da nimmer herkommen.«

Ede meinte es ernst.

Dass Mira wirklich nicht mehr zurückkam, lag aber nur zum Teil an Edes Ultimatum. Während ihres Aufenthalts im Kaunertal ließ sie sich von Luwe und Elvira per Telefon auf dem Laufenden halten. Rene, erfuhr sie schon am zweiten Tag, sei akut gefährdet und müsse für längere Zeit in eine Spezialklinik eingewiesen werden. Dr. Stern habe das Jugendamt eingeschaltet, berichtete ihr Elvira am dritten. Eine Reihe lästiger Untersuchungen sei im Gange, meldete Luwe am vierten.

Am Ende der Woche packten Elvira und Luwe Kleidung, Wäsche und sämtliche Sportsachen Miras zusammen. Das Letzte, was Paula von ihnen hörte, war der lapidare Satz: »So ein Angebot, wie sie der Mira gemacht haben in Hindelang, so eins schlägt man nicht aus.« Elvira sprach ihn aus und stieg zu Luwe in den vollgepackten Kadett.

Paula sorgte dafür, dass Ede die Scheidung einreichte.

»Weis mich heim, Paula«, verlangt Amalie. »Ich hab lang genug ausgehalten da auf dem harten Stuhl.« Paula lässt Amalie unterhaken und steuert dem Ausgang zu.

»Warum hat er nicht noch ein bisserl warten können, der Max«, lamentiert Amalie vor sich hin. »Überhaupt nix Gscheites is es mehr für den, der wo allein überbleibt.«

Vielleicht, geht es Paula durch den Kopf, hätte der Großvater noch eine Zeit lang durchhalten können, wenn ihm die Sache mit dem Herbertl nicht so arg gewesen wär. Seit Max vor Jahren das Herbertl vor Konrad beschützt hatte, machte er sich Gedanken, dass er das Kind dafür einen zu hohen Preis hatte zahlen lassen. Er fühlte sich schuldig. Er wollte etwas gutmachen. Aber Herbertl war jetzt tot. Max konnte nichts anderes mehr tun, als Lene beizustehen. Er schleppte sich auf den Schredereder-Hof und tätschelte der wehklagenden Lene Tag um Tag das Händchen – mit dem Segen von Amalie, die sich sämtliche liturgischen Extravaganzen verkniff.

Paula trichterte indes eimerweise Beruhigungstee in Jele hinein und spielte mit Ernstl Stunde um Stunde Rennwagen-Quartett, damit ihm nicht so auffiel, wer hier fehlte. Ede, der endlich einen Sinn dafür entwickelte, wo er gerade vonnöten war, zog Ernstl immer öfter mit in den Stall, zu den Kühen, die von nichts was wussten.

Und Paula suchte Erklärungen hinter der Realität: Numerologisch gab Herbertls Name natürlich nichts her, dafür hatten die E gesorgt. Die Quersumme seines Geburtsdatums – 23.12.1974 – allerdings, die verblüffte mit elf, ebenso sein Sterbedatum – 13.12.1984 –. Was half es aber zu sehen, dass die maligne Elf, erfolgreich aus dem Namen verbannt, sich anderweitig eingeschlichen und Herbertls Leben zertrümmert hatte? Oder hatte die Elf, wo immer sie auch erschien, gar nichts damit zu tun?

Wies auch verwoben is alles miteinander, brütete Paula in diesen Wochen, wir hams nicht in der Hand, das Schicksal, wir müssen nehmen, was kommt.

»Gegen dein Dulderpotenzial ist Hiob ein notorischer Stänkerer gewesen«, sagte Dr. Stern, als ihm Paula mit dieser Einsicht kam.

»Kannst schon umkehren«, meint Amalie auf der Gred, »ins Haus komm ich allein rein, kümmer dich um die Jele, das arme Madel, dass sie uns nicht gemütskrank wird.«

Gemütskrank, Paula ist fast zum Lachen. Wie schön, wenn Jele bloß gemütskrank wäre! Es gibt keinen medizinischen und auch keinen volkstümlichen Ausdruck für das, was Jele fehlt, überlegt sie auf dem Weg zum Schredereder-Hof. Jele ist wesenstot, seelenamputiert.

Teil VII

1.

»20. August 1995. Gasaustritt im Industriepark mit Explosionsgefahr. Einsatz der FFW-Sondereinheit.«
Das ist Amalies letzter Eintrag in die Chronik.
»Gloria tibi, Domine.« Sie legt den Stift weg und klappt das Buch zu.

»OTTO ELLERSCHWANG, Kommandant der FFW Klausenstetten, nimmt Mercedes-Magirus-Drehleiter in Empfang«, klotzt die Überschrift im Lokalteil der Regionalen Neuen Presse am 1. September 1995. Paula macht sich über den Artikel her.

Die Feuerwehrleute von Klausenstetten waren am 20. August, durch Sirenenalarm aufgescheucht, im MZF – Paula entdeckt in der Fußnote, dass sich MZF »Mehrzweckfahrzeug« ausspricht – als Erste im neuen Industriepark von Außenstetten eingetroffen und hatten zielstrebig auf die Wolken schwarzen Rauches zugehalten, die aus einer Schlosserei quollen.

»Weil Otto Ellerschwang einschlägige Erfahrungen mit Schweißgeräten hat«, schrieb die Zeitung, »wurde ihm schnell klar, dass er es mit einem Acetylenflaschenbrand zu tun hatte. Wie sich später herausstellte, wollten zwei Monteure Schweißarbeiten mit einem Autogenschweißgerät ausführen. Beim Anzünden des Brenners ereignete sich aufgrund eines technischen Defekts eine Verpuffung mit Stichflamme. Unmittelbar darauf stand der zum Schweißgerät gehörende Schweißwagen in Flammen.

Kommandant Ellerschwang veranlasste sofort die Evakuierung des gesamten Areals. Er selbst und Hauptfeuerwehrmann Ede Schredereder erreichten unter umluftunabhängigem Atemschutz die Brandstelle und drehten die Acetylenflasche zu. Otto Ellerschwang sorgte dafür, dass die heißen Gasflaschen mit Löschwasser gekühlt wurden, sodass eine Explosion nicht mehr zu befürchten war.«

Kommenden Sonntag soll die neue Drehleiter eingeweiht werden. Die Firmenchefs, die im Industriepark Fabriken und Lagerhäuser besitzen, hatten sich mit diesem Geschenk bei der FFW Klausenstetten für den Einsatz bedankt, der ihnen Hab und Gut rettete.

Ganz Klausenstetten wird am Sonntag auf den Beinen sein, schmunzelt Paula. Ottos Bub, Hannes Ellerschwang, wird die Fahne tragen, Lene wird sich in ihrem Festdirndl präsentieren, der Pfarrer wird Weihwasser verspritzen – und das nicht zu knapp. Alle werden sich um die Drehleiter versammeln, wenn Otto und Ede ihre Ehrenplaketten umgehängt bekommen, und sie werden ein »Nun danket all und bringet Ehr« oder ein »Lobe den Herrn« singen. Alle, Hilde und Franz, Sigi und Mutter, sogar Amalie. Auch Jele, weil sie der Lene nicht auskommt, Ernstl und Rene sowieso.

Nur Paula nicht, denkt sie und muss leise grinsen. Paula wird sich verkrümeln, bevor das Spektakel losgeht. Sie wird sich die Tarotkarten schnappen und sich irgendwohin verziehen, wo es eine Grasmulde gibt, windstill, warm und versteckt.

Es war bald nach Herbertls Tod, im Dezember '84, als ihr Liesl mit den Tarotkarten kam: »Sie können dir viel erzählen, wenn du dich gut mit ihnen anfreundest.«

Paula musste sich lange plagen, bis sie die Sprache der Karten verstand.

»Du kannst durch sie an dem geheimen Wissen der großen und kleinen Arkana teilhaben«, sagte Liesl. »Was immer du wissen willst, die Karten werden dir antworten.«

Paula dachte an die kleine Rene, die seit ihrem »Grand-mal«-Anfall in der Universitätsklinik der Landeshauptstadt, drei Fahrstunden von Klausenstetten entfernt, behandelt wurde. Ede hatte sie dort zweimal besucht, alleine, weil Paula die schwermütige Jele und den traurigen Ernstl keinesfalls sich selbst überlassen wollte. Lene konnte sie die Betreuung der beiden nicht anvertrauen, denn seit Lene ihren Busenfreund Max, den Meister des guten Zuspruchs, verloren hatte, war mit ihr überhaupt nichts mehr anzufangen.

Ede kam beide Male trübselig zurück, und sosehr Paula auch insistierte, es war nicht viel aus ihm herauszuholen.

»Sie ist wie immer«, meinte er vage. »Sie malt mit Buntstiften. Nein, mit einem Arzt habe ich nicht über sie gesprochen, war keiner da.«

Als Paula für Rene die Schicksalskarte zog, bekam sie das Bild mit den sechs Stäben. Laut Lehrbuch versprachen sechs Stäbe: Hilfe, Vereinigung und Erfolg. Mit dieser kryptischen Antwort trieb es Paula so lange um, bis sie anfing, die ganze Situation einmal nüchtern zu beleuchten. Als ihr dabei langsam klar wurde, wie Rene zu helfen wäre, ging sie zu Dr. Stern und erzählte ihm, was sie im Sinn hatte.

Der Doktor wusste aus den Arztbriefen seiner Kollegen von der Klinik, dass sich Renes Zustand stabil hielt und kein weiterer »Grand-mal«-Anfall aufgetreten war. Er erklärte sich bereit, sich in Sachen Rene beim Jugendamt zu erkundigen.

Paula ging nach Hause und fragte die Karten freiweg: »Könnte sich Jele mit Rene abfinden?«

Dr. Stern erhielt vom Jugendamt die erhoffte Zusicherung, dass Ede für Rene das Sorgerecht bekäme, sobald eine Einverständniserklärung von Mira vorlag. Allerdings wollte sich der zuständige Sachbearbeiter beim Jugendamt vergewissern, ob die nötige Fürsorge für das Kind gewährleistet war, bevor er seine Empfehlung abgab.

Paula zog die Karte mit den drei Stäben: Sicherheit und gute Aussichten.

Die Tarotkarten sollten so ungeheuer recht behalten, dass es Paula schier unheimlich wurde.

Jele nickte bloß auf ihren Vorschlag hin. Sie richtete, ohne zu zaudern, Herbertls Zimmer für Rene her und legte Herbertls Strickjacken und Mützen bereit, die Rene aber erst in fünf Jahren passen würden.

Ede brachte Rene nach Hause. Das Kind verhielt sich ruhig, machte wenig Mühe, und Dr. Stern meinte, die Krankheit so weit im Griff zu haben, dass Rene sogar den Kindergarten besuchen könne.

Jele ging daran, ihre unsichtbare Hülle zu flicken, mit dem Erfolg, dass diese dichter und noch undurchdringlicher wurde. Paula schien es bald, als würde Jele in einem Futteral stecken. Es war gespenstisch, aber Jele funktionierte einwandfrei. Und sie war nett und freundlich zu Rene.

»Kann Jele die kleine Rene an Herbertls Stelle annehmen?«, fragte Paula die Karten.

»Kummer und Trauer«, antworteten ihr die drei Kelche, und Paula stiegen selber die Tränen auf. Sie ließ sie eine Weile fließen, weil ihr Herbertl fehlte und weil er nicht in einem Grab liegen sollte. Dann wischte sie die Augen trocken. »Trauer ist in Ordnung«, sagte sie laut, »Kummer macht krank.«

In dem Bedürfnis, Jele von ihrem Gram vorerst einfach abzulenken, lieh Paula in der Stadtbücherei von Hohenstetten sämtliche belletristischen Knüller aus, die sie auf den Bestsellerlisten finden konnte. Und Jele sprang darauf an. Sie verkroch sich in ihr Futteral und las, Abend für Abend.

»Besser lesen als zerbersten«, sagte Paula zu Dr. Stern, und er stimmte ihr vehement zu.

Dass sich Ernstl nach Herbertls Tod relativ schnell fing, war Ede zu verdanken. Obwohl Ede zeitweilig in seine Unart zurückfiel, sich stundenlang am falschen Ort zu verzetteln, brachte er es fertig, sich mit Ernst zu einem ökonomisch-ökologischen Gespann zu verbinden. Ede war immer schon ein guter Zuhörer gewesen, weil ihm selbst selten etwas einfiel, und neuerdings ließ er sich von Ernsts in epischer Breite geschilderten Visionen von einem Biobauernhof fesseln.

Mit zwölf Jahren, denkt Paula, hat der Ernst schon mehr Ahnung gehabt von einem landwirtschaftlichen Betrieb und seinen wirtschaftlichen Perspektiven als wir alle zusammen. Der Bub hat ganz genau gwusst, was er wollt.

Und weil er es so genau wusste, lag Ernst seinem Onkel Ede ständig in den Ohren: »Wir müssen Grund zukaufen, etliche Hektar brauchen wir für die Freilandhaltung.«

Ede grinste gutmütig. Ernstls Geschichten waren zwar schön anzuhören, sogar Rene hörte sie gern, was Jele und Paula stundenlanges Bilderbuchvorlesen ersparte, aber jeder Gedanke an eine praktische Ausführung lag jenseits von Edes Horizont.

Die Karten, von Paula befragt, rieten zu Geduld. Nichts konnte vernünftiger sein, weil Ernstl noch vier Jahre Wirtschaftsschule vor sich hatte, die seine hochfliegenden Pläne auf eine solide Grundlage stellen sollten.

2.

AUF DEM SCHREDEREDER-HOF kehrte ein, was gemeinhin als Alltag bezeichnet wird – bis die Altertumsforscher kamen.

Die Nachrichten über den Unfall in der Steinzeithöhle waren durch die lokale Neue Presse in überregionale und internationale Zeitungen vorgedrungen. Einige Blätter spekulierten orgiastisch über den unheilschwangeren Geheimgang nahe der verlassenen Burg Sand und stellten das Unglück am Ende so hin, als wäre Herbertl durch den blutsaugenden Biss zweier spitzer Eckzähne zu Tode gekommen. Allerdings brachten es ein paar Journalisten fertig, die Höhle so anschaulich zu beschreiben, dass ihre Artikelserie, außer den üblichen Neugierigen, ein paar Leute auf den Plan rief, die allen Ernstes Erdställe erforschten.

In den späten Siebzigern war es im Molassebecken ohnehin gerade modern geworden, hinter den verbliebenen Spuren der Altvorderen herzuscharren. Künzing eilte da mit großen Schritten voran und offerierte prähistorisch Interessierten etliche Tagwerk Geröll unter einem Schild mit der Aufschrift: »Der Mensch in der Jungsteinzeit – anno 6000 v. Chr.«.

»Erdstall«, das Wort war bei der ersten Besichtigungswelle vor gut dreißig Jahren, nach dem Brand, als der Höhleneingang aufgetaucht war, nie gefallen. Nun war es ständig zu hören.

»Was bedeutet es?«, fragte Paula einen Herrn mit Nickelbrille, Zollstock und Diktaphon.

»Heißt eben so«, antwortete der kurz angebunden, schwenkte den Zollstock und fügte dann etwas geneigter hinzu: »Manche nennen solche Höhlungen auch Schratzelgänge. Aber dieser Ausdruck beinhaltet eine Behauptung, die nicht gerechtfertigt ist.«

Er verschwand im Höhleneingang, und Paula sah ihm verdattert nach.

Auf dem Schredereder-Hof gaben sich Experten und Dilettanten das hinfällige Türgatter in die Hand. Sie geisterten in dem Gewölbe herum und verschwanden dann wieder aus Klausenstetten. Manche kamen nach ein paar Tagen noch mal zurück und krochen von Neuem in den Gang. Niemand auf dem Hof wagte es, Rene auch nur eine Sekunde aus den Augen zu lassen.

Nach einer guten Woche hatte Paula genug von dem ständigen Hin und Her. Sie wechselte linksseitig die verrosteten Angeln gegen gut geölte neue aus, bestellte bei Otto Ellerschwang ein halbes Dutzend auf zwei Querstangen verschweißter Eisenstäbe und bohrte rechtsseitig einen stabilen Klammerhaken direkt in den Granit des Höhleneingangs. Otto lieferte das Eisengatter pünktlich und half Paula, es in die neuen Angeln einzuhängen. Das Gatter schwang zu, und Paula vereinigte den Klammerhaken und den äußersten Eisenstab mit dem Vorhängeschloss, das vor Zeiten Konrad aus Jeles Wohnung sperrte. Den Schlüssel gab sie Lene in Verwahrung.

Von nun an wurde nach Stundenplan besichtigt, und Lene stand persönlich Wache, solange der Erdstall geöffnet war. Amalie bot sich als Ersatzfrau an, was dann darauf hinauslief, dass sie beide am Eingang paradierten wie die Schildwache vor Windsor Castle.

»Schön blöd«, sagten Franz und Erna Spanagl und Hilde Hasenzahn im Chor, »wenn sie keinen Eintritt verlangen, die Schredereder, wo sie schon mal was haben, was ihnen was einbringen tät.«

»Pietätlos wär das dem Herbertl gegenüber, popule meus, quid feci tibi?«, rügte Amalie, aber Hilde ließ sich nicht einschüchtern: »Ein paar Bierbänke und ein bissl was ausgschenkt, da könntst nicht schlecht verdienen.«

Paula dagegen hoffte im Stillen, dass es bald vorbei sein würde mit diesem Gerenne in den Erdstall, und so war es dann auch.

Es ging auf den Winter '85 zu, Gorbatschow und Reagan trafen sich gerade in der Schweiz, da erschien ein Nachzügler.

Simon kam aus Graubünden. Er spielte eine besinnliche Weise auf seiner Panflöte, bevor er den Erdstall betrat. Sein Verhalten lockte Paula aus Jeles Wohnung und hinter Simon her.

»Überall in Europa gibt es Erdställe, Tausende gibt es davon«, ließ Simon verlauten, »im Bayerischen Wald sind besonders viele zu finden. Erdställe wurden oft künstlich angelegt. Sehen Sie hier, das sind Werkzeugspuren.«

»Und wofür hat man diese Höhlen gegraben?« Paula blinzelte in den Kegel des Taschenlampenlichts.

»Die Antworten sind umstritten, sehr umstritten. Als Vorratsräume und Zufluchtsstätte, sagen die einen«, das hatte auch Paula vermutet, »als Geburtshöhle und Initiationshöhle, sagen die anderen.«

Paula sog scharf den Atem ein.

»Am Ende des Ganges, dem wir gerade folgen, da gibt es doch sicher einen Raum mit einer Mulde«, fuhr Simon fort, und Paula nickte im Stockfinsteren, »diese Mulde könnte so ähnlich benutzt worden sein wie ein Gebärstuhl.«

»Ein Kind zur Welt bringen, allein in einer Höhle, bei völliger Dunkelheit.« Paula versuchte vergeblich, sich das vorzustellen.

»Wahrscheinlich hatten unsere Vorfahren eine ganz andere Beziehung zu dunklen Höhlen als wir heutzutage«, meinte Simon und fügte hinzu: »Sie fühlten sich darin behütet, nicht bedroht. In der Mulde dort hinten im Dunkel war die Gebärende geschützt vor wilden Tieren und vor den Unbilden der Witterung. Die Luft in all diesen Höhlen – das haben umfangreiche Messungen bestätigt – ist sehr frisch und rein. Die Temperatur beträgt permanent zwölf Grad.«

Paula lag noch mental in den Wehen, da eilte Simon schon zu einer völlig anderen Theorie über Nutzen und Frommen von Erdställen: »Man sollte aber auch die Spiritisten zu Wort kommen lassen, die diese Schächte für Schratzelgänge halten. Schratzel, das sind Zwerge oder Erdgeister, die zu einem Haus gehören und sich in dessen Nähe eine Wohnstatt bauen.« Er lachte. »Die Annahme, dass irreale Wesen Erdställe geschaffen haben, wischt alle Warums und Wozus vom Tisch.«

Das wäre schade, fand Paula. Simon schien das auch zu denken, denn er zauberte eine neue Hypothese hervor: »Zeitweise geht auch der Gedanke um, dass die Erdställe Ruhestätten für Verstorbene sind, wobei aber niemals Tote darin bestattet wurden. Es soll sich quasi um Seelengräber handeln.«

Paula wollte gern fragen, welche Theorie denn Simon vorziehe. Aber bevor sie wusste, wie sie sich ausdrücken sollte, kam er schon von selbst darauf zu sprechen: »Warum soll es nicht alles zusammen gewesen sein? Diese Vertiefungen in den Wänden, sie sehen aus wie Schüsseln für Früchte und Körner, für Pretiosen. Viele Familien, die in der Nähe von Erdställen leben, haben Bronzefibeln, Elfenbeinspangen, sogar römische Münzen unter ihren Erbschätzen. Solche Sachen können Jahrhunderte in den eingearbeiteten Näpfchen an den Wänden eines Erdstalles überdauert haben.«

Er leuchtete die Mulde aus, die kurze Strecke zum Abstieg, und dann blickte er lange an der Felswand hinunter, die auf dem Weg zur Mulde so hinderlich war.

»Diese Anlage hier spricht für ein ganz ausgeklügeltes Versteck«, meinte er, »fünfunddreißig Meter hinein in die Finsternis, hinauf und hinunter und dann noch mal zwei Meter senkrecht aufwärts bis zu dem Endraum mit der Mulde. Schwer beizukommen, einem, der sich da verschanzt.«

Simon schwieg eine Weile und sagte dann: »Glaub mir, Paula«, er unterbrach sich und leuchtete Paula kurz an. Vielleicht wollte er sehen, wie sie auf das Du reagierte. Paula verzog keine Miene, und deshalb fuhr Simon fort: »Glaub mir, wenn er nicht längst im Grundfest des Hauses oder als Grabstein auf dem Friedhof verarbeitet wäre, dann hätten wir den Verschlussstein der Höhle gefunden, der früher das Gatter da draußen ersetzt hat.«

Kurz darauf hockten sie in der Mulde. Simon knipste die Taschenlampe aus: »Mach die Augen zu, Paula, und sag mir, was du siehst.«

»Leben«, flüsterte Paula.

Simon quartierte sich bis zum Frühjahr auf dem Schredereder-Hof ein. Ede überließ ihm sein Wohnzimmer, das er sowieso zu betreten vergessen hatte, weil es immer von Elvira und Luwe besetzt gewesen war.

Simon wollte den Winter über an einem Aufsatz über diejenigen Erdställe arbeiten, die er im Laufe des Sommers besichtigt hatte. Dabei in unmittelbarer Nähe des zuletzt besuchten zu verweilen erschien ihm inspirierend, zumal dieser letzte einen interessanten Aspekt namens Paula aufzuweisen hatte. Die sesshafte Winterarbeit sollte ihm neue Exkursionen im kommenden Sommer finanzieren. Er bezeichnete sich als freien Schriftsteller und Erdstall-Forscher.

Simon konnte Paula auch die Frage nach der Herkunft des Wortes »Erdstall« und noch viele weitere Fragen beantworten: »Die Bezeichnung ›Erdstall‹ steht für eine Stelle in der Erde, ähnlich wie das Wort ›Burgstall‹, das auf den ehemaligen Standort einer Befestigungsanlage hinweist«, erklärte er, und Paula war von dieser Auskunft sehr angetan, genauso wie von allen anderen Antworten, die er ihr gab.

Erna Spanagl blaffte angewidert, Simon sei ein Wichtigtuer und ein Schmarotzer. Er lebe von der Hand in den Mund, und es sähe dem Ede ähnlich, dass er sich so einen auf den Hof täte.

Für Paula war Simon ein sprechendes Heimatkundebuch, spannender als Hitchcock.

»Es gibt da ganz unglaubliche Sachen«, berichtete Simon eines Abends. »In einer kleinen Ortschaft bei Viechtach am Pfahl zum Beispiel wurde ein Erdstall entdeckt, bei dem das Schlupfloch nur vierzig Zentimeter hoch ist. Du kriechst hinein, kriechst weiter, und nach ungefähr drei Metern musst du dich auf den Rücken legen. Den senkrechten Teil kannst du nur überwinden, wenn du dich aus dieser Position hinaufhangelst. Erstaunlich, dass der Erdstall gefunden wurde. Meistens gibt man auf, sobald es eng wird. Wahrscheinlich existieren doppelt und dreimal so viel verborgene Erdställe wie bekannte, weil die wenigsten entdeckt werden. Viele liegen unter einem Haus begraben. Der hier ist ja auch erst zum Vorschein gekommen, als der Hof vor etlichen Jahren abgebrannt ist, habe ich reden hören.«

So vergingen halbe Nächte. Wenn Jele mit Sidney Sheldon oder James Clavell ins Bett ging, Ernst Pläne schmiedete und Ede ihm lauschte, als säße Scheherezade bei ihm am Tisch und nicht Ernst Schredereder, zapfte Paula Simons Wissen an, und er ließ es großzügig sprudeln. Simons Theorien waren naturwissenschaftlich abgesichert, weitgehend jedenfalls, und das gefiel Paula. Es gefiel ihr besser als die unnahbaren Bilder der Tarotkarten und die vom jeweiligen Ansatz so stark abhängige Numerologie.

An einem regnerischen Abend Ende April erzählte ihm Paula von den Stimmen, die sich jahrelang in ihrem Kopf ein Stelldichein gegeben hatten.

»Sie haben mir Lehren erteilt und Warnungen, manchmal verhielten sie sich freundlich, manchmal übellaunig. Im Erdstall«, sagte Paula schmunzelnd, »haben mir die Stimmen die komplette Geschichte von Klausenstetten – beim Urknall angefangen – erzählt. Damals hab ich diese Einflüsterungen den Vierlbeck-Hexen zugeschrieben, von denen in Klausenstetten oft die Rede war. Nach den Stunden im Erdstall – es waren drei oder vier, die ich da reglos in der Mulde verbrachte – musste ich wegen einer Bronchitis etliche Wochen das Bett hüten.«

Simon lachte schallend.

Paula fügte noch kurz an, dass die Stimmen ab den Siebzigern ausgeblieben waren, und dann schwieg sie abrupt. Sie war ein wenig beleidigt, weil Simon sie ausgelacht hatte.

Aber Simon sagte nun ernst: »Haben wir nicht alle unsere Einflüsterer? Manche Leute hören auf den Teufel – gibt's da nicht ein klassisches Beispiel? Andere werden von einem Engel beraten.«

Er sinnierte einen Moment und lachte dann wieder laut: »Meine Schwester hatte jahrzehntelang einen Hasen als Vertrauten. Er war immer bei ihr. Sie konnte ihn sehen, wir nicht. Der Hase hieß Paul, wirklich! Meine Schwester beschrieb ihn als mannsgroß und kräftig. Er ging aufrecht und trug immer einen Frack. Und er hat ihr massenhaft gute Tipps gegeben. Einmal riet er ihr davon ab, in den Schulbus zu steigen, der dann prompt in einem Graben landete.«

»Ist Paul auch eines Tages verschwunden und nicht wiedergekommen, so wie die Vierlbeck-Hexen?«, fragte Paula.

»Klar«, antwortete Simon. »Die Ratgeber wissen, wann sie nicht mehr benötigt werden.«

»Und wann ist das?«, erkundigte sich Paula.

»Ich denke mir«, meinte Simon, »die Erscheinungen kommen aus unserem Inneren. Als Kind muss dir etwas Anschauliches oder Vernehmbares – begegnen, das deine Aufmerksamkeit erregt. Irgendwann aber lernst du, auf deine Intuition zu achten, ohne eine Vorspiegelung nötig zu haben.«

»Vielleicht verlieren sich die Erscheinungen auch dann, wenn man zu wenig auf sie hört«, murmelte Paula.

»Du meinst, dann sind sie eingeschnappt?«, lächelte Simon. »Nun ja, könnte sein. Die Intuition verkümmert wie ein Muskel, der nicht benutzt wird.«

»Achtsam sein!«, flüsterte Paula, und Simon nickte.

Sie saßen eine Weile schweigend da, die Turmuhr der Klausenstettener Dorfkirche schlug Mitternacht. Simon trank sein Glas leer.

»Viele Menschen haben einen Engel zur Seite, manche glauben, dass der Heilige Geist zu ihnen spricht, einigen erscheint sogar die Muttergottes. Aber zu mir sind die Stimmen der Vierlbeck-Hexen gekommen, warum?«, fragte Paula.

Simon musste so lachen, dass ihm die Tränen in die Augen schossen.

»Tut mir leid, Paula«, röchelte er, »aber die Antwort hat sich gerade wie ein Comicfilm vor meinen Augen abgespielt.« Ernst fuhr er fort: »Die Hexen mussten dich auf dem Boden der Realitäten halten. Sie mussten dir immer wieder vor Augen führen, wie es ist, das echte Leben.«

Er lachte noch mal auf, aber leiser: »Stell dir vor, Paula, ein Engel hätte dich heimgesucht. Was wäre dann wohl passiert?«

Paula schwieg, und Simon sagte: »Meinst du nicht auch, dass du dich in einem spirituellen Netzwerk verstrickt hättest? Womöglich wärst du eines Morgens mit Stigmata an Händen und Füßen aufgewacht wie Therese von Konnersreuth, und wem hätte das genutzt?«

Niemandem, begriff Paula und beschuldigte sich im selben Moment, nicht intensiver auf die Vierlbeck-Hexen gehört zu haben. »Ich hätte«, klagte sich Paula an, »Konrads Lust an Grausamkeiten aufspüren können. Ich hätte Mira von Klausenstetten, vom Schredereder-Hof, von Ede, von Herbertl fernhalten können. Ich hätte, ich hätte –«

»Nein«, unterbrach sie Simon. »Unsere Intuition ist kein Navigationsinstrument, sie ist allenfalls ein Spiegel, einer mit blinden Flecken, der mal dieses, mal jenes Bild einfängt. Ausgestattet mit all dem Rüstzeug, das uns mitgegeben ist, Intuition, Verstand, Begabung, soziales Umfeld, handelt jeder, wie er eben kann.«

Noch mal lachte er: »Hättest du Edes Frau von kleinen grünen Aliens entführen lassen sollen, um zu verhindern, dass sein Neffe in einem Erdstall verblutet?«

Paula schüttelte den Kopf und stellte die Gläser ins Spülbecken. Insgeheim fragte sie sich, ob Simons Intuition stets als Comicfilm in Erscheinung trat.

Anfang Mai fragte Simon bei Paula an, ob sie mit ihm nach Cornwall reisen wolle, zu Erdställen und Steinkreisen.

»Ich bin gespannt, was du spüren wirst«, lächelte er, »wenn du ihn berührst, den runden Stein mit dem Loch in der Mitte. Jedes Übel wird geheilt, sagen die Einheimischen, wenn man neunmal durch das Loch schlüpft, mit den Füßen voraus und gegen die Sonne.«

Paula fühlt nach all den Jahren noch immer eine leichte Wehmut: Wie wäre es wohl gewesen mit Simon in Cornwall?

Cornwall stand natürlich ebenso wenig zur Debatte wie Avalon, das bekanntlich nicht zu finden ist, denn Paula hatte – im Tausch gegen einen Bernsteinanhänger – ihr Wort und ihre Präsenz an Lene verpfändet.

Erstaunlicherweise fand sich Simon mit Paulas »Nein« nicht widerstandslos ab. Weil aber Paula nicht daran glauben wollte, dass er derart intensiv an ihrer Persönlichkeit interessiert war, fahndete sie nach anderen Gründen für sein nachdrückliches Bitten und Drängen. Letztendlich redete sie sich ein, er brauche sie nur für das saubere, fehlerfreie Abtippen seiner Artikel, und das ermöglichte ihr, standhaft zu bleiben.

Noch während er packte, versuchte Simon mit allen möglichen Finessen, Paula umzustimmen. Kurz vor seiner Abreise nötigte er sie dazu, den weisen Rat des chinesischen Münzorakels einzuholen: »Das I Ging prophezeit nicht, es berät«, sagte er, »so wie du Jele nach einem Rat fragst oder Amalie, so kannst du auch das I Ging fragen.« Er suchte seine Spruchsammlung samt sechs alten Geldstücken hervor.

Paula wollte weder das I Ging noch die Tarotkarten fragen, weil ihr Verstand längst entschieden hatte. Aber sie tat ihm den Gefallen und warf die Münzen. Simon saß so gespannt da wie Ede, wenn Ernst von einer Herde Jersey-Rinder schwärmte.

Paula ordnete – gemäß Simons Anleitung – das Durcheinander der Geldstücke zu einer akkuraten, vertikalen Münzreihe. Das entstandene Muster aus Kopf und Zahl führte sie zum siebenunddreißigsten Hexagramm: Baum über dem Feuer – Heim, Familie, Zugehörigkeit. Die bewegte Linie, erzeugt durch eine besondere Münze im Verbund, erhärtete die Aussage des Epigramms: zu Hause bleiben, die Mahlzeiten bereiten.

Da konnte auch Simon nichts hineindeuteln. Er schulterte seinen Rucksack und ging in den Sommer hinaus: »Achte auf deine Träume, Paula, folge ihnen, wenn sie dich wegführen von hier«, sagte er zum Abschied.

3.

PAULA ACHTETE AUF IHRE TRÄUME, die hauptsächlich das wiederkäuten, was sie tagsüber erlebte. Aus den übrigen Traumbildern, die das nicht taten, wurde sie nicht schlau. Deshalb begann Paula eines Tages, sich mit Traktaten über Traumdeutung von Sigmund Freud bis hin zu Ann Faraday zu befassen. Die Lektüre bewog sie dazu, ab sofort von jeder Interpretation ihrer nächtlichen Traumerlebnisse Abstand zu nehmen.

»Die Träume«, sagte Liesl wehmütig, als Paula das Thema einmal aufs Tapet brachte, »die können dir viel erzählen. Aber hüte dich davor, Träume Zeile um Zeile lesen zu wollen wie einen Brief. Ein Traum kommt von ganz tief drinnen heraus. Wenn du ihn verstehen möchst, dann musst auch tief in dich hineinschaun.«

Es schien Paula nicht ganz einfach, in sich selbst hineinzusehen. Liesl merkte es ihr an, und sie versuchte ihr den Weg zu weisen: »Wer von seinem Inneren was erfahren will, der muss ein leeres Hirn bereithalten, das die Botschaft empfangen kann, so wie du einen leeren Krug in den Wassergrand reinstellst, damit er vollläuft.«

In dieser Nacht träumte Paula von einer üppig blau blühenden Wegwarte, die am Bachufer wuchs. Mitten im Traum fuhr ihr ein Schrecken durchs Gemüt, weil Wegwarten, wie der Name schon sagt, an sandigen Wegen wachsen und nicht an Bachrändern, wo ihre Lebenserwartung sinken würde wie die einer Maus im Versuchslabor. Wie befürchtet, warf die Wegwarte in Paulas Traum nach und nach alle Blüten ab und dann auch die Blätter. Langsam knickten ihre Stiele ein, und Stück für Stück schwemmte das Wasser zuerst die Hälmchen fort und dann die Wurzeln.

Paula wachte auf und hatte den Geschmack von Tod und Verwesung im Mund und das Bild der sterbenden Blume auf der Netzhaut. Sie wollte lieber nicht wissen, was der Traum bedeutete. Aber sosehr sie sich bemühte, ihr Hirn mit allem möglichen Kleinkram vollzustopfen, das sieche Heilkraut am Bach ließ ihr keine Ruhe.

Dabei war es inzwischen fast beschaulich geworden in Paulas Alltag: Wechselweise mit dem »Handbuch der Naturmedizin« las sie Umberto Ecos »Der Name der Rose«, während Jele zum Feind des gedruckten Wortes übergelaufen war und sich »Tatort« wechselweise mit »Schwarzwaldklinik« im Fernsehen ansah.

Amalie und Lene weinten gemeinsam um Max und Herbertl, um Lenes Mutter und Großmutter-gottselig, um Lenes Erstgeborenen, René, den eine Krankheit tötete, die schon fast ausgerottet war, und um Lenes Mann, den bei der Waldarbeit ein Baum erschlug. Sie vergossen keine einzige Träne um Alois Spanagl, bejammerten aber Pfarrer Rose, der dieser Tage von seinem Nachfolger die letzte Ölung erhalten hatte. Lux aeterna luceat eis!

Erna Spanagl zog gemeinsam mit Hilde Hasenzahn über alles und jeden her.

Als Rene an einem Sonntagmorgen im September '87 eine Schultüte wie eine Standarte vor sich hertrug (als Option in ihrem Fall, denn eingeschult werden sollte sie erst im nächsten Jahr) und am Nachmittag die obligatorischen Feiertags-Zimtnudeln auf dem Tisch standen, glaubte Paula eine Weile, das Leben würde von jetzt an so gleichförmig ablaufen wie das Kirchenjahr: Ostern, Pfingsten, Fronleichnam, Maria Himmelfahrt, Allerheiligen, Weihnachten, Ostern –

Da kam dieser Traum und quälte sie, während sich die Welt mit Glasnost und Perestroika beschäftigte.

Paula begann ahnungsvoll um Liesl herumzuschleichen.

Sie fand aber kein Indiz für was auch immer, und als sie gereizt die Tarotkarten beharkte, antworteten sie mit zwei gekreuzten Schwertern, was für die Furcht steht, der Paula fraglos ins Netz gegangen war.

Das Attentat von Lockerbie mit zweihundertsiebzig toten Menschen, das Unglück der Exxon Valdez vor der Küste Alaskas mit Tausenden von toten Tieren, all diese Katastrophen nahm Paula als Zeichen für das Verderben, das hier in ihrem Mikrokosmos lauerte. Und zwischen Tarot und Traum fragte sie sich ratlos, ob sie an einer Bedeutungsneurose litt.

Eine Ferienwoche im Sommer, mit Rene und Jele an der Adria, breitete ein wenig Vergessen über die sterbende Wegwarte.

Ernsts Abschlusszeugnis mit reihenweise Einsern darin ließ Paula noch mal in eine Heile-Welt-Illusion schweben, wo sie eine ganze Weile hängen blieb, weil Gott zu all den guten Dingen der letzten paar Jahre auch noch ein richtiges Wunder schickte: Ernst erbte – kurz nachdem Ost und West am Brandenburger Tor zusammen Silvester gefeiert hatten – zweihunderttausend Mark, die er in gut und gerne sechzig Tagwerk Weideland für künftige Rindviehherden umsetzen konnte. Großvater Selch, den Ernst kaum je zu Gesicht bekommen hatte, war letztendlich an seinem Lungenemphysem zugrunde gegangen. Nicht hier in Klausenstetten, sondern in Rosenheim bei seiner Schwester, wohin er sich schon vor Zeiten verdrückt hatte, beschämt und pikiert über das Gerede im Ort, das ihn zum Unhold und letztendlich zum Meuchelmörder des eigenen Sohnes abstempelte. Konrad war schon Ende der Siebziger, bei seinem ersten Freigang nach zwei Jahren in der Geschlossenen, von der neuen Autobahnbrücke gesprungen. Seine kläglichen Reste verschwanden damals sang- und klanglos im Krematorium. Einziger Erbe Selchs in direkter Linie war Ernst Schredereder.

Jeder in Klausenstetten, der Selchs Schwester von früher her kannte, so wie Amalie und Lene, behauptete steif und fest, dass Ernst vom Vermögen seines Großvaters keinen roten Heller zu sehen bekommen hätte, wenn Selchs Schwester auch nur den leisesten Schimmer davon gehabt hätte, wie viel Selch auf der hohen Kante hatte. Als alles amtlich wurde, war es natürlich zu spät. Selchs Schwester versuchte noch nachträglich von den Schredereders Kostgeld zu kassieren, mit der Begründung, sie habe Ernsts Großvater schließlich jahrzehntelang gepflegt und verpflegt. Aber Lene fand auf dieses Ansinnen bloß ein lakonisches »Einen Arschtritt kann sie haben!« als Antwort.

So willkommen ihr das Erbe für Ernst auch war, in Jele brachen alte Wunden auf. Unter ihrer Hülle sah Paula einen brodelnden Cocktail aus Feindseligkeit, Abscheu und Überdruss. Paula verabreichte ihr zweimal täglich fünf Globuli Staphisagria D12 über drei Tage, und in Jele hörte es wieder auf zu kochen. Paula fragte sich danach, ob diese rasche Erholung an den Globuli lag. Oder hatte eher die Befriedigung darüber, dass Ernst seine Träume würde erfüllen können, die zerstörerische Glut zügig ausgeblasen?

Ernst ging auf die Volljährigkeit zu, als offensichtlich wurde, dass er an Otto Ellerschwangs Tochter Inge mehr Interesse hatte, als eine gemeinsame Grundschulzeit gewöhnlich aufkommen lässt. Inge teilte Ernsts Sympathie für Jersey-Rinder. Auf dem Ellerschwang-Hof war im vorigen Sommer die letzte Kuh Ottos Leidenschaft für die inneren Organe von Traktoren und anderen landwirtschaftlichen Apparaten zum Opfer gefallen. Otto wollte die Viehzucht zugunsten der Technik aufgeben. Er bot zwei seiner Wiesen auf der Simmet-Seite zum Verkauf an, und Franz Spanagl ließ sie sich sofort notariell verbriefen. Franz gierte auch nach den weiter entfernten Weidegründen, vor allem nach denen auf der Schredereder-Seite. Aber Otto hielt ihn hin, weil ihm der Erlös für die beiden ohnehin zum Bau einer Werkhalle an der Straße reichte. Warum sollte er noch mehr verkaufen? Ottos Sohn Hannes rahmte im Herbst seinen Meisterbrief ein und etablierte sich mit einem Schwarm von Kunden, die er seinem Ausbildungsbetrieb abspenstig gemacht hatte, im Schlepptau in der neuen Halle.

Paula war heilfroh, dass Otto mit den restlichen Wiesen knauserte, obwohl er sie nicht mehr brauchte und sie ihm nur lästig im Genick hockten, weil er sie jedes halbe Jahr abmähen musste. Von Amalie hatte Paula nämlich erfahren, dass sich Franz das Geld für den Kauf bei der Bank leihen musste. Weitere Wiesen würden ihm also nur noch weitere Grundschulden einbringen.

Wovon will er die Kredite zurückzahlen?, fragte sich Paula. Die Familie betreibt den Hof noch fast genauso wie in den Sechzigern. Den Frontlader leiht sich Franz von den Ellerschwang und den Feldhächsler von den Schredereder. Die Spanagl können sich eigentlich keinen einzigen Grashalm von Ottos Wiesen leisten.

Franz und Hilde werkelten seit Jahren vergrätzt und übellaunig herum und gaben sich der Illusion hin, dass der Schredereder-Hof bald wie Manna in Spanagl-Hände fallen würde. Nicht einmal Ernsts Erbschaft konnte diesem Wahn das Lebenslicht ausblasen, weil es Erna Spanagl systematisch anfachte: »Soll er ihn grad kaufen, den Grund am Schlossbach unten und den drüben beim Steinbruch, das wird er schon sehen, wie sie ihm eingehn, die englischen Rindviecher von dem sauern Gras, und dann is er pleite, der Herr Ökonom.«

Paula hegte hinsichtlich einer Jersey-Herde keinerlei Befürchtungen, als Ernst an seinem achtzehnten Geburtstag das Gelände oberhalb Edes ehemaligem Triathlon-Parcours erwarb, nachdem Bodenproben erfreuliche Testergebnisse gebracht hatten. Sie musste weder die Karten fragen noch Ernsts Namens- oder Geburtszahlen querrechnen, um zu wissen, dass Jeles Sohn auf Erfolgskurs war. Sie sah selbst, wie sich Ernst akribisch alles aneignete, was in den Seminaren für Viehzüchter gelehrt wurde, und wie er es bedachtsam und geschickt umsetzte.

Sagte nicht bereits der Mühlhiasl: »Dem Tüchtigen winkt das Glück!« – oder war es der Volksmund?

4.

PAULA FALTET DIE ZEITUNGSAUSGABE zusammen, die über den heroischen Einsatz der FFW Klausenstetten im Industriepark von Außenstetten berichtete, und legt sie auf den Stapel Altpapier, den sie später noch wegbringen will. Im selben Moment hört sie das leise Wimmern. Paula tritt ans Bett, richtet Liesl vorsichtig auf und lässt sie einen Schluck Misteltee trinken. In spätestens einer Stunde wird Dr. Stern seiner Patientin eine neue Dosis Morphium injizieren. Bis dahin muss Liesl die sich aufbäumenden Schmerzen ertragen. Paula wäscht ihr das Gesicht und den Hals mit Kamillenblütenaufguss und streichelt ihre Hände.

»Wir können nicht mehr tun, als ihr Qualen zu ersparen«, sagt Dr. Stern bei jedem seiner Besuche. Auch heute wird er wieder pünktlich mit der Morphinampulle im Instrumentenkoffer eintreffen.

Zwei Jahre ist es jetzt her. Im Sommer '93 begann Paulas Traum von der sterbenden Wegwarte seine Metamorphose.

»Schau«, sagte Liesl an einem Neumondabend, »ich hab da was für dich, was du noch nicht ausprobiert hast, und mir kommt vor, als wär heut der richtige Tag dazu.«

In Gedanken noch bei einer Schlagzeile der Zeitung, die Paula eben gesehen hatte und die meldete, dass bis zum Jahr 2000 mit 40 Millionen Aidskranken gerechnet werden muss, sah Paula zu, wie Liesl ihren Amethyst-Pendel aus seiner Schatulle nahm.

»Du musst wissen«, sagte Liesl, »der Pendel für sich alleine, der macht gar nix. Aber wenn du ihn so hältst, so, die Kette ganz locker zwischen Daumen und Zeigefinger, dann kannst du ihm eine Frage stellen. Konzentrier dich voll auf diese Frage, und der Pendel gibt dir die richtige Antwort.«

Paula verstand. Klar, dachte sie, die Antwort liegt im Unbewussten des Fragenden. Der Pendel bringt sie an den Tag.

Während Paula den Pendel auf ihrer Handfläche betrachtete und den glatten Stein befühlte, der im wechselnden Licht von steingrau bis dunkellila schillerte, erklärte ihr Liesl, wie seine Bewegungen zu interpretieren seien. Und danach sprach sie davon, dass früher die Quellen für Hausbrunnen und Wasserstellen ausschließlich mit der Wünschelrute gesucht und gefunden wurden – mit der Rute, der großen Schwester des Pendels.

»Was meinst«, zwinkerte Liesl, »wie der Moses am Berg Horeb den Wasserschwall entdeckt hat?«

Paula erfuhr noch, dass in den ägyptischen Pharaonengräbern Pendel als Grabbeigaben ruhen und dass der chinesische Kaiser Yü mehr als 2000 Jahre vor Christus mit einem Pendel in der kaiserlichen Hand krank machenden Erdstrahlen nachspürte. Dann schloss die Vierlbeckin Paulas Finger um den Amethyst: »Nimm ihn mit in dein Schlafzimmer und freund dich mit ihm an.«

Paula experimentierte ein, zwei Wochen mit Liesls Pendel herum. Sie fand Wasser, wo welches zu erwarten war, entdeckte im Erdstall nichts als positive Energie, und über Renes Hinterkopf zeigte der siderische Pendel linksdrehend eine Störung des Gleichgewichts an. Sie hielt den Pendel in Liesls Küche über ein Körbchen mit Kamillenblüten, um aufzuspüren, ob sie noch Heilkräfte hatten oder ob sie wegen der Abgase und wegen des Kunstdüngers zu einem Haufen Blindgänger verkommen waren. Der Pendel wollte sich gerade in eine positive Rechtsdrehung einschwingen, als Liesls Hände, mit Sortieren und Zupfen beschäftigt, an die Rezeptionsgrenze vorrückten. Der Pendel fegte wie wild in eine Linkskurve und kreiselte dann in unregelmäßigen Achterschleifen, bis ihn Paula sanft in der hohlen Hand einfing.

Natürlich hatte Liesl längst gemerkt, dass etwas nicht stimmte mit ihr, und sie ahnte auch, was es war. Liesl hatte begonnen, an Gewicht zu verlieren, fühlte sich ständig müde und bekam schwarze Schatten unter die Augen. Im selben Moment, in dem der Pendel so unheilschwanger ausschlug, wusste sie, dass das Übel Oberhand gewonnen hatte. Der Zeitpunkt, Paula aufzuklären, war da.

Paula, sensibilisiert durch Tod und Krankheit hier und in aller Herren Länder, beschwor inständig sämtliche Behandlungsweisen alternativer und schulmedizinischer Art und wusste gleichzeitig, dass die alternativen bereits ausgeschöpft waren und Plagen wie Chemotherapie, Bestrahlung, Operieren und Punktieren für Liesl nicht infrage kamen. Liesl hatte sich bereits entschieden. Deshalb hielt Paula nach einem ersten überbordenden Erguss den Mund.

Am Abend schlich sie tief bekümmert in ihre Dachkammer hinauf, setzte sich aufs Bett und nippte an dem Baldriantee, den Liesl zubereitet und für Paula in eine Thermoskanne gefüllt hatte.

Paula wischte Tränen weg, wischte und wischte, bis die Wände der Dachkammer wie unter herumziehenden Nebelschwaden schwankten. Irgendwann dämmerte sie weg, wachte auf nassem Kopfkissen wieder auf, döste von Neuem ein. Sie träumte von Tumorzellen, die sich selbst klonten, um vereint als Krebsgeschwür ins Unermessliche wachsen zu können. Sie sah Wissenschaftler in einem Forschungslabor mit Reagenzgläsern hantieren und verzweifelt die Köpfe schütteln. Über der Tür des Labors hing ein Schild mit der Aufschrift: »National Institutes of Health, Bethesda«.

Paula haderte wochenlang mit dem Schicksal, dem Herrgott, der Wissenschaft, den Ärzten und den Körperzellen, bis sie sich letztendlich damit abfand, dass Liesl bald sterben würde, und niemand, absolut niemand etwas dagegen tun konnte.

»Lang wird es nicht mehr dauern«, murmelt Dr. Stern, nachdem er Liesl das Morphium gespritzt hat. »Es wäre gut, wenn ab sofort jemand über Nacht hier bliebe. Sie sollte nicht allein sterben.«

Paula nickt bloß. Sie würde hier sein, wer käme sonst in Frage? Dr. Stern verspricht, so oft als möglich vorbeizukommen.

Paula greift in das Holzkästchen auf der Anrichte und mischt die Tarotkarten. Sie hebt mit der Linken ab und zieht dann eine Karte. Zehn Schwerter starren ihr entgegen: Zerstörung, Schlussstrich, Ende!

»Und danach?«, fragt Paula, mischt neu, hebt ab und zieht die Hohepriesterin, die geschehen lässt, die geduldig wartet, bis die innere Stimme sie auffordert, zu handeln.

»Verstehe«, sagt Paula zur schlafenden Liesl, »das Sterben geduldig geschehen lassen und nicht fragen, was danach kommt.«

Es dauert wirklich nicht mehr lang. Zwei Tage nachdem in Klausenstetten die neue Drehleiter mit Tamtam und Trara eingeweiht wurde, tritt Dr. Stern ein letztes Mal an Liesls Krankenbett. Er zieht die Spritze auf, und sein Nicken versteht Paula als Schlusspunkt. Sie nimmt Liesls Hand in die ihre. Und dann nickt Dr. Stern ein zweites Mal.

Paula bleibt allein mit der Toten, weil Dr. Stern wieder weg ist, und die in den dunklen Anzügen sind noch nicht da. Nach einer Weile dumpfen Brütens holt sie den Pendel aus seinem Samtbett und hält ihn über Liesls Brust. Der Pendel schwingt stille Kreise rechts herum, so als hätte alles seine Ordnung. Paula sinnt her und hin, weiß nicht ein noch aus. Ihr Blick saugt sich an dem kitschigen Bild eines Schutzengels in Weiß, Rosa und Gold über Liesls Bett fest. Die Tränen in Paulas Augen lassen das Bild verschwimmen, klar werden, verschwimmen – bis der Engel zum Leben erwacht: »Wer zur rechten Zeit wirkt, kennt keinen Tod«, spricht er.

Wohl wahr, denkt Paula und weiß nicht recht, ob sie ihm mit dem kommen kann, was ihr gerade im Kopf herumgeht:

Liesl ist so zufrieden ans Sterben gegangen, weil sie überzeugt war, dass es die Vierlbeck geschafft haben. Ein für alle Mal geschafft, nachdem sie ewig die Abgeschobenen waren.

»Die sind jetzt wer, die Schlossbergbuam, und sie verdienen nicht wenig«, hatte Liesl erst neulich zu Paula gesagt. »Sogar beim Moik seiner internationalen Volksmusiksendung sind sie einmal dabei gwesen.« Sie seufzte wohlig – das Morphium hatte sie träge gemacht – und flüsterte: »Meinen Enkeln verbaut keiner mehr den Weg, aus denen wird was Gscheites, das is gwiss.«

Paula schwieg und versuchte, ihre Betrübnis zu verbergen. Es sah ganz so aus, als gäben sich Liesls Enkel größte Mühe, sich ihren Weg selbst zu verbauen. Paula hatte es zuerst von Erna Spanagl gehört, später von Ella selbst, und inzwischen pfeifen die Spatzen von Klausenstettens Dächern, dass Werner Vierlbecks Tochter die Nächte am liebsten auf dem Güterbahnhof von Außenstetten zubringt und dass sie dem eigenen Vater das Geld aus dem Sack klaut für den Stoff, mit dem hinter den Waggons gehandelt wird. Ebenso laut pfeifen die Spatzen, dass Werner Vierlbecks Sohn auf dem Bizeps ein Hakenkreuz tätowiert hat und bei jedem unseligen Krawall der Rädelsführer ist.

Paulas Frage an den Engel verliert sich in einem Stottern: »Weiß die Liesl das jetz, is sie enttäuscht, is sie deprimiert?«

»Wahres Gefühl ist unbewegt, liebt alles und strahlt«, spricht der Engel.

Wollen wir's hoffen, denkt Paula seufzend.

Teil VIII

1.

»Brandeinsatz: 1. Juli 1999«, hat eine fremde Schrift in der Chronik vermerkt.

»SAUGLEITUNG HOCH!« – »Saugleitung in den Bach!« – »Löschtrupp! Erstes Rohr zum Dachgeschoss.« – »Wassertrupp! Zweites Rohr vor.« – »Schlauchtrupp! Drittes Rohr vor.«

Vom höchsten Punkt des Steinbruches aus, unterhalb dessen Steilabstürzen seit zwei Jahren Ernsts Damwild grast, spähen Paula und Rene zum Schadenfeuer hinüber. Von Liesls Haus wird nichts übrig bleiben als ein Haufen Asche und vier bröckelnde versengte Mauern. Paula kann dem prasselnden Feuer ansehen, dass es keine Minute früher aufgeben wird.

Die Tiere stampfen unruhig und wittern in den Wind, der ihnen Rauchschwaden in die Nüstern weht.

»Ich geh zu den Kitzlein«, sagt Rene, »die fürchten sich vor dem Feuer, und die Geißen fürchten sich auch.«

Paula nickt lächelnd, und Rene macht sich an den Abstieg. Paula winkt ihr nach, bleibt aber auf dem Graspolster sitzen, weil sie Abschied nehmen will – nicht nur von Liesls Haus.

Bald nach Liesls Tod, im November '95, kam auch für Amalie Simmet der Morgen, an dem sie ihre Augen nicht mehr aufmachte. Amalie war achtundachtzig Jahre alt, als sie starb, und Erna Spanagl sagte bloß despektierlich: »Wenn einer schon so wunderlich worden ist, dann wirds höchste Zeit.«

Sie nahm es ihrer Mutter kreuzübel, dass die sich in den vergangenen Jahren nicht gescheut hatte, jedem, der es hören wollte oder auch nicht, zu vermelden, wie es mit dem Simmet-Hof bergab ging: »Den Kitt müssen wir aus den Fenstern fressen«, brabbelte Amalie, »wenn dem Franz nicht bald eine Idee kommt, wie er den Karren herumreißen kann, bevor der ganz im Dreck steckt. Hat den Kragen nicht vollkriegt, der Franz, und hat seine Griffel nach dem Schredereder-Hof ausgstreckt. Aber dann hats ihm der Ernst gezeigt, wies geht, und die ganze Sach schaut verdammt umgekehrt aus. Kyrie eleison! Ein Glück für den Sigi, dass der früh genug auf und davon ist, zu der Bundeswehr, wo er eine ruhige Kugel schiebt in sein Jeep. Der is nicht so dumm gwesen und hat sich beschwatzen lassen, dass er dableibt, als Teilhaber, wie der Franz immer gsagt hat, recht großgoschert. Ein Teilhaber von einem Haufen Schulden wär der Sigi worden. Christe eleison!«

Amalie starb, und die Sache mit dem Kitt wäre bitterer Ernst geworden, wenn Hilde nicht Sonntag für Sonntag im Wirtshaus ihres Bruders Salat geputzt und Kartoffeln geschält hätte. Hildes Sonntagsverdienst erwies sich als nützlich, war aber nur ein Tropfen auf den heißen Stein. Deshalb mussten die Spanagls über weitere Einnahmequellen nachgrübeln. Bald tauchte der Gedanke auf, das alte Simmet-Haus zu vermieten.

Franz und Hilde traten Erna zwei Zimmer in ihrem Haus ab, nach Paula fragte keiner. Es war Paula auch egal, denn auf dem Schredereder-Hof gab es genug Platz für sie. In einer Blitzaktion räumte sie die Dachkammer leer und brachte ihr Hab und Gut in einer Schubkarre über die Straße. Sie bezog Ernsts altes Zimmer, denn der kampierte bereits in dem Anbau, den er für sich und seine zukünftige Frau herrichtete.

In diesem Winter wachste Paula schon weit vor Weihnachten ihre Tourenski und stieg am zweiten Adventssonntag den Klausenstein hinauf. Am Sonntag drauf hechelte Ede hinter ihr her, und eine Woche später fragte Rene, ob sie nicht auch mitkommen könne.

Rene war im Herbst vierzehn Jahre alt geworden. Sie hatte den Unterrichtsstoff der Grundschule recht gut bewältigt, und deshalb dachten Paula und Jele, Rene könne es vielleicht mit der Realschule versuchen. Sie besprachen die Sache mit Dr. Stern, und als der meinte: »Probieren geht über Studieren«, meldeten sie das Kind bei den Ursulinen an.

In der Klosterschule fand Renes Psyche ein verblüffendes Gleichgewicht bei einer Tätigkeit, die Paula ein Leben lang verabscheut hatte. Sie bestickte Meter um Meter Stoff mit winzig kleinen Stichen, dabei legte sie eine Akribie und Geduld an den Tag, über die sogar die ehrwürdigen Schwestern erstaunt ihre Köpfe nicken ließen. Die Äbtissin hätte Rene am liebsten sofort mit dem Schleier gesehen.

Zu Hause saß Rene mit ihrer Stickerei meist am Fenster und hatte nebenbei im Blick, was draußen so vorging. Einige Sonntagnachmittage sah sie zu, wie Paula mit ihren Skiern davonzog. Am Dreikönigstag war Rene mit ihrem Silberfaden gerade mitten in einer kniffligen Bordüre, als ihr in den Sinn kam, auch sie könne sich auf Tourenskiern versuchen.

»Ich hätts mir denken können«, grinste Paula schon nach den ersten Schritten. Rene hatte Edes Bewegungsgefühl geerbt. Sie bewegte sich, als wäre sie mit Skiern an den Füßen geboren.

Zum Saisonabschluss fuhren sie mit Rene ins Zillertal, alle drei: Paula, Ede und Jele.

Es war eine Skisaison später, als bei Paula die Alpträume anfingen: Paula erlebte Nacht für Nacht, wie die aneinandergereihten S der abwärtsführenden Skispuren im Schnee auf einmal lebendig wurden, sich aufbäumten, sich um Rene wickelten und sie in den Erdstall hineinzogen.

Paula regte sich furchtbar auf über diese Träume und nörgelte an den Engel auf Liesls Bild hin. Ella hatte ihr das Gemälde nach Liesls Tod geschenkt, und jetzt hing es über Paulas Bett. Ein paar Tage lang hörte sich der Engel Paulas Quengelei geduldig an, dann brachte er sie mit einem Satz zur Räson: »Die ruhige Tat und die schöpferische Ruhe sind das Richtige.«

Paula sah dies zwar ein, aber die schöpferische Ruhe wollte sich einfach nicht einstellen. Sie mischte die Tarotkarten, hob ab, fragte, zog. In ihrer Hand lag die Mondkarte: Geheimnis, Reise, Verrücktheit, Angst. Dass sie Angst hatte, wusste Paula schon.

Sie holte den Pendel aus seiner Schatulle, grüßte ihn höflich, hielt ihn sanft, doch er schlenkerte nur lustlos hierhin und dorthin.

Es wurde Frühling.

Eines Nachmittags bog Mira in die Einfahrt zum Hof.

Jele klirrte, Ede staunte Bauklötze.

Mira lachte: »Ich geh mit der Verena ein Eis essen!«

Bevor ein anderer den Mund aufmachen konnte, saß Rene im Wagen, und der kurvte auf die Hauptstraße zu.

Mira war also wieder da. Sie hatte sich sogar wieder hinter einem Postschalter eingenistet, und sie wohnte bei Elvira und Luwe.

Lene horchte hier und fragte dort so lange herum, bis sie wusste, wo sich Mira in den vergangenen Jahren herumgetrieben hatte.

Bei diversen Skischulen im Allgäu habe sich Mira recht unbeliebt gemacht, hieß es. Sie wäre vermutlich schon nach zwei Wintern wieder zurückgekommen, hätte sie nicht der Zufall an einen Kanadier geraten lassen, erzählte ein Bahnbeamter aus Außenstetten, der im Schlosscafé seinen Weinbrand trank.

Paula vermutete, dass es die Skischule, die er leitete, samt zugehörigem Helikopter gewesen war, die Mira den Kanadier so sympathisch gemacht hatte.

Der Helikopter glitzerte von der ersten Ansichtskarte, die Mira an ihre Eltern schickte, sagte der Bahnbedienstete. Miras Postsendungen waren aber von Jahr zu Jahr spärlicher geworden, meinte er schließlich, und sie blieben etliche Monate lang ganz aus, bis Mira plötzlich selbst vor der Tür stand.

Elvira und Luwe werden selig gewesen sein, dachte Paula. Sie haben auf der Stelle Miras Zimmer gelüftet und ihre Wäsche gewaschen. Mira hat von Luwe ein Auto bekommen und von der Post einen Platz hinter dem Schalter. Und jetzt reißt sie sich Rene unter den Nagel. Es wird bald so weit sein, dass Rene Knall auf Fall die schwarzsamtene Fahne im Stich lässt, wenn Mira vorfährt und fordernd auf die Hupe drückt.

2.

OBWOHL FAHNE UND FAHNENMUTTER schon ziemlich verschlissen waren, hatte die FFW Klausenstetten im Jahre 1993 ihr hundertjähriges Jubiläum mit beiden würdig begangen. Aber im Herbst '98, beim einhundertfünften Gründungsfest, sollte ein frischer Wind den alten Mief hinwegblasen.

An ihrem achtzigsten Geburtstag hatte Lene als Fahnenmutter endlich abgedankt – es war allerhöchste Zeit. Aber jeder in Klausenstetten wusste, dass es sich bei Lene nicht um eine merkwürdige Variante der Selbstbefriedigung, eine pyromanische Absonderlichkeit, handelte, die sie bis ins hohe Alter an der Feuerwehrfahne hatte kleben lassen. Lene konnte so lange Zeit nicht von der Standarte weichen, weil keine Nachfolgerin mit dem Namen Schredereder verfügbar war. Jele verweigerte das Amt standhaft. Sie stellte sich stur, und Lene biss sich die Zähne an ihrem Panzer aus. Eigensinn hatte aber auch Lene selbst mehr als genug, und deshalb setzte sie sich in den Kopf, durchzuhalten, bis die nächste Generation so weit war.

Als Ernst letztendlich Inge Ellerschwang heiratete, die mitbrachte, was ihre Herkunft versprach – Fleiß, Geschick, Loyalität, präsentables Aussehen und Auftreten und natürlich etliche Wiesen –, konnte Lene loslassen. Inge hatte nur ein einziges Manko, das I. Lene pflegte es derart im Rachen zu quetschen, dass es sich wie ein E anhörte.

Lene übergab Amt und Würden und die von Amalie übernommene Chronik der FFW Klausenstetten, aufgezeichnet in fünf ledergebundenen Bänden, an »Enge«, und dann nahm sie Ernst in die Mangel: »Du bist ihr was schuldig, der Feuerwehr, weil deine Frau jetzt Fahnenmutter ist; und überhaupt bist du dem Herrgott und allen Heiligen was schuldig, weil die Schredereder wieder ganz oben sind, wos lang gar nicht gut ausgschaut hat für uns. Ich tu dir nix weg, du bist ein ganz Tüchtiger, aber ohne Glück und Segen tät sogar der Allertüchtigste untergehn. Dir hats der Himmel gut gmeint, und jetz is der Tag da, an dem du deine Dankbarkeit beweisen kannst.«

Zur Bestärkung ihrer Rede führte sie den Mühlhiasl ins Treffen: »Vor dem Großtun und dem Zammraffen hat uns auch der schon gewarnt. Ich hörs direkt, wie sies immer vorzitiert hat, die Amal: ›Die Zeit wird kommen, wo die Welt abgeräumt wird, das wird sein: Wenn sich die Bauersleut gwanden wie die Städtischen und die Städtischen wie die Narren; wenn die Bauersleut Hennen und Gänse selber fressen.‹«

Ernst beugte sich dem Gebot der Stunde. Hinter vorgehaltener Hand sagte er lachend zu seiner Frau: »Dann werfen wir halt eine ganze Schwadron von Enten und Gänsen den Ursulinen in den Rachen«, und bestellte eine neue Fahne für die FFW Klausenstetten. Goldstickerei auf schwarzem Samtgrund! »Helfen in der Not ist unser Gebot« sollte zu Häupten eines knienden helmbewehrten Feuerwehrmannes samt Handspritze zu lesen sein. Der Kostenvoranschlag der Ursulinen belief sich auf dreißigtausend Deutsche Mark.

Als ihre Mutter wieder auftauchte, arbeitete Rene gerade an einer Art Krummsäbel, der dem Wehrmann aus dem Gürtel wuchs.

Es war nach dem siebten oder achten Ausflug mit Mira, als Rene am Abend über ihrer Stickerei in zwei beängstigend lang andauernde Absencen fiel. Paula fasste das Mädchen immer dann besonders scharf ins Auge, wenn es den Tag mit Mira verbracht hatte, und sie spürte die Anomalie in Renes Aura schon, bevor die Sticknadel auf die Tischplatte klimperte.

An kurze Augenblicke von Abwesenheit waren bei Rene alle gewöhnt. Aber selbst kleine Aussetzer waren in den letzten ruhigen Jahren über dem Stickrahmen eher selten geworden. Das, was Rene an diesem Abend widerfuhr, schien bedenklich.

Paula und Jele brachten sie tags darauf in die neurologische Klinik, und wirklich, das Elektroenzephalogramm zeigte nichts Gutes. In den arrhythmischen Kurven spiegelte sich das Gespenst des »Grand-mal«-Anfalles.

Paula wand sich, Jele schepperte.

»Mach halt eine Pause, zur Erholung«, meinte Paula zu Rene in dem vergeblichen Versuch, den entgleisenden Zug aufzuhalten. »Die Mama versteht das schon, wenn du mal nicht mitkommst.«

Jele sagte gar nichts und stierte mit weiten Pupillen gegen die Wand.

»Rene wird sich nicht zur Wehr setzen«, vertraute Paula dem Engel auf Liesls Bild an, »wenn die Mira mit dem Finger schnipst, dann springt die Rene.«

Sie fühlte, dass ihr der Engel recht gab, und deshalb rief sie bei den Patters an. Mira lachte, als sie an den Hörer kam, den Elvira gar nicht so gern aus der Hand ließ, weil sie auf Zuhörerschaft aus war.

»Mira schert sich einen Dreck um unsere Angst«, sagte Paula nach dem Gespräch zum Engel. »So hilf halt.«

Aber so ganz und gar wollte sich Paula nicht auf das Geisterwesen verlassen, und deshalb setzte sie sich sofort mit Dr. Stern in Verbindung, als Mira das nächste Mal in Sicht kam. Der Doktor überwachte, obgleich im Ruhestand, noch immer Renes Bromid-Dosierungen. Er ratterte in seinem Landrover auf den Hof, bevor Mira Renes Stickgarn wegpusten konnte. Sie musste ohne Rene wieder abziehen. Dafür bekam sie eine ganze Latte von Verwarnungen mit auf den Weg, die in der Drohung gipfelten, dass ihr Dr. Stern eigenhändig eine Anzeige wegen fahrlässiger Körperverletzung anhängen werde, falls sie Rene nur ein einziges Mal psychischem Stress aussetzte.

Dr. Sterns Unerbittlichkeit hielt Mira für den Rest des Jahres vom Schredereder-Hof fern.

Erstaunlich, dachte Paula, Mira wird doch nicht eine völlig aussichtslose Anzeige fürchten. Wie sollte denn nachgewiesen werden, welche Art von Stress für Renes Anfälle verantwortlich ist?

Der Gedanke, Mira könnte sich aus Sorge und Angst um Rene zurückgezogen haben, kam Paula überhaupt nicht.

Mira tauchte im Februar '99 wieder auf und sah der ganzen Schar bei der Abfahrt vom Klausenstein zu. Jele schwang als Letzte ab, weil sie nie die Begeisterung und den Elan aufbringen konnte, die Zügel schießen zu lassen.

»Du bist ja ein Ski-Ass«, sagte Mira zu Rene, und dann lachte sie in die Runde: »Nächstes Wochenende machen wir eine Skitour in der Wildschönau, schöne Anstiege kenn ich da.«

Über ihrem Seufzer wäre Paula beinahe die Zugabe entgangen: »Wir fahren alle miteinander!«

Ede pulte gebückt an seiner Schuhschnalle herum. Paula bettelte ihren Engel um einen Dolchstoß zwischen Miras Rippen an. Rene sah ihre Mutter an und dann Jele.

Jele zögerte nicht eine Sekunde, sie machte einen Schritt auf Mira zu und sagte zum Erstaunen aller: »Ja, das machen wir.«

3.

PAULA VERWÜNSCHTE DIE AMEISEN in ihrem Bauch und die Tarotkarten, die ihr den Teufel aufs Tischtuch gespien hatten. Dabei schien die Autofahrt so richtig vergnüglich, für alle die jedenfalls, die kein Ohr dafür hatten, dass Jele klirrte und schepperte wie das Gespenst von Canterville.

Für den Anstieg brauchten sie gute zwei Stunden. Um den Gipfel herum pfiff der schärfste Ostwind dieses Jahres. Ede erbot sich, Renes Steigfelle von den Skiern abzulösen, und machte sich gleich ans Werk. Mira zog Rene indessen zu einem ziemlich exponierten Aussichtspunkt und schwärmte von den umliegenden Gipfeln und davon, dass sie sie mit Rene allesamt besteigen wolle.

Jele kramte und kruschte im Schnee herum, und beim schärferen Hinsehen erkannte Paula, dass sie an ihrer Skibindung herumschraubte. Paula wollte ihr sofort zur Hand gehen, weil sie wusste, wie ungeschickt sich Jele mit einem Schraubenzieher anstellte. Sie war schon auf dem Weg zu ihr, da stutzte sie.

Seltsam, dachte Paula, noch nie hat Jele eigenhändig an ihren Skiern herumgemurkst. Normalerweise bittet sie Ede um Hilfe oder mich.

Sie nahm Jele genau ins Visier, und da entdeckte sie, dass Jele nicht an ihrer eigenen, sondern an Miras Bindung schraubte.

Paula hockte im Schnee, japste nach Luft und sah zu, wie Jele daran arbeitete, Mira in den Abgrund zu schicken.

Die gelockerte Bindung würde aufspringen, und zwar beim ersten stärkeren Seitwärtsdruck, und der war in dem steilen Gelände bei der Klamm zu erwarten. Mira würde bestenfalls stürzen und liegen bleiben, schlimmstenfalls abdriften und in freien Fall übergehen – oder sollte man das Ergebnis umgekehrt werten?

»War das Jeles Plan von Anfang an?«, fragte Paula den Engel, der ihr zum ständigen Begleiter geworden war, und musste keine Antwort haben, um zu wissen, dass sich Jele so etwas nicht aufhalsen durfte, Plan hin oder her. Sie suchte ihren eigenen Schraubenzieher aus der Seitentasche ihres Rucksacks heraus, nahm zur Tarnung die Thermosflasche mit und schlenderte zu Miras Skiern, die seit wenigen Minuten wieder friedlich im Schnee lagen.

Mira war inzwischen mit Rene im Schlepptau die Südspitze hinaufgeklettert und fuchtelte mit dem Zeigefinger vor dem Horizont herum. Ede rollte Renes Felle auf, und Jele hockte in Pinkelposition hinter der einzigen Latschenkiefer links unter dem Hauptgipfel.

Paula schraubte Miras Bindung so fest sie nur konnte. Lieber ein wenig härter einstellen, sagte sie sich, damit bloß nichts aufgeht.

Neben Miras Ski kniend steckte Paula den Schraubenzieher wieder weg und schenkte sich Tee in den Becher. Sie wusste, dass sie ganz unverdächtig wirkte. Trotzdem schrak sie zusammen, als sie Schritte in ihrem Rücken hörte und dazu Edes Stimme, die über Fellkleber faselte. Heißer Tee ergoss sich auf Miras Tourenbindung. Auch Mira war jetzt herangekommen, lachte, als Paula verdattert aufs rauchende Metall starrte: »Besser, du wärmst dir mit deinem Tee den Magen.«

Sie passierten die Klamm, kamen an die Waldgrenze, schossen durch eine Schneise auf glatt gebügelte Wiesen hinaus. Es gab dort nicht den kleinsten Stein, keine Büsche mit tückisch im Schnee festgefrorenen Zweigen, keine eisigen Spurrinnen, nicht einmal einen Graben.

Keiner begriff, wieso Mira diesen Salto schlug.

Der rechte Ski löste sich, baumelte am Fangriemen. Der linke, noch fest mit dem Schuh verbunden, schlug den losen Ski gegen Miras Brust.

Als sich die Schneewolke legte, lag Mira auf dem Rücken. Ihr linkes Bein war so weit nach hinten gebogen, dass sich der noch immer fest am Fuß sitzende Ski unter ihrem Kopf in den Schnee gebohrt hatte. Der lose pendelte sich über ihrer Hüfte ein.

Jele fuhr Rene quer vor die Ski, als die sich zu Mira hinschieben wollte.

»Wir zwei holen die Bergwacht«, sagte sie, »die Mama kann glaub ich nimmer selber runterfahren.«

Mira liegt seither in Murnau, Unfallklinik für Sportler. Luwe hat das organisiert. Er ist zuversichtlich und schleppt schon die neuesten Sportkataloge an, obwohl keiner der Ärzte in Aussicht stellt, dass Mira je wieder einen Schritt tun wird.

Miras Skibindungen wurden auf Wunsch der Versicherung untersucht. Die linke war geringfügig stärker eingestellt als die rechte. Trotzdem hätte sie sich bei dem Sturz öffnen müssen. Sie tat es nicht.

»Muss vereist gewesen sein«, sagte der Experte.

Paula schaut versonnen in die Flammen, die noch vereinzelt aus Liesls ehemaligem Häuschen züngeln. Ein Scheiterhaufen, denkt sie, auf dem eine neuzeitliche Vierlbeck-Hexe verbrannt werden sollte.

Werner und Ella hatten nach Liesls Tod hin und wieder ein Wochenende in deren Häuschen verbracht, bis ihre Tochter anfing, diesen und jenen Freund vom Außenstettener Güterbahnhof einzuquartieren. Nach einiger Zeit hauste die Clique dort ganz für sich. Die Junkies ließen sich im Dorf nie blicken, und gerade deshalb waren sie den Klausenstettenern ein Dorn im Auge. Bald pfiffen die Spatzen von den Dächern: »Das Drecksnest da unten am Bach, das stinkt zum Himmel.«

Heute Morgen brannte es lichterloh.

Paula erhebt sich zögernd. Sie wird Klausenstetten den Rücken kehren. Vielleicht für immer, wer weiß.

Rene winkt ihr aus dem Wildgehege zu, Paula winkt zurück und lächelt zufrieden. Seit zwei Monaten ist bei Rene keine einzige Absence mehr aufgetreten, und sie hat mit dem Sticken einer Fahne für den Schützenverein begonnen, Silber auf blauem Grund.

Für Paula kam nach den Pfingstfeiertagen ein Päckchen. Es enthielt Simons I Ging und einen Brief. Simon schrieb, er habe sich in Cornwall, genauer gesagt in Glastonbury, das bekanntlich im Schatten der sagenhaften Insel Avalon liegt, niedergelassen. Er und eine seiner Schwestern hätten dort eine kleine Pension eröffnet, speziell für Besucher, die das Gespür für die unsichtbaren Kräfte haben, die hier wirken. Simon lud Paula ein, zu kommen, zu spüren und zu bleiben.

Er schicke ihr, schrieb er im PS, sein I Ging, falls Paula bei ihrer Entscheidung Rat brauche.

Paula fragte zuerst ihren Engel, und der sprach: »Löst euch vom Alten, verwerft es nicht, doch gebraucht es anders als bisher.«

Dann warf sie die Münzen, und das Orakel antwortete mit dem neunundvierzigsten Spruch: Der See liegt über dem Feuer – Reform, Veränderung, Umwälzung – hinweg mit dem Alten, Platz für das Neue!

Zum Schluss fragte sie die maßgebende Instanz: Paulas Verstand.

»Es wird Zeit«, sagte der, »dass du dir was anschaust von der Welt.«

Da nahm Paula bei der Post ihren gesamten Jahresurlaub und packte.

Amalies Kirchenlatein

Ab homine iniquo et doloso erue me – Befreie mich vom feindseligen und arglistigen Menschen

Adesto nobis, Domine Deus noster – Steh uns bei, Herr unser Gott

Adiutorium nostrum in nomine Domini – Unsere Hilfe, im Namen des Herrn

Angelus Domini descendit de caelo et dixit – Der Engel des Herrn stieg vom Himmel und sagte

Confitebor tibi in cithara – Auf der Lyra werde ich mich zu dir bekennen

De profundis clamavi ad te, Domine – Aus der Tiefe rufen wir zu dir, Herr

Deo gratias – Dank sei Gott

Dicite in lumine – Redet im Lichte

Dominus vobiscum – Der Herr (sei) mit euch

Dona nobis pacem – Gib uns Frieden

Ego autem in innocentia mea ingressus sum – In Unschuld komme ich zu dir

Et cum spiritutuo – Und mit deinem Geiste

Flectamus genua – Beugen wir die Knie

Gloria tibi, Domine – Ehre sei dir, Herr

Improperium exspectavit cor meum, et miseriam – Mein Herz hat Opfer erwartet und Leid

In nomine patris – Im Namen des Vaters

In te, Domine, speravi – Du bist meine Hoffnung, oh Herr

Introibo ad altare Die – Zum Altare Gottes will ich treten

Laudate Dominum – Lob(e)t den Herrn

Lux aeterna luceat eis – Das ewige Licht leuchte ihnen

Misereatur vestri omnipotens Deus – Der allmächtige Gott möge sich eurer erbarmen

Miserere nobis – Erbarme dich unser

Oremus – Lass(e)t uns beten

Pax tecum – Der Friede (sei) mit dir

Per Dominum nostrum – Um unseres Herrn willen

Per omnia saecula saeculorum – Über alle Jahrhunderte (Zeitalter) der Jahrhunderte (Zeitalter) hinweg (übertragen: von Ewigkeit zu Ewigkeit)

Popule meus, quid feci tibi? – Mein Volk: was habe ich dir angetan?

Qui tollis peccata mundi: miserere nobis – Der du hinwegnimmst die Sünden der Welt: erbarme dich unser

Quia tu es, Deus fortitudo mea – Weil du, Gott, meine Stärke bist

Quinquagesima – Die fünfzigste; verkürzt für »der fünfzigste Tag« (vor Ostern)

Sancti tui – Deine Heiligen

Spera in Deo – Vertraue auf Gott

Veni Sancte Spiritus – Komm, Heiliger Geist

Danksagung

Den Stoff zu diesem Roman verdanke ich Paula. Sie führte mich durchs Bauernjahr und machte mich mit einer Schusterwerkstatt vertraut.

Gemeinsam mit Paula mischte ich Tarotkarten, ließ den Pendel kreisen und suchte im Buch der Engel nach Erleuchtung.

Antworten im Bereich Medizin bekam ich in bewährter Weise von Dr. med Katrin und Linda Mehler und von Dr. med Marius Fischer.

Lektionen aus Mathematik und Technik erteilte mir Philipp Mehler.

Etliche Herren der Freiwilligen Feuerwehr knauserten nicht mit Auskünften.

Den Rest flüsterten mir die Vierlbeck-Hexen ein.

Für die liebenswürdige Begleitung und kompetente Unterstützung danke ich den beiden Lektorinnen Dr. Christel Steinmetz und Stefanie Rahnfeld vom Emons Verlag und Dr. Mathias Auer von der Literaturagentur Aulo.